STARK

2024

Fachoberschule

Original-Prüfungsaufgaben
mit Lösungen

Hessen

Wirtschaft und Verwaltung

STARK

3. Auflage
www.stark-verlag.de

Inhaltsverzeichnis

Abschlussprüfung 2021

Abschlussprüfung 2022

Abschlussprüfung 2023

Sobald die Original-Prüfungsaufgaben 2023 freigegeben sind, können Sie sie als PDF auf der Plattform MyStark herunterladen (Zugangscode vgl. Umschlaginnenseite).

Jeweils zu Beginn des neuen Schuljahres erscheinen die neuen Ausgaben der Abiturprüfungsaufgaben mit Lösungen.

Autorinnen und Autoren
Christiane Bitz
Stephan Kreß
Roland Hegerl

Vorwort

Liebe Schülerinnen und Schüler,

mit diesem Buch geben wir Ihnen eine optimale Hilfestellung zur Vorbereitung auf die **Abschlussprüfung 2024** an der **Fachoberschule** in **Hessen** im Fach **Verwaltung und Wirtschaft**.

- Sie erhalten im ersten Teil des Buches zahlreiche **Informationen zur Abschlussprüfung**, deren Kenntnis für die gezielte Vorbereitung hilfreich und wichtig ist. Dazu gehören u. a. Hinweise zum genauen Ablauf der Prüfung sowie alles Wissenswerte zur Struktur und zu den Anforderungen der Prüfungsaufgaben. Sie finden dort darüber hinaus viele **praktische Hinweise**, die Ihnen in der Vorbereitung auf die Abschlussprüfung helfen.
- Der Band enthält die vom hessischen Kultusministerium gestellten **Original-Abschlussprüfungen 2019 bis 2023**. Damit können Sie sich ein genaues Bild davon machen, wie die Prüfung in den letzten Jahren ausgesehen hat.
- Zu sämtlichen Aufgaben im Buch wurden von unseren Autoren **vollständige, kommentierte Lösungsvorschläge** sowie separate **Tipps zum Lösungsansatz** ausgearbeitet, die Ihnen das selbstständige Lösen der Aufgaben erleichtern.

Sollten nach Erscheinen des Bandes noch wichtige Änderungen bzgl. der Prüfung 2024 vom Kultusministerium bekannt gegeben werden, finden Sie aktuelle Informationen dazu im Internet unter:

www.stark-verlag.de/mystark.

Wir wünschen Ihnen viel Erfolg bei der Vorbereitung und bei Ihrer Abschlussprüfung!

Die Autor*innen und der Verlag

HINWEISE UND TIPPS

Hinweise und Tipps zur zentralen Abschlussprüfung

1 Ablauf der schriftlichen Abschlussprüfung

Die Aufgaben der Abschlussprüfung zur Erlangung der allgemeinen Fachhochschulreife werden zentral vom Hessischen Kultusministerium gestellt und sind für alle Schülerinnen und Schüler der 12. Klassen der Fachoberschulen verbindlich vorgeschrieben.

Die Bearbeitungszeit der Prüfung beträgt 240 Minuten. Vor dieser Zeit haben Sie eine 30-minütige Einlesezeit in die Prüfungsvorschläge. Nach dieser halben Stunde kann entweder Vorschlag A oder Vorschlag B gewählt werden.

Als Hilfsmittel sind ein Wörterbuch der deutschen Rechtschreibung, der im Fach Mathematik eingeführte wissenschaftliche Taschenrechner, sowie eine Liste der fachspezifischen Operatoren „Wirtschaft und Verwaltung" zugelassen.

2 Inhalte der Prüfung

In der Prüfung des Faches „Wirtschaft und Verwaltung" werden aktuell nachfolgende Lern- und Prüfungsbereiche zugrunde gelegt, in welchen insgesamt 100 Bewertungseinheiten (Punkte) erreicht werden können.

- Entwicklung eines Marketingkonzepts (1)
- Rechnungswesen als Grundlage betriebswirtschaftlicher Entscheidungen (2)
- Unternehmensgründung (3)
- Prozesse der Leistungserstellung im Industrie- und Dienstleistungsbereich (4)
- Gesamtwirtschaftliche Entwicklungen und deren Auswirkungen auf die Beschäftigung (5)

Tendenziell werden in den Bereichen (1), (3) und (4) die meisten Punkte vergeben.

Diese Aufteilung ist der unterschiedlichen Anzahl der zu unterrichtenden Stunden während des Schuljahres geschuldet.

Eine jährlich aktualisierte Übersicht über die prüfungsrelevanten Themen erhalten Sie über die Homepage des Hessischen Kultusministeriums. Hier kann bereits sehr früh vor der eigentlichen Prüfungen der Erlass „Zentrale Abschlussprüfung in der Fachoberschule; Hinweise zur Vorbereitung und Durchführungsbestimmungen“ eingesehen werden.

3 Leistungsanforderungen

Die Prüfung verlangt problemlosendes Denken. Das bedeutet, dass komplexe betriebswirtschaftliche sowie volkswirtschaftliche Problemstellungen beschrieben werden, welche Sie erkennen und analysieren müssen. Es sind Lösungen zu erarbeiten, darzustellen und begründet zu belegen.

Es werden drei Anforderungsbereiche an die Art der Lösung zu Grunde gelegt:

Anforderungsbereich I: Reproduktion, z. B. Nennen, Wiedergeben, Kennzeichnen

Anforderungsbereich II: Transfer, z. B. Erklären, Analysieren, Entscheiden

Anforderungsbereich III: Reflexion, z. B. Bewerten, Entwickeln, Beurteilen

4 Bewertung

Die bei den einzelnen Teilaufgaben maximal erreichbaren Bewertungseinheiten (BE) finden Sie bei den jeweiligen Aufgaben. Insgesamt können in der Abschlussprüfung 100 BE erreicht werden. Die folgende Tabelle stellt die Umrechnung der in Prozent erreichen BE in Punkte dar:

Punkte	15	14	13	12	11	10	09	08
Prozent	ab 96	ab 91	ab 86	ab 81	ab 76	ab 71	ab 66	ab 61
Punkte	07	06	05	04	03	02	01	00
Prozent	ab 56	ab 51	ab 46	ab 41	ab 34	ab 27	ab 20	unter 20

5 Vorbereitung

Beschäftigen Sie sich rechtzeitig mit der Operatorenliste für das Schwerpunktfach Wirtschaft und Verwaltung. Sie finden Sie hier Definition und Zuordnung zum Anforderungsbereich.

Operator(en)	Definition	AFB
abschätzen/ einschätzen	durch begründete Überlegungen Größenordnungen angeben	II-III
abschließen	Geschäftsvorfälle buchen, Kontensalden ermitteln und diese auf Gegenkonten verbuchen	II
analysieren	Merkmale eines Textes, Sachverhalts oder Zusammenhangs kriterienorientiert bzw. aspektgeleitet erschließen und zusammenhängend verdeutlichen	II
angeben/ beschriften	Sachverhalte, Begriffe oder Daten ohne Erläuterungen, Begründungen und Lösungswege aufzählen	I
anwenden	einen bekannten Sachverhalt oder eine bekannte Methode auf eine neue Problemstellung beziehen	II
auswerten	Daten, Einzelergebnisse oder Sachverhalte zu einer abschließenden Gesamtaussage zusammenführen	II
begründen	einen Sachverhalt bzw. eine Aussage durch Argumente stützen	II-III
berechnen	anhand vorgegebener Daten durch Rechenoperationen zu einem Ergebnis gelangen und die Rechenschritte dokumentieren	I-II
beschreiben	Aussagen, Sachverhalte, Strukturen o.Ä. in eigenen Worten strukturiert und fachsprachlich verdeutlichen	I-II
bestätigen/ nachweisen/ widerlegen/ zeigen	die Gültigkeit einer Aussage, z.B. einer Hypothese oder einer Modellvorstellung, für richtig/falsch erklären	II-III
bestimmen/ ermitteln	einen Zusammenhang oder einen möglichen Lösungsweg aufzeigen und das Ergebnis formulieren (Die Wahl der Mittel kann unter Umständen eingeschränkt sein.)	II-III
beurteilen	zu einem Sachverhalt oder einer Aussage unter Verwendung von Fachwissen und Fachmethoden eine begründete Einschätzung geben	III
bewerten/ Stellung nehmen	wie Operator „beurteilen“, aber zusätzlich die eigenen Maßstäbe begründet darlegen	III
buchen	Buchungssätze von Geschäftsvorfällen in T-Konten eintragen und/oder Buchungssätze bilden	I-II
darstellen	Sachverhalte o.Ä. und deren Bezüge sowie Zusammenhänge aufzeigen	I-II
definieren	einen Vorgang oder Begriff exakt bestimmen, um ihn von anderen Begriffen abzugrenzen, ohne ihn selbst zu nennen	I

diskutieren/ sich auseinandersetzen mit	zu einer Aussage, Problemstellung oder These eine Argumentation entwickeln, die zu einer begründeten Bewertung führt	III
einordnen/ zuordnen	Texte oder Sachverhalte unter Verwendung von Vorwissen begründet in einen genannten Zusammenhang stellen	I-II
entscheiden	bei Alternativen sich begründet und eindeutig auf eine Möglichkeit festlegen	II
entwerfen/ verfassen	Aufgabenstellungen kreativ und produktorientiert bearbeiten, z.B. auf der Grundlage eines Materials und seiner inhaltlichen Gegebenheiten eine kreative Idee in ein selbstständiges Produkt umsetzen	III
entwickeln	einen eigenen Gedankengang bzw. ein Konzept zu einem Thema entfalten und Schlussfolgerungen ziehen	III
erklären	Materialien, Sachverhalte o.Ä. in einen Begründungszusammenhang stellen, z. B. durch Rückführung auf fachliche Grundprinzipien, Gesetzmäßigkeiten, Funktionszusammenhänge, Modelle oder Regeln	II
erläutern	Materialien, Sachverhalte o.Ä. mit zusätzlichen Informationen und Beispielen verdeutlichen	II
erörtern	eine These oder Problemstellung unter Abwägen von Pro- und Kontraargumenten hinterfragen und zu einem eigenen Urteil gelangen	II-III
erstellen	gegebene Daten neu strukturieren und berechnen und dabei auf fachwissenschaftlich anerkannte Verfahren zurückgreifen	I-II
gegenüberstellen/ vergleichen	nach vorgegebenen oder selbst gewählten Gesichtspunkten Gemeinsamkeiten, Ähnlichkeiten und Unterschiede begründet darlegen	II-III
herausarbeiten	aus Materialien nicht explizit genannte Sachverhalte erschließen	II
herleiten	die Entstehung oder Ableitung eines gegebenen oder beschriebenen Sachverhalts aus anderen oder aus allgemeineren Sachverhalten darstellen	II-III
in Beziehung setzen	Zusammenhänge unter vorgegebenen oder selbst gewählten Gesichtspunkten begründet herstellen	II
interpretieren	auf der Grundlage einer Analyse Sinnzusammenhänge aus Materialien methodisch reflektiert erschließen, um zu einer schlüssigen Gesamtauslegung zu gelangen	III
kennzeichnen	ein Ergebnis oder einen Bereich besonders hervorheben	I-II

nennen	zielgerichtet Informationen zusammentragen, ohne diese zu kommentieren	I
prüfen/ überprüfen	Sachverhalte auf Richtigkeit (über-)prüfen	II-III
skizzieren	einen Sachverhalt oder Gedankengang in seinen Grundzügen angeben	I-II
untersuchen	Sachverhalte unter bestimmten Aspekten betrachten und belegen	II
wiedergeben	ausgehend von einem Einleitungssatz Informationen aus dem vorliegenden Material unter Verwendung der Fachsprache in eigenen Worten ausdrücken	I
zeichnen	eine hinreichend exakte grafische Darstellung anfertigen	I-II
zusammenfassen	ausgehend von einem Einleitungssatz die wesentlichen Aussagen eines Textes in strukturierter und komprimierter Form unter Verwendung der Fachsprache herausstellen	I-II

Ebenso sollten Sie sich rechtzeitig den Erlass „Zentrale Abschlussprüfung in der Fachoberschule; Hinweise zur Vorbereitung und Durchführungsbestimmungen“ ansehen. Hier werden alle möglichen relevanten Prüfungsthemen mit Stichwörtern aufgezeigt. Dieser Erlass kann ebenso über die Fachlehrer oder aber auch über das Hessische Kultusministerium zur Verfügung gestellt werden.

Setzen Sie sich schon frühzeitig mit den Aufgaben der Abschlussprüfung auseinander, damit Sie das Niveau dieser Aufgaben einschätzen lernen.

Zu allen Aufgaben hier im Buch finden Sie ausführliche Lösungsvorschläge, die möglichst nur zur Kontrolle benutzt werden sollten. Die grau markierten Tipps dienen dem Verständnis und sollen Ihnen bei Schwierigkeiten helfen, den Lösungsweg nachzuvollziehen. Lösen Sie die Aufgaben aber zunächst immer selbstständig und vergleichen Sie die Lösung erst dann mit dem Buch. Das Nachvollziehen und Verstehen des dargestellten Lösungswegs allein führt noch nicht zu Lernerfolgen. In der Abschlussprüfung müssen Sie eine eigene Lösung entwickeln und das sollten Sie auch im Vorfeld trainieren.

6 Weiterführende Informationen

Sie finden weitere Informationen zur zentralen schriftlichen Abschlussprüfung im Internet unter der Adresse https://kultusministerium.hessen.de//:
Schulsystem > Schulformen > Berufliche Schulen > Fachoberschule
> Abschlussprüfung in der Fachoberschule.

Außerdem sollten Sie bei konkreten Fragen Ihre Lehrkraft kontaktieren.

7 Analyse der Stoffstruktur und Zuordnung der Prüfungsaufgaben

Die folgende Übersicht bietet eine Übersicht über die Themen des Lehrplans und eine Zuordnung zu den Aufgaben der Abschlussprüfung der Jahre 2019 bis 2022. Die erste Zahl bei Prüfungsaufgabe steht für den Jahrgang, der Buchstage für den Vorschlag und die zweite Zahl für die Aufgabe. 20A1 bedeutet also Jahrgang 2020, Vorschlag A, Aufgabe 1.

Entwicklung eines Marketingkonzepts	**Prüfungsaufgabe**
Methoden und Instrumente der Marktforschung: • Marktanalyse, Marktbeobachtung, interne und externe Informationsquellen, Grundzüge der Befragung	• 19A1, 20A1, 20B1, 21B1, 22A3, 22C1
Marketing: • Marketing als ganzheitliches Konzept der Unternehmensführung, Umfeldorientierung, Nachhaltigkeit	• 19B1, 21B1, 22C1
Produkt- und Sortimentspolitik : • Produktlebenszyklus, Portfolioanalyse am Beispiel der Boston-Matrix, Produktdiversifikation, Beratung und Kundendienst	• 19B1, 20A1, 21B1, 21C1, 22C1
Preispolitik: • Preispolitische Strategien, insbesondere Preisdifferenzierung, Kalkulation (Preisunter- und Preisobergrenzen) Konditionen	• 19A1, 19B1, 20B1, 21A2, 22A3, 22B1, 22C1
Distributionspolitik: • Absatzwege	• 21B1, 22B1, 22C1
Kommunikationspolitik: • Werbung, Verkaufsförderung, PR, Instrumente der Erfolgskontrolle	• 20A1, 20B1, 21A1, 22A3, 22B1
Erarbeitung eines kommunikationspolitischen Konzepts : • Vorgaben, personelle, technische, finanzielle Beschränkungen, Konzeptentwurf, Entscheidungsfindung	• –
Präsentation eines Konzepts: • Gestaltung, Präsentationsprogramme	• –
Auswertung: • Fragebogen, Kriterien einer Wirkungsanalyse, Möglichkeiten der Veröffentlichung, Innen- und Außenwirkung	• –

Rechnungswesen als Grundlage betriebswirtschaftlicher Entscheidungen	**Prüfungsaufgaben**
Abschreibungen: • Begründung, Berechnung, Buchung	• 19A3, 19B3, 20A3, 20B2
Buchungen im Ein- und Verkaufsbereich: • Bezugskosten, Rücksendungen, Preisnachlässe aufgrund von Mängelrügen, Skonti und Boni	•
Soziale Sicherung: • Sozialversicherung, Betriebliche Zusatzleistungen, Individuelle Vorsorge	• –
Buchungen im Personalbereich : • Löhne und Gehälter, Abgaben an die Finanzbehörden, Abgaben an die Sozialversicherungsträger	• –
Zeitliche Abgrenzung: • Aufwendungen und Erträge periodengerecht abgrenzen	• –
Rückstellungen: • Begründung, Buchung	• –

Unternehmensgründung	**Prüfungsaufgaben**
Rahmenbedingungen für eine Unternehmensgründung: • Persönliche, rechtliche und wirtschaftliche Voraussetzungen, qualitative und quantitative Personalbedarf, Standortwahl	• 19A2, 20A2, 20B3, 21A1, 22A1, 22C2
Rechtsformen: • Einzelunternehmen, Gesellschaft bürgerlichen Rechts, Personengesellschaft am Beispiel der OHG, Kapitalgesellschaft am Beispiel der AG, Recherche zur Neuentwicklung einer Rechtsform	• 19A2, 19B4, 20A2, 20B3, 21B2, 22A1, 22B2, 22C2
Kapitalbedarfsermittlung: • Finanzierung des Anlage- und Umlaufvermögens, Kapitalbindungsdauer, Finanzplan, Anwendung kaufmännischer Zinsrechnung	• 19A2, 22A1
Finanzierungsarten: • Eigen-, Fremd- und Selbstfinanzierung, Leasing	• 19A2, 19B4, 21A1, 22A1, 22C2
Bilanzanalyse: • Rentabilitäten, Liquiditätsgrade, Deckungsgrade, Verschuldungsgrad, Aussagekraft und Grenzen der Bilanzanalyse	• 20B3, 22B2, 22C2

Prozesse der Leistungserstellung im Industrie- und Dienstleistungsbereich	Prüfungsaufgaben
Betriebliche Produktionsfaktoren • Arbeit, Betriebsmittel, Werkstoffe, dispositiver Faktor	• 22A2
Menschliche Arbeitsleistung, Lohn- und Gehaltsformen: • Leistungsbereitschaft, Leistungsvermögen, Entlohnung, Arbeitsplatzgestaltung, Leistungsanreize	• 20A4, 21B3, 22A2
Personaleinsatzplanung: • Stellenbeschreibung, Einsatzpläne, Ermittlung des Personalbedarfs	• 20A4, 21B3, 22C3
Darstellung und Analyse der Beschaffungs- und Lagerprozesse: • Lagerkennziffern, ABC-Analyse	• 22A2, 22B3, 22C3
Darstellung und Analyse von Leistungserstellungs- und Absatzprozessen: • Beispielhafte Aufgaben zur Fertigungsprogrammplanung oder Dienstleistungserstellung, Beispiel für Anwendung linearer Optimierung	• 19B2, 20B4, 21A3, 22A3, 22B3, 22C3
Kostenarten: • Ausgaben, Aufwand und Kosten, Fixe und variable Kosten, Gemeinkosten und Einzelkosten, Voll- und Teilkostenrechnung	• 19B2, 20A4, 21A3
Kostenstellenrechnung: • Kostenstellen, Betriebsabrechnungsbogen	• –
Kostenträgerrechnung: • Bezugs-, Selbstkosten- und Verkaufskalkulation unter Aufwendung kaufmännischer Rechenmethoden, Divisions- und Zuschlagskalkulation, Nachkalkulation	• 19A4
Deckungsbeitragsrechnung: • Absoluter und relativer Deckungsbeitrag, Kurz- und langfristige Preisuntergrenze	• 20B4

Gesamtwirtschaftliche Entwicklungen und deren Auswirkungen auf die Beschäftigung	Prüfungsaufgaben
Ziele staatlicher Wirtschaftspolitik: • Stabilitätsgesetz, Umweltschutz, Gerechte Einkommens- und Vermögensverteilung	• 19A5, 20A5, 20B5
Indikatoren zur Messung der Ziele: • BIP, reales und nominales Wachstum, Arbeitslosenquote, Preisindex und Kaufkraft, Leistungsbilanz	• 20B5

Wachstums- und Konjunkturschwankungen: • Gründe für konjunkturelle Schwankungen, Konjunkturzyklus, Konjunkturindikatoren	• 19B5
Fiskalpolitik: • Steuerung der Einnahmen- und Ausgabenpolitik und Staatsverschuldung	• 19B5, 20B5
Geldpolitik: • Zins- und Geldmengenpolitik der EZB	• 19A5
Außenwirtschaftliche Beziehungen und Globalisierung: • Außenwirtschaftliche Abhängigkeit Deutschlands, Außenwert der Währung, Internationale Arbeitsteilung	• 20A5

PRÜFUNGSAUFGABEN

Hessen Wirtschaft und Verwaltung
Abschlussprüfung Fachoberschule 2019
Vorschlag A

Aufgabenstellung

1 Die Ingenieurin Jennifer Albrecht arbeitete bisher für ein Unternehmen, welches Einwegbecher aus Kunststoff für Getränke herstellt. Dieses Material ist ihrer Meinung nach nicht zukunftsträchtig, da der Einsatz mineralölbasierter Einwegbecher ein zunehmend negatives Image hat. Da ihr Arbeitgeber anderer Ansicht ist, beschließt Frau Albrecht, ein eigenes Unternehmen zur Herstellung moderner Einwegbecher zu gründen.

1.1 Um beurteilen zu können, ob der Markt für nachhaltigere Einwegbecher attraktiv ist, betreibt Frau Albrecht Sekundärforschung.

1.1.1 Berechnen Sie mithilfe der Informationen in Material 1 das Marktvolumen, den absoluten Marktanteil des Marktführers und den Marktsättigungsgrad im Jahr 2018. (3 BE)

1.1.2 *„Das Marktvolumen reicht nicht aus, um die Attraktivität eines Marktes zu beurteilen."*
Begründen Sie diese Aussage. (3 BE)

1.2 Frau Albrecht möchte unabhängig von den Daten aus Aufgabe 1.1 Primärforschung betreiben.

1.2.1 Beschreiben Sie einen Vorteil und einen Nachteil der Primärforschung. (4 BE)

1.2.2 Frau Albrecht möchte eine Datenerhebung mittels einer Befragung in Form einer Vollerhebung durchführen, um Antworten auf die folgenden Fragen zu erhalten:

- Wie viel sind die Kundinnen und Kunden bereit, mehr für die nachhaltige Verpackung zu zahlen?
- Für wie viele Kundinnen und Kunden wäre die nachhaltige Verpackung der entscheidende Grund, bei einem bestimmten Anbieter ein Getränk zum Mitnehmen zu bestellen?

Bewerten Sie diese Vorgehensweise. (3 BE)

1.3 Bestärkt von den Ergebnissen der Primärforschung entwickelt Frau Albrecht einen einzigartigen, leicht herzustellenden Einwegbecher aus Baumharz. Sie überlegt, ob sie den Becher auf dem Gesamtmarkt für Einwegbecher zu einem niedrigen oder einem hohen Preis anbieten sollte.

1.3.1 Erklären Sie je eine Voraussetzung der Hochpreis- und der Niedrigpreisstrategie. Entscheiden Sie sich anschließend für eine der beiden Strategien. (4 BE)

1.3.2 Als Preiseinführungsstrategie für den neuartigen Baumharzbecher entscheidet sich Frau Albrecht für die Penetrationsstrategie.
Beschreiben Sie diese Strategie und bewerten Sie Frau Albrechts Wahl dieser Strategie. (6 BE)

2 Nach den ersten Marketingüberlegungen gründet Frau Albrecht das Unternehmen DuraPak e. K. und mietet eine kleine Halle mit Büro an. Frau Albrecht bringt 100 000 € als Eigenkapital in die Unternehmung ein. Sie stellt Frau Hille als Mitarbeiterin und Herrn Alb als Mitarbeiter auf Teilzeitbasis ein.

2.1 Frau Albrecht hat sich für eine Einzelunternehmung entschieden.

2.1.1 Beschreiben Sie die Gründungsformalitäten. (3 BE)

2.1.2 Die Angestellte Frau Hille soll in Abwesenheit von Frau Albrecht Lieferverträge abschließen können.
Beurteilen Sie, ob dies bei der Rechtsform der Einzelunternehmung möglich ist. (2 BE)

2.1.3 Das Unternehmen generiert im ersten Jahr einen Verlust von 5 200 €.
Erläutern Sie die Verteilung des Verlustes auf Frau Albrecht, Frau Hille und Herrn Alb. (2 BE)

2.2 Zum Erwerb geeigneter Maschinen benötigt die Unternehmung zusätzliches Kapital in Höhe von 7 000 €. Von einer Bank erhält Frau Albrecht folgende Darlehensangebote:
- Annuitätendarlehen: Annuität 1 506,73 €, Laufzeit 5 Jahre
- Fälligkeitsdarlehen: Nominalzins 2,5 %, Laufzeit: 5 Jahre

2.2.1 Beschreiben Sie die Kapitalherkunft und die Eigentumsverhältnisse des Kapitals bei der Finanzierungsform Darlehen. (4 BE)

2.2.2 Beschreiben Sie das Annuitäten- und das Fälligkeitsdarlehen. (4 BE)

2.2.3 Berechnen Sie jeweils die Gesamtbelastung des Annuitäten- und des Fälligkeitsdarlehens. (4 BE)

3 Die DuraPak e. K. bestellt bei der Rahmus AG Naturkautschuk für die Herstellung von Deckeln. Die Rahmus AG fordert zusätzlich zum Nettokaufpreis Bezugskosten.

3.1 Geben Sie zwei mögliche Beispiele für Bezugskosten an. (2 BE)

3.2 Buchen Sie die folgenden Geschäftsvorfälle mit der Bezeichnung der verwendeten Konten und den entsprechenden Euro-Beträgen.

- Die DuraPak e. K. erhält für den Kauf von Naturkautschuk eine Rechnung in Höhe von 420 € netto zuzüglich 30 € Beschaffungskosten.
- 10 % des Kautschuks ist brüchig und entspricht nicht den Anforderungen der Produktion für Lebensmittelverpackungen. Die DuraPak e. K. sendet sie deshalb umgehend zurück. Die Bezugskosten bleiben davon unberührt.
- Da weitere Teile des Materials fehlerhaft sind, gewährt die Rahmus AG eine Gutschrift von 15 % auf den noch zu zahlenden Rechnungsbetrag. (6 BE)

3.3 Buchen Sie die folgenden Geschäftsfälle in die T-Konten-Vorlagen in Material 2.

- Die DuraPak e. K. bestellt eine weitere Charge Kautschuk im Wert von 476 €, brutto und erhält einen Sofortrabatt von 5 %. Es fallen keine Bezugskosten an.
- Die DuraPak e. K. bezahlt die Rechnung aus dem vorherigen Geschäftsvorfall. (4 BE)

4 Frau Albrecht stellt ihre Becher aus speziellem Baumharz her, das hitzebeständig und spülmaschinenfest ist. Das Grundmaterial ist ein von ihr entwickeltes Granulat, das neben dem Baumharz verschiedene stabilisierende Stoffe enthält.

4.1 Das Unternehmen hat bisher keine Anlagen zur Herstellung dieses Granulats angeschafft und so wird diskutiert, ob das Material selbst hergestellt oder bei einem Fremdunternehmen in Auftrag gegeben werden soll. Die variablen Kosten betragen bei Eigenfertigung pro Kilogramm 4,20 € und die fixen Kosten 4 200 €. Der Bezugspreis bei Fremdbezug beträgt pro Kilogramm 6,30 €. Das Unternehmen benötigt jährlich zunächst 2 Tonnen. Perspektivisch wird mit einem Bedarf von 3,5 Tonnen gerechnet.

4.1.1 Ermitteln Sie mithilfe der Angaben in Material 3 die Kosten für die Eigenfertigung und den Fremdbezug.
Stellen Sie Ihre Ergebnisse grafisch dar. (7 BE)

4.1.2 Berechnen Sie die kritische Menge und interpretieren Sie das Ergebnis. (3 BE)

4.1.3 Geben Sie jeweils an, ob es sich um einen Vorteil der Eigenfertigung oder des Fremdbezugs handelt. (4 BE)

- Geringe Kapitalbindung
- Höhere Flexibilität bei Nachfrageänderungen
- Wegfall von Beschaffungszeiten
- Hoher Einfluss auf die Qualitätssicherung (4 BE)

4.1.4 Entscheiden Sie sich, basierend auf den Ergebnissen aus Aufgabe 4.1.2 und der Unternehmenssituation, für die Eigenfertigung oder den Fremdbezug. (3 BE)

4.2 Bei der DuraPak e. K. und ihren Lieferanten kommen eine Reihe von Fertigungstypen zum Einsatz.

4.2.1 Geben Sie bei den folgenden Beispielen den Fertigungstyp (d. h. nach der Produktionsmenge) an.

- Ein Zulieferer stellt für alle Becher eine neutrale Kartonverpackung her.
- Die UrMetall GmbH stellt für die DuraPak e. K. eine Spezialmaschine zur Weiterverarbeitung des Baumharzgranulats her.
- Geschäftskunden der DuraPak e. K. können online die Farbe und Gestaltung ihrer Becher selbst bestimmen, wenn sie mindestens 2 000 Stück kaufen.
- Die DuraPak e. K. stellt neben den Getränkebechern auch Suppenschüsseln für Restaurants und Lieferdienste her. (4 BE)

4.2.2 Stellen Sie die Massenfertigung unter Einbezug je eines Vor- und Nachteils der Einzelfertigung gegenüber. (4 BE)

5 Frau Albrecht hat in einer Zeitung einen Artikel über den aktuellen Stand der deutschen Volkswirtschaft gefunden. Als Unternehmensgründerin schaut sie sich diesen mit besonderem Interesse an.

5.1 Insbesondere die Aktivitäten der Europäischen Zentralbank (EZB) haben eine besondere Bedeutung. (2 BE)

5.1.1 Eine Aufgabe der EZB ist die Leitzinspolitik.
Nennen Sie vier weitere Aufgaben der EZB. (4 BE)

5.1.2 Erklären Sie die Bedeutung des Leitzinses. (2 BE)

5.1.3 Skizzieren Sie die Folgen einer Leitzinssenkung in einer Wirkungskette und leiten Sie dabei die Folgen für die DuraPak e. K her. (4 BE)

5.2 Die Bundesregierung setzt mehrere Maßnahmen um, die den Zielen im Magischen Sechseck dienen sollen.
Geben Sie jeweils das wirtschaftspolitische Ziel an (*Hinweis:* nicht Umweltschutz), das betroffen ist, und beurteilen Sie jeweils die Zielbeziehung zum Ziel Umweltschutz.

a Der Mindestlohn steigt zum 1. Januar 2020 auf 9,35 €.

b Fahrzeuge, die mindestens teilelektrisch betrieben werden, erhalten staatliche Zuschüsse.

c Die Bundeskanzlerin besucht den US-Präsidenten, um auf eine Entspannung im Handelsstreit hinzuwirken. (9 BE)

Material 1 Marktsituation für nachhaltige produzierte Einwegbecher (2017/2018)

Wettbewerber	Umsatzerlös 2018 in Millionen Euro
Portable KG	2,3
Fairtig UG	1,9
Besserbecher e. K.	1,4
Sonstige	7,4

Das Marktpotenzial beträgt 21 Millionen Euro.

Material 2 T-Konten-Vorlagen DuraPak e. K.

S	Rohstoffe	H

S	Vorsteuer	H

S	Bank	H

S	Verbindlichkeiten a. L. L.	H

Material 3 **Vergleich Eigenfertigung und Fremdbezug Baumharzgranulat**

	Eigenfertigung			Fremdbezug
Menge in Tonnen	Fixe Kosten in €	Variable Kosten in €	Gesamtkosten in €	Gesamtkosten in €
0,5	4 200	2 100	6 300	3 150
1,5	4 200	6 300	10 500	9 450
2,5	14 200	10 500	14 700	15 750
3,0	14 200	12 600	16 800	18 900

Lösungsvorschlag

1.1.1 Marktvolumen in Mio. € = Summe der Umsatzerlöse der Marktteilnehmer
= 2 300 000 € + 1 900 000 € + 1 400 000 €
+ 7 400 000 € = 13 000 000 €

absoluter Marktanteil der Portable KG

$$= \frac{\text{Umsatzerlöse der Portable KG}}{\text{Marktvolumen}} \cdot 100\ \%$$

$$= \frac{2\,300\,000\ €}{13\,000\,000\ €} \cdot 100\ \% = 17{,}69\ \%$$

Marktsättigungsgrad

$$= \frac{\text{Marktvolumen}}{\text{Marktpotenzial}} \cdot 100\ \%$$

$$= \frac{13\,000\,000\ €}{21\,000\,000\ €} \cdot 100\ \% = 61{,}90\ \%$$

1.1.2 Die Aussage *„Das Marktvolumen reicht nicht aus, um die Attraktivität eines Marktes zu beurteilen"* ist korrekt. Das Marktvolumen stellt vielmehr die aktuelle Situation des Gesamtmarktes dar. Um die Attraktivität besser zu analysieren, werden mehr Daten benötigt. Hierzu bietet es sich an, Daten über die Mitbewerber in Erfahrung zu bringen. Antworten auf die insgesamte Wettbewerbssituation sollten gefunden werden. Zudem ist es wichtig, in Erfahrung zu bringen, wie die relativen und absoluten Marktanteile der Wettbewerber sind. Auch zukünftige Entwicklungen sollten betrachtet werden. So spielt das Marktpotenzial eine entscheidende Rolle für die Attraktivität eines Marktes.

1.2.1

TIPP Bei der Bearbeitung ist es wichtig, dass die Beschreibung der Primärforschung in eigenen Worten erfolgt. Zudem sollten Sie darauf achten, die zu beschreibenden Sachverhalte fachsprachlich und strukturiert zu verdeutlichen.

Die **Vorteile** in der Primärforschung liegen einerseits in der Erhebung selbst. Mithilfe der Primärforschung können Daten **gezielter** erhoben werden und somit kann man präziser auf die jeweiligen Bedürfnisse des Unternehmens eingehen. Andererseits ist die **Aktualität** der Daten ein weiterer wichtiger Vorteil in der Primärforschung. Da diese extra erhoben werden, sind sie auch aktuell und zeigen keine Analysedaten der Vergangenheit an.

Nachteilig im Rahmen der Primärforschung ist gewiss der **intensive Zeitaufwand**. Die Planung, Entwicklung von Marktforschungsinstrumenten sowie die eigentliche Durchführung nehmen viel Zeit in Anspruch. In diesem Zusammenhang lässt sich auch ein zweiter Nachteil anführen – der **Kostenaufwand**. Dieser ist im Rahmen der Primärforschung in der Regel erheblich höher als in der Sekundärforschung.

1.2.2

> **TIPP** Bei der Aufgabenstellung gilt es zu beachten, dass man zur Beantwortung der Fragestellung zu unterschiedlichen Einschätzungen kommen kann.
> Es ist entscheidend zu wissen, dass eine Vollerhebung der Erhebung der Daten einer Grundgesamtheit entspricht und nicht einer Stichprobe.
> Eine Frage kann grundsätzlich für eine Vollerhebung geeignet sein, während sich eine andere Frage nicht für eine Vollerhebung anbietet. Im vorliegenden Fall werden in der Vollerhebung also alle (potenziellen) Kundinnen und Kunden des Unternehmens befragt. Hier gilt es nun zu betrachten, ob sich die Fragestellungen für eine Vollerhebung anbieten.

Hinsichtlich der ersten Frage „Wie viel sind die Kundinnen und Kunden bereit, mehr für die nachhaltige Verpackung zu zahlen?" scheint eine Befragung durchaus möglich, wenngleich man die Antworten kritisch betrachten sollte. Es gilt nämlich zu beachten, dass Menschen ihr wertmäßiges Kaufverhalten nicht richtig einschätzen oder es nicht wahrheitsgemäß preisgeben möchten. Andererseits lassen sich mit Bezug auf die zweite Fragestellung keine beobachtbaren Motive von Kundinnen bzw. Kunden ermitteln.
Ein Vollerhebung ist im vorliegenden Fall insgesamt nicht sinnvoll. Die Erhebung der Daten aller potenziellen Kundinnen und Kunden wäre für das Vorhaben **zu zeit- und kostenintensiv**.

1.3.1 Als grundsätzliche Voraussetzungen für die **Hochpreisstrategie** können folgende Aspekte genannt werden:

- Nachvollziehbarkeit: Ein hoher Preis muss für die Kundinnen und Kunden nachvollziehbar sein. Er sollte entsprechend mit einer höheren Qualität oder exklusiven Eigenschaften des Produktes begründet werden können.
- Mangelnde Preisbewusstheit: Ein höherer Preis sollte nicht auf Kundinnen bzw. Kunden treffen, die hohen Wert auf günstige Preise legen.
- Starkes Marketing: Das Marketing sollte es schaffen, das Alleinstellungsmerkmal des Produktes zu verdeutlichen. Wenn dies deutlich wird, schauen Kundinnen und Kunden in der Regel über einen höheren Preis hinweg.

Als grundsätzliche Voraussetzungen für die **Niedrigpreisstrategie** können folgende Aspekte genannt werden:

- Günstige Kostenstruktur: Im Vergleich zur Konkurrenz sollte das Unternehmen über günstigere Kostenstrukturen verfügen. Andernfalls kann eine Niedrigpreisstrategie nachteilig für das Unternehmen sein.
- Mengendegression berücksichtigen: Durch die Produktion von großen Mengen werden die anfallenden Kosten auf eine große Anzahl an Produkten verteilt. Somit werden die Gesamtkosten je Stück niedriger, was sich positiv auf den Verkaufspreis auswirken kann.

- Hohe Preiselastizität: Die Preiselastizität der Nachfrage gibt an, wie sehr sich die Nachfrage ändert, wenn sich der Preis eines bestimmten Produktes verändert. Im Sinne der Niedrigpreisstrategie würde dies bedeuten, dass man den Preis verringert und die Nachfrage nach dem Produkt deutlich höher wird.

Die Wahl sollte im vorliegenden Fall auf eine Höchstpreisstrategie fallen. Das Unternehmen bietet bei seinem Produkt die **Besonderheit des Baumharzes** als **Produkteigenschaft**, was als Alleinstellungsmerkmal betrachtet werden kann. In der heutigen Zeit kommt Nachhaltigkeit eine immer größer werdende Bedeutung zu, sodass Kundinnen und Kunden eher bereit sind, aufgrund der Produkteigenschaft einen höheren Preis zu bezahlen.

1.3.2

TIPP Relevant ist hier die Begründung, ob die ausgewählte Penetrationsstrategie geeignet oder nicht geeignet ist. Demnach kann man sich mit der richtigen Begründung sowohl für als auch gegen die Penetrationsstrategie entscheiden.

Die Penetrationsstrategie bewirkt, dass mithilfe eines günstigen Preises für ein Produkt und den damit verbundenen höheren Absatzzahlen in relativ kurzer Zeit ein solider Marktanteil aufgebaut wird. Im Zeitverlauf kann der Preis schrittweise angehoben werden. Die Penetrationsstrategie wird in der Praxis häufig bei Dienstleistungen oder Produkten angewendet, die wiederholt in Anspruch genommen bzw. gekauft werden.

Für die Penetrationsstrategie spricht der wiederholte Konsum der nachhaltigen Einwegverpackungen, da es sich um ein Verbrauchsgut handelt. Sollte das Unternehmen also das Ziel verfolgen, schnell einen soliden Marktanteil aufzubauen, ist die Penetrationsstrategie durchaus geeignet.

Gegen die Penetrationsstrategie spricht das Alleinstellungsmerkmal des Produktes. Da es keine Produkte auf dem Markt gibt, die ähnlich sind, lohnt sich ein Ausnutzen dieses Vorteils für das Unternehmen. Mit einem hohen Preis sind auch die Entwicklungskosten schnell wieder finanziert. Dies spricht für die Skimmingstrategie.

2.1.1 Die Gründung der Einzelunternehmung erfolgt formlos. Eine Eintragung in das Handelsregister ist in der Regel erforderlich. Der Rechtsformzusatz ist zwingend notwendig. Die Bezeichnung muss nicht mehr als den Vor- und Familiennamen enthalten.

2.1.2 Bei dieser Rechtsform ist es möglich, dass Frau Hille eine Vertretungsvollmacht erhält und die Lieferverträge abschließen kann. Hierzu muss Frau Albrecht ihr lediglich diese Vertretungsvollmacht (z. B. in Form einer Prokura) erteilen.

2.1.3 Den Verlust muss Frau Albrecht als Einzelunternehmerin vollständig sowohl mit dem Betriebs- als auch mit dem Privatvermögen selbst tragen. Die Angestellten sind hier nicht betroffen. Ein etwaiger Gewinn würde jedoch ebenfalls vollständig Frau Albrecht zustehen.

2.2.1 Ein Darlehen ist der Fremdfinanzierung zuzuordnen, da Kapital in das Unternehmen eingebracht wird, welches weiterhin den Gläubigern gehört. Da das Kapital von außen und nicht durch die Geschäftstätigkeit des Unternehmens kommt, spricht man ebenfalls von einer Außenfinanzierung.

2.2.2 Beim **Annuitätendarlehen** zahlt der Schuldner während der gesamten Laufzeit einen gleichbleibenden Betrag an den Gläubiger. Dieser Betrag, auch Annuität genannt, setzt sich aus zwei Bestandteilen zusammen – der Tilgungszahlung und der Zinszahlung. Da man über die Laufzeit hinweg den Darlehensbetrag tilgt und dieser somit immer kleiner wird, werden die Zinsen immer weniger. Da die Annuität jedoch immer gleich bleibt, muss im gleichen Zeitraum die Tilgungszahlung höher werden.
Beim **Fälligkeitsdarlehen** werden zunächst nur Zinsen gezahlt, die Tilgung erfolgt erst später. Erst am Ende muss der Darlehensbetrag in voller Höhe zuzüglich der im letzten Jahr anfallenden Zinsen gezahlt werden.

2.2.3 **Annuitätendarlehen:**

Gesamtbelastung = Annuität pro Jahr · Laufzeit
= 1 506,76 € · 5 Jahre = 7 533,65 €

Fälligkeitsdarlehen:

Jahr	Darlehen am Jahresanfang in €	Tilgungszahlung in €	Zinszahlung in €	Fälligkeitsbetrag in €
1	7 000,00	0,00	175,00	175,00
2	7 000,00	0,00	175,00	175,00
3	7 000,00	0,00	175,00	175,00
4	7 000,00	0,00	175,00	175,00
5	7 000,00	7 000,00	175,00	7 175,00
	Σ	7 000,00	875,00	7 875,00

3.1

TIPP Unter Bezugskosten versteht man die Anschaffungsnebenkosten – also alle Aufwendungen, die bis zum eigenen Lager entstehen.
Laut Aufgabenstellung sollten zwei mögliche Beispiele für Bezugskosten angegeben werden.

Beispiele hierfür sind Verpackung, Versicherung, Transport, Zölle, Fracht, Rollgeld, Zwischenlagerkosten

3.2

TIPP Bei dieser Aufgabenstellung ist es nötig, drei verschiedene Buchungssätze zu erstellen. Achten Sie darauf, dass zu einem vollständigen Buchungssatz immer auch die €-Beträge gehören.
Das Beispielunternehmen stellt Einwegbecher her. Dies ist wichtig zu beachten, da im ersten Geschäftsfall Naturkautschuk gekauft wird. Dies stellt für das Unternehmen einen **Rohstoff** dar. Der Hinweis **netto** zeigt auf, dass Sie beim Erstellen des Buchungssatzes an die **Vorsteuer** (Einkauf) denken müssen. Zusätzlich ist noch das Buchen der Beschaffungskosten notwendig. Diese werden über das Konto **Bezugskosten für Rohstoffe** gebucht. Da es sich um eine Rechnung handelt, die bezahlt werden muss (man also verpflichtet ist, diese zu begleichen), handelt es sich um **Verbindlichkeiten**. Hieraus entsteht der Buchungssatz:

Rohstoffe	420,00 €			
Bezugskosten für Rohstoffe	30,00 €			
Vorsteuer	85,50 € (NR)	an	Verbindlichkeiten a. LL	535,50 €

NR: $450 \cdot 19/100 = 85{,}50$ €

TIPP Im zweiten Geschäftsfall wird ein Teil der Rohstoffe wegen Qualitätsmängeln zurückgesendet. Generell gilt, dass der Einkaufsbuchungssatz bei einer Rücksendung einfach umgedreht wird. Wichtig ist hier der Hinweis in der Aufgabenstellung, dass die Bezugskosten von der Rücksendung unberührt bleiben.
Achten Sie bei der Berechnung des Rohstoff-Wertes darauf, dass Sie nur 10 % der gekauften Rohstoffe zurücksenden.

Verbindlichkeiten a. LL	49,98 €	an	Rohstoffe	42,00 €
			Vorsteuer	7,98 €

TIPP Beim dritten Geschäftsfall geht man davon aus, dass man zwar den Rest der Rohstoffe behält, auf diesen allerdings eine Gutschrift erhält. Bedenken Sie, dass Sie hierbei nicht von dem vollständigen ursprünglichen Rechnungsbetrag ausgehen dürfen, sondern nur von dem Teil, den man behalten hat. In der Aufgabenstellung ist nicht definiert, ob die Gutschrift auch auf die Bezugskosten angewendet wird oder nicht. In diesem Fall sind zwei Lösungen möglich:

1. Gutschrift auch auf die Bezugskosten

	ursprüngliche Verbindlichkeiten	535,50 €
–	Abzug Vbl durch Rücksendung	49,98 €
–	restliche Verbindlichkeiten	485,52 €

Berechnung der Gutschrift in Höhe von 15 %
$\Rightarrow$ 485,52 € · 15 / 100 = 72,83 €

TIPP Diese 72,83 € werden im Buchungssatz von den noch vorhandenen Verbindlichkeiten abgebucht. Auf der anderen Seite kann man aber nicht einfach Rohstoffe abziehen, da dies bedeuten würde, dass der Bestand an Rohstoffen kleiner wird. Aus diesem Grund gibt es im Bereich Einkauf das Konto Nachlässe für Rohstoffe. Der Betrag von 72,83 € besteht aber nicht ausschließlich aus den Nachlässen, sondern er beinhaltet auch einen Anteil der Vorsteuer und der Bezugskosten (die bislang nur im ersten Buchungssatz berücksichtigt wurden).

Verbindlichkeiten a. LL	72,83 €	an	Nachlässe für Rohstoffe	56,70 €
			Bezugskosten	4,50 € (NR 1)
			Vorsteuer	11,63 € (NR 2)

NR 1: 30,00 € · 15 / 100 = 4,50 €
NR 2: 72,83 € · 19 / 119 = 11,63 €

2. Gutschrift ohne Berücksichtigung der Bezugskosten

TIPP Wenn man davon ausgehen würde, dass aufgrund dessen, dass die Bezugskosten außen vor bleiben (und nichts Anderweitiges in der Aufgabenstellung steht), ist folgende Rechnung nötig:

	ursprüngliche Verbindlichkeiten	535,50 €
	$\Rightarrow$ *hierin sind die Bezugskosten + anteilige Vorsteuer enthalten*	
–	Bezugskosten + anteilige Vorsteuer	35,70 €
=	ursprüngliche Vbl ohne Bezugskosten	499,80 €
–	Reduktion Vbl durch Rücksendung	49,98 €
=	restliche Verbindlichkeiten	449,82 €

Berechnung der Gutschrift in Höhe von 15 %
$\Rightarrow$ 449,82 € · 15 / 100 = 67,47 €

Hieraus entsteht folgender Buchungssatz:

Verbindlichkeiten a. LL	67,47 €	an	Nachlässe für Rohstoffe	56,70 € (NR 3)
			Vorsteuer	10,77 € (NR 4)

NR 3: 67,47 € · 100 / 119 = 56,70 €
NR 4: 67,47 € × 19 / 119 = 10,77 €

3.3

TIPP In der Aufgabenstellung 3.3 sollen Sie die Geschäftsfälle in die T-Konten eintragen. Hierfür ist es i. d. R. sinnvoll, zuerst die entsprechenden Buchungssätze zu erstellen. Achten Sie auf brutto und Sofortrabatt. Wenn nichts anderes angegeben ist, handelt es sich um einen Kauf auf Ziel.

1. Buchungssatz:

Rohstoffe	380,00 €			
Vorsteuer	72,20 €	an	Verbindlichkeiten a. LL	452,20 €

2. Buchungssatz:

TIPP Bezahlen der Rechnung. Auch hier gilt: Wenn nichts anderes angegeben ist, wird eine Rechnung durch Banküberweisung getätigt.

Verbindlichkeiten a. LL	452,20 €	an	Bank	452,20 €

TIPP Bei dieser Aufgabenstellung sollte abgeprüft werden, ob Sie in der Lage sind, Geschäftsfälle ordnungsgemäß in T-Konten einzutragen. Lassen Sie sich nicht davon verunsichern, wenn in der Aufgabenstellung weder ein Hinweis auf die Anfangsbestände steht noch das Abschließen der Konten erwähnt wird. Dies war hier nicht gefragt.

S		Rohstoffe	H
Verbindlichkeiten (Fall 1)	380,00 €		

S		Vorsteuer	H
Verbindlichkeiten (Fall 1)	72,20 €		

S		Bank	H
		Verbindlichkeiten (Fall 2)	452,20 €

S		Verbindlichkeiten a. LL	H
Bank (Fall 2)	452,20 €	Rohstoffe / Vorsteuer (Fall 1)	452,20 €

4.1.1

TIPP In dieser Aufgabenstellung geht es um die Fragestellung, ob die Eigenfertigung oder der Fremdbezug präferiert werden sollte. Hierzu ist eine Rechnung nötig. Als Hilfsmittel wird eine auszufüllende Tabelle mitgeliefert. Achten Sie jedoch darauf, dass die Gewichtsangaben unterschiedliche Einheiten betreffen.

	Eigenfertigung				Fremdbezug
Menge in Tonnen	**Menge in kg**	**fixe Kosten in €**	**variable Kosten in €**	**Gesamtkosten in €**	**Gesamtkosten in €**
0,5	500	4 200,00	2 100,00	6 300,00	3 150,00
1,5	1 500	4 200,00	6 300,00	10 500,00	9 450,00
2,5	2 500	4 200,00	10 500,00	14 700,00	15 750,00
3,0	3 000	4 200,00	12 600,00	16 800,00	18 900,00

TIPP Der zweite Aufgabenteil besteht aus dem Erstellen einer dazugehörigen Grafik. Achten Sie dabei darauf, dass Sie die Grafik entsprechend beschriften. Es muss für einen unbeteiligten Dritten klar sein, welche Bedeutung Ihrem Diagramm zukommt.
Für Ihr Diagramm brauchen Sie die Werte und Überschriften der Spalten: Menge in Tonnen, Eigenfertigung – Gesamtkosten in € sowie Fremdbezug – Gesamtkosten in €. Sie werden sehen, dass beim Eintragen der Werte ein Schnittpunkt zwischen der Eigen- und der Fremdfertigung existiert. Dieser liegt zwischen 1,5 und 2,5 Tonnen.

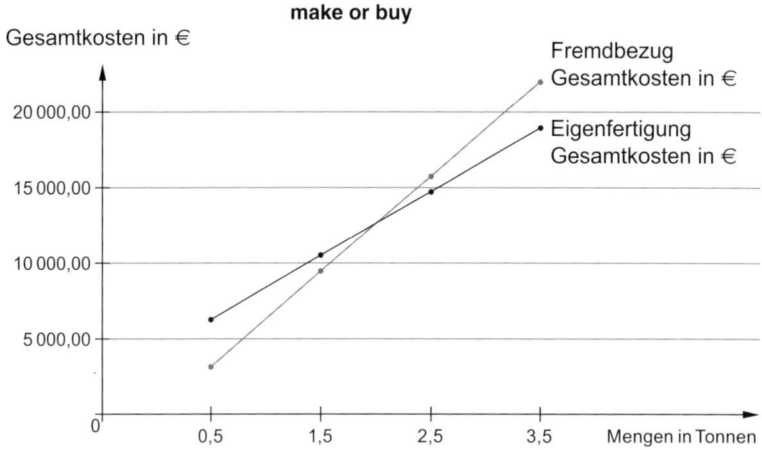

4.1.2

TIPP Durch das Berechnen in der Tabelle und die anschauliche Darstellung im Diagramm kann man zwar in etwa sagen, wo der Schnittpunkt zwischen Eigenfertigung und Fremdbezug liegt, aber nicht, wo genau. Hierfür ist die Berechnung der kritischen Menge nötig. Die kritische Menge gibt an, an welchem Punkt (bei welcher Menge) es egal ist, ob man Fremdbezug oder Eigenfertigung wählt, da hier der Preis des Produktes gleich hoch ist.

Um den Punkt bestimmen zu können, müssen die Eigenfertigung und der Fremdbezug einander gegenübergestellt werden.

Kosten der Eigenfertigung: fixe Kosten + variable Kosten je Stück · Stück
$= 4\,200{,}00 + 4{,}20\,x$

Kosten des Fremdbezugs: Bezugspreis · Stück
$= 6{,}30\,x$

TIPP Zum Gleichstellen werden diese beiden Gleichungen durch ein Gleichheitszeichen verbunden und nach x aufgelöst:

$$4\,200{,}00\text{ €} + 4{,}20\text{ €} \cdot x = 6{,}30\text{ €} \cdot x \quad \big| -4{,}20\text{ €} \cdot x$$
$$4\,200{,}00\text{ €} = 2{,}10\text{ €} \cdot x \quad \big| :2{,}10\text{ €}$$
$$x = \underline{\underline{2\,000\text{ kg}}}$$

TIPP Der zweite Teil der Aufgabenstellung betrifft das Interpretieren des Ergebnisses. Was bedeutet das Ergebnis von 2 000 Stück?

Bei einer Verbrauchsmenge von größer als 2 000 kg ist die Eigenfertigung günstiger. Bei einer Verbrauchsmenge von kleiner als 2 000 kg ist der Fremdbezug günstiger. Bei einer Verbrauchsmenge von 2 000 kg sind die Kosten der Eigenfertigung und des Fremdbezugs gleich hoch.

4.1.3

TIPP Überlegen Sie bei einer solchen Aufgabe immer zuerst, was die einzelnen Begriffe bedeuten.

Geringe Kapitalbindung:
Man hat nur wenig Geld in z. B. Maschinen investiert.
Vorteil – Fremdbezug

Höhere Flexibilität bei Nachfrageänderungen:
Wenn die Nachfrage plötzlich einbricht, bleiben bei der Eigenfertigung die Kosten erhalten.
Vorteil – Fremdbezug

Wegfall von Beschaffungszeiten:
Zeit, die man mit einkalkulieren muss, bis die Produkte vom Produzenten geliefert werden.
Vorteil – Eigenfertigung

Hoher Einfluss auf die Qualitätssicherung:
Wenn man das Produkt selbst herstellt, kann man im Zweifel direkt während der Fertigung eingreifen oder sie anpassen.
Vorteil – Eigenfertigung

4.1.4 Das Unternehmen benötigt derzeit jährlich 2 000 kg. Das bedeutet, dass es zu diesem Zeitpunkt eigentlich egal wäre, ob es Eigenfertigung betreibt oder das benötigte Granulat fremd bezieht.
Der Fremdbezug hätte jedoch den Vorteil, dass flexibler agiert werden könnte und man weniger Kapital in die Maschinen investieren müsste. Perspektivisch ist allerdings geplant, dass das Unternehmen einen Bedarf von 3 500 kg hat. In diesem Fall wäre es sinnvoll, direkt mit der Eigenfertigung loszulegen, zumal es um ein selbst entwickeltes Produkt geht, welches besonders geschützt werden sollte.

4.2.1

TIPP Sie können vier unterschiedliche Fertigungstypen unterscheiden. Der Unterschied liegt in der Herstellungsmenge. Wenn Sie nur ein Teil, das speziell auf den Kunden zugeschnitten ist, fertigen (Unikat), dann handelt es sich um eine Einzelfertigung. Bei der Serienfertigung wird das gleiche Produkt in einer begrenzten Anzahl hergestellt. Davon unterschieden wird die Sortenfertigung. Hierbei wird das gleiche Produkt aber z. B. in unterschiedlichen Farben hergestellt. Wenn ein Produkt in einer sehr großen Stückzahl hergestellt wird, spricht man von der Massenfertigung.
In der Aufgabe 4.2.1 sind verschiedene Beispiele genannt. Diese sollen den verschiedenen Fertigungstypen zugeordnet werden.

- Ein Zulieferer stellt für alle Becher eine neutrale Kartonverpackung her.
  Massenfertigung
- Die UrMetall GmbH stellt für die DuraPak e.K. eine Spezialmaschine zur Weiterverarbeitung des Baumharzgranulats her.
  Einzelfertigung
- Geschäftskunden der DuraPak e.K. können online die Farbe und Gestaltung ihrer Becher selbst bestimmen, wenn sie mindestens 2 000 Stück kaufen.
  Sortenfertigung
- Die DuraPak e.K. stellt neben den Getränkebechern auch Suppenschüsseln für Restaurants und Lieferdienste her.
  Serienfertigung

4.2.2

TIPP Bei dieser Aufgabenstellung geht es um das Wissen um verschiedene Vor- und Nachteile, die die Fertigungstypen (hier: Einzelfertigung und Massenfertigung) mit sich bringen. Stellen Sie einen Vergleich zwischen den beiden Fertigungstypen, ausgehend von der Massenfertigung, her.

Die Massenfertigung ist darauf ausgelegt, große Mengen eines Produktes herzustellen. Hierauf sind die kompletten Planungen und Organisationsstrukturen ausgelegt. Dies bietet, im Vergleich zur Einzelfertigung, einen enormen Kostenvorteil durch ein hohes Maß an möglicher Automation, die wiederum schnelleres Arbeiten ermöglicht und den Einsatz von weniger geschultem Personal begünstigt. Leider ist es jedoch nicht möglich, spezielle Kundenwünsche im Produktionsprozess zu berücksichtigen. Entsprechend schwierig gestaltet sich das gezielte Ansprechen der Kunden.

5.1.1

TIPP „Nennen" bedeutet für Sie im Prüfungsablauf eine reine Wissensabfrage. Im Rahmen dieser Aufgabenstellung geht es um die Aufgaben, die die Europäische Zentralbank zu bewältigen hat. Die wichtigste Aufgabe ist allerdings bereits genannt – somit müssen Ihnen vier weitere Aufgaben einfallen. In der Prüfung genügt die reine Nennung der Aufgaben – eine Erklärung ist nicht nötig.

- Die gemeinsame Geldpolitik festlegen und ausführen
- Tätigen von Devisengeschäften
- Verwalten und Halten der offiziellen Währungsreserven der Mitgliedsstaaten
- Ausgabe des Euro-Papiergeldes
- Aufsicht über Kreditinstitute
- Förderung des Funktionierens des reibungslosen Zahlungsverkehrs

5.1.2

TIPP Im Gegensatz zur Lösung der Aufgabe 5.1.1 müssen Sie hier auf vollständige, zusammenhängende Sätze achten. Stellen Sie sich vor, Sie müssten den Begriff bzw. die Bedeutung des Begriffs „Leitzins" einer Person verständlich machen, die noch nie davon gehört hat.

Die Festlegung des Leitzinses gehört zu den Aufgaben der Europäischen Zentralbank. Der Leitzins ist der Zins, zu dem sich Kreditinstitute (Banken) bei der EZB Geld leihen können. Sinkt der Leitzins, werden auch die Kredite der Kunden günstiger, da die Banken diesen Vorteil weitergeben können. Nachteilig ist jedoch, dass die Zinsen, die Kunden für Geldanlagen bei den Banken erhalten, auch weniger werden – es lohnt sich für Kunden also auch aufgrund der Inflationsrate mehr, das Geld auszugeben (Mittel, um Konjunktur anzukurbeln). Den gegenteiligen Effekt gibt es, wenn der Leitzins steigt (Kredite werden teurer, Sparen lohnt sich mehr). Somit beeinflusst die EZB indirekt die Stabilität der Preise.

5.1.3

TIPP Während es bei der 5.1.2 vorwiegend um das Erklären des eigentlichen Leitzinsbegriffs ging, soll hier speziell dargelegt werden, wie sich eine Senkung des Leitzinses auf die DuraPak e.K. auswirken würde. Es soll eine Wirkungskette skizziert werden. Achten Sie auch darauf, die Situation entsprechend herzuleiten:

Bei der DuraPak e.K. handelt es sich noch um ein sehr junges Unternehmen, in dem vermutlich noch Investitionen (entsprechend neue Kredite) nötig sind.

- Die Geschäftsbanken können sich günstiger Geld leihen (refinanzieren).

- Hierdurch senken sie die Zinsen auf Kredite und Geldanlagen.
- Dadurch werden mehr Unternehmen einen Kredit aufnehmen (die nachfragewirksame Geldmenge steigt).
- Dadurch, dass mehr Geld im Umlauf ist, steigt die Nachfrage.
- Wenn mehr nachgefragt wird, muss mehr produziert werden (Produktion wird ausgeweitet).
- Hierdurch werden mehr Mitarbeiter benötigt (die Beschäftigung steigt).

5.2

TIPP Das magische Sechseck ist die Erweiterung des magischen Vierecks, welches aus den Zielen des Gesetzes zur Förderung der Stabilität und des Wachstums der Wirtschaft (Stabilitätsgesetz) entstanden ist.

Die Ziele, die im magischen Viereck vorkommen, sind:

- Hoher Beschäftigungsstand
- Stabilität des Preisniveaus
- Stetiges und angemessenes Wirtschaftswachstum
- Außenwirtschaftliches Gleichgewicht

Ergänzt wurde das magische Viereck um zwei weitere Ziele zum magischen Sechseck:

- Schutz der natürlichen Umwelt
- Gerechte Einkommens- und Vermögensverteilung

Die Aufgabenstellung umfasst hier zwei Bereiche. Zum einen sollen die Beispiele a) – c) einem der fünf verbliebenen Ziele (außer Umweltschutz) zugewiesen werden – zum anderen sollen Sie die Zielbeziehung (Zielharmonie, Zielkonflikt, Zielneutralität) zwischen Ihrer Zuordnung und dem Ziel Umweltschutz beurteilen.

a) Der Mindestlohn steigt zum 1. Januar 2020 auf 9,35 €.

   Ziel: Gerechte Einkommens- und Vermögensverteilung

   Beurteilung: Es handelt sich um Zielneutralität oder einen Zielkonflikt. Wenn die Mitarbeiter mehr Geld zur Verfügung haben, werden sie in einer verbrauchsorientierten Gesellschaft mehr Geld ausgeben, was sich negativ auf den Umweltschutz auswirken kann.

b) Fahrzeuge, die mindestens teilelektrisch betrieben werden, erhalten staatliche Zuschüsse.

   Ziel: Stetiges und angemessenes Wirtschaftswachstum

   Beurteilung: Es handelt sich um eine Zielharmonie. Durch die genannte Maßnahme wird es für potenzielle Kunden attraktiver, sich beim Neuwagenkauf für ein Elektroauto oder Hybrid-Modell zu entscheiden, wodurch der Ausstoß von CO_2 reduziert wird. Wie hoch die Wirkung sein wird, ist jedoch fraglich, da die Preise für ein solches Fahrzeug noch deutlich über denen der Verbrennungsmotoren liegen.

c) Die Bundeskanzlerin besucht den US-Präsidenten, um auf eine Entspannung im Handelsstreit hinzuwirken.

Ziel: Außenwirtschaftliches Gleichgewicht

Beurteilung: Es handelt sich um Zielneutralität oder einen Zielkonflikt. Zusätzlicher Außenhandel geht auf Kosten der Umwelt, da die Produkte z. B. mit dem Flugzeug zum Zielort transportiert werden müssen.

Hessen Wirtschaft und Verwaltung
Abschlussprüfung Fachoberschule 2019
Vorschlag B

Aufgabenstellung

1 Die Power to Car KG aus Südhessen stellt Lademöglichkeiten für Elektroautos her. Sie hat drei Grundtypen im Angebot: Es gibt freistehende Ladesäulen oder an einer Wand montierte Ladestationen (Wandladestation) und die neu entwickelten Bodenmatten, bei der das Fahrzeug ohne Kabel und Stecker (induktive Ladetechnik) geladen wird, wenn das Auto darauf steht. Ihre Kundinnen und Kunden sind neben Privathaushalten auch Unternehmen (z. B. Parkhäuser) sowie Städte und Gemeinden.

1.1 Immer mehr Autohersteller bieten Elektroautos an und die Zahl der Neuzulassungen ist in den letzten Jahren deutlich gestiegen. Die Power to Car KG will diesen Trend nicht verpassen und ihre Absatzzahlen stark steigern. Dazu hat das Unternehmen auch innovative Bodenmatten entwickelt, mit denen die Autos kontaktlos geladen werden können.

1.1.1 Die Power to Car KG verfolgt sehr ehrgeizige Ziele, um die Wachstumsstrategien (nach Ansoff) umzusetzen.
Geben Sie die Matrix der Wachstumsstrategien nach Ansoff wieder, an der sich das Unternehmen orientiert, und erläutern Sie den Sinn einer Marketingstrategie im Allgemeinen. (6 BE)

1.1.2 Bestimmen Sie mithilfe der genannten Informationen zwei Wachstumsstrategien (nach Ansoff), die die Power to Car KG umsetzen könnte. (2 BE)

1.1.3 Nennen Sie drei Maßnahmen des Marketing-Mix, die zu einer Ihrer in Aufgabe 1.1.2 gewählten Wachstumsstrategien passen. (3 BE)

1.2 Die Power to Car KG verkauft die gleichen Produkte zu unterschiedlichen Preisen an verschiedene Kundengruppen.

1.2.1 Beschreiben Sie zwei mögliche Formen der Preisdifferenzierung, die die Power to Car KG umgesetzt haben könnte, und begründen Sie anhand von zwei Argumenten diese Vorgehensweise. (6 BE)

1.2.2 Für die Wandladestation *„Homefix"* wurde in der Vertriebsabteilung eine Preiselastizität von 0,6 ermittelt. Um die Absatzmenge zu erhöhen, wurde der Preis von 1 100 € auf 850 € gesenkt. Berechnen Sie die Mengenänderung gegenüber der bisherigen Absatzmenge von 300 Stück. (5 BE)

1.2.3 Erklären Sie die Preiselastizität (der Nachfrage) und begründen Sie die Bedeutung dieser Kennzahl für die Power to Car KG. (3 BE)

2 Die Power to Car KG produziert drei verschiedene Wandladestationen für private Endverbraucherinnen und Endverbraucher.

2.1 In Material 1 liegen Informationen zu Preisen und Produktionsmengen der Wandladestationen vor. Da eine Maschine defekt ist und diese längerfristig ausfällt, muss die Produktionsabteilung neue Planungsberechnungen durchführen.

2.1.1 Berechnen Sie das optimale Produktionsprogramm und den Erfolg des Unternehmens, wenn zurzeit die maximale Maschinenkapazität 200 Stunden pro Monat und die monatlichen Fixkosten 85 000 € betragen. (9 BE)

2.1.2 Erörtern Sie folgende These *„Das optimale Produktionsprogramm ist die beste Entscheidung, die die Power to Car KG in dieser Situation treffen kann."* (3 BE)

2.2 Die Power to Car KG muss bei der Berechnung des optimalen Produktionsprogramms fixe und variable Kosten berücksichtigen. Beschreiben Sie den Unterschied zwischen diesen Kostenarten und nennen Sie jeweils zwei passende Kostenbeispiele, die bei der Produktion der Wandladestationen anfallen können. (6 BE)

2.3 Die Produktionsmenge der Standardladestecker, die als Zubehör zu den Ladestationen verkauft werden, ist von bisher 4 000 Stück auf 5 500 Stück pro Jahr gesteigert worden. Gleichzeitig haben sich die Gesamtkosten um 15 % erhöht. Die bisherigen Gesamtkosten betrugen 90 000 €. Berechnen Sie die fixen Kosten. (3 BE)

2.4 Erläutern Sie Einzelkosten und nennen Sie zwei Beispiele, die der Produktgruppe Wandladestation zugeordnet werden können. (4 BE)

3 Die Power to Car KG hat einen neuen Schweißautomaten für die Produktion angeschafft.

3.1 Am 3. April erhält die Power to Car KG die Rechnung über den neuen Schweißautomaten. Der Nettopreis beträgt 180 000 €. Zusätzlich muss das Unternehmen noch die Transportversicherung über 250 € (netto), die Versandkosten von 450 € (netto) und die Montagekosten von 1 500 € (netto) bezahlen. Die Rechnung wird von der Power to Car KG am 17. April unter Abzug von 2 % Skonto überwiesen.

3.1.1 Ermitteln Sie die aktivierungspflichtigen Anschaffungskosten des Schweißautomaten. (2 BE)

3.1.2 Buchen Sie sowohl den Rechnungseingang am 3. April als auch die Bezahlung des Schweißautomaten am 17. April mit der Bezeichnung der verwendeten Konten und den entsprechenden Euro-Beträgen. (4 BE)

3.2 Der Schweißautomat darf gemäß AFA-Tabelle linear über sieben Jahre abgeschrieben werden.

3.2.1 Berechnen Sie die zeitanteilige Abschreibung im Anschaffungsjahr und die folgenden jährlichen Abschreibungsbeträge. (3 BE)

3.2.2 Buchen Sie die Abschreibung für das erste Abschreibungsjahr mit den entsprechenden Kontenbezeichnungen und den Euro-Beträgen und bewerten Sie die Wirkung dieser Buchung für die Power to Car KG. (4 BE)

4 Die Power to Car KG wurde von dem Komplementär Herrn Sommer und der Kommanditistin Frau Damian gegründet.

4.1 Beschreiben Sie drei Vorteile, die die Gesellschafter bewogen haben könnten, eine KG zu gründen. (6 BE)

4.2 Die Kommanditistin Frau Damian besucht im Auftrag des Unternehmens eine Messe. An einem Messestand wird ihr ein besonders günstiges Angebot zum Einkauf von Ladesteckdosen gemacht. Sie überlegt nicht lange und bestellt diese Bauteile im Wert von 20 000 €.
Beurteilen Sie, ob die Power to Car KG an dieses Rechtsgeschäft gebunden ist, und nennen Sie drei Rechte, die der Kommanditistin, Frau Damian, grundsätzlich gesetzlich zustehen. (5 BE)

4.3 Herr Sommer ist als Komplementär mit 500 000 € und Frau Damian mit 200 000 € an der KG beteiligt. Im letzten Jahr hat das Unternehmen einen Gewinn von 154 000 € erwirtschaftet. Berechnen Sie die gesetzliche Gewinnverteilung, wenn im Gesellschaftervertrag als angemessenes Verhältnis eine Aufteilung von 3 : 1 zwischen Komplementär und Kommanditistin geregelt ist. (3 BE)

4.4 Die Power to Car KG braucht dringend Geld, um einen Lieferanten zu bezahlen. Das Geschäftskonto ist bereits überzogen und einen neuen Kredit möchte man nicht aufnehmen. In Rücksprache mit der Buchhaltung wird deshalb die Möglichkeit erwogen, eine Kundenforderung, die erst in 30 Tagen fällig wird, als Finanzierung zu nutzen.
Beschreiben Sie die Form der Finanzierung, die die Buchhaltung vorschlägt, und erläutern Sie zwei Vorteile dieser Finanzierung für die Power to Car KG. (4 BE)

5 Der Komplementär Herr Sommer hat in der Vergangenheit beobachtet, dass der Umsatz des Unternehmens von der aktuellen wirtschaftlichen Lage abhängt.

5.1 Erklären Sie den Begriff „Konjunktur" und zeigen Sie einen möglichen Zusammenhang, der die Beobachtung von Herrn Sommer stützen könnte. (4 BE)

5.2 Beschreiben Sie zwei Konjunkturindikatoren, die der Power to Car KG helfen, frühzeitig einzuschätzen, wie sich ihr Umsatz entwickeln könnte. (4 BE)

5.3 Begründen Sie anhand von drei der Säulendiagramme in Material 2, in welcher Konjunkturphase sich Deutschland in den Jahren 2017 bis 2019 nach der Einschätzung des Sachverständigenrates befindet. (3 BE)

5.4 In Deutschland wird der Kauf von elektrisch betriebenen Fahrzeugen (z. B. Elektroautos) und deren Ladestationen durch Kaufprämien bzw. staatliche Zuschüsse gefördert.
Beschreiben Sie die nachfrageorientierte Fiskalpolitik und beurteilen Sie, ob diese Fördermaßnahme ein Beispiel für eine nachfrageorientierte Fiskalpolitik ist. (4 BE)

5.5 Stellen Sie zwei Grenzen der nachfrageorientierten Fiskalpolitik dar. (4 BE)

Material 1	**Informationen zur Berechnung des optimalen Produktionsprogramms**

Wandladestation	***Loadfast***	***Homefix***	***Garagepower***
Maximal mögliche Absatzmenge (Stück pro Monat)	250	300	100
Preis (€ pro Stück)	1 200	1 100	1 500
Variable Stückkosten (€ pro Stück)	720	880	1 050
Maschinenproduktionszeit (Minuten pro Stück)	40	20	30

Material 2

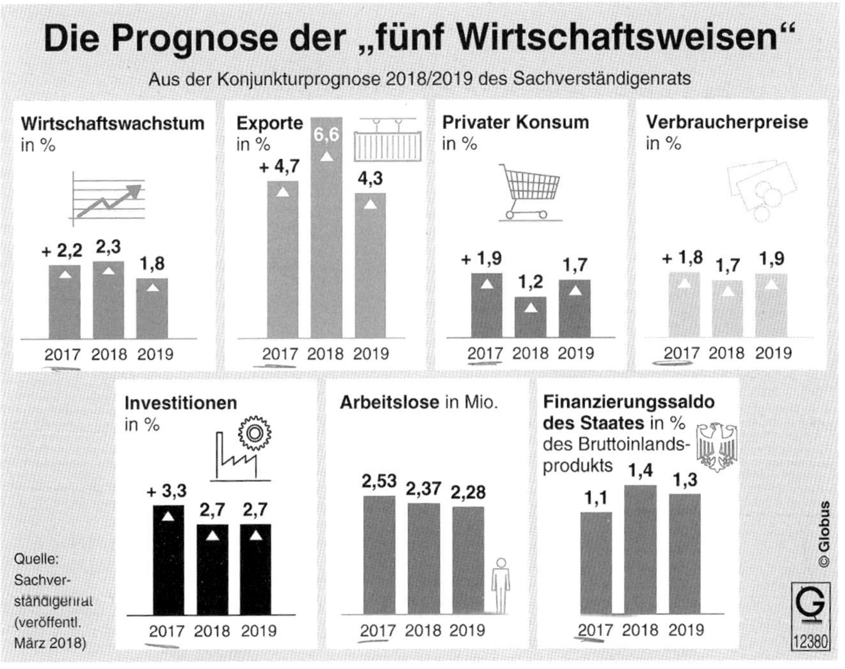

picture-alliance/dpa-infografik

Lösungsvorschlag

1.1.1 Die vier Kernstrategien in der Produkt-Markt-Matrix nach Ansoff sind Marktdurchdringung, Produktentwicklung/Produktmodifikation, Marktentwicklung sowie die Diversifikation/Innovation. Eine Marktdurchdringungsstrategie sollte in vorhandenen Märkten mit vorhandenen Produkten erfolgen. Die Produktentwicklungsstrategie sollte in vorhandenen Märkten mit neu entwickelten bzw. modifizierten Produkten erfolgen. Bei der Marktentwicklungsstrategie wird versucht, mit vorhandenen Produkten neue Märkte zu erschließen. Bei der Diversifikationsstrategie werden mithilfe von neuen Produkten neue Märkte geschaffen.
Mit der Marketingstrategie werden langfristige Unternehmensziele festgelegt. Die Überlegungen hinsichtlich der Marketingstrategie stellen einen wichtigen Aspekt bei der Erreichung des Unternehmenserfolges dar. Somit ist es für die Power to Car KG von essenzieller Bedeutung, einen eigenen Marketingleitfaden zu besitzen und nach ihm zu wirtschaften.

1.1.2 Die Power to Car KG versucht ihre Produkte auf einem vorhandenen Markt erfolgreicher zu verkaufen. Aus diesem Grund richtet sich das Unternehmen auf eine Marktdurchdringungsstrategie aus.
Zusätzlich gilt es zu beachten, das mit dem Produkt der Bodenmatten ein neuartiges Produkt vorliegt. Hier handelt es sich also um eine Produktentwicklung. Die Kunden müssen für das Aufladen des Autos lediglich auf die Bodenmatten fahren, sodass ein höherer Nutzen entsteht. Hier könnten neue Käufergruppen angesprochen werden.

1.1.3 Im Falle der Marktdurchdringung passen folgende mögliche Aspekte zum Unternehmen:

- Die Power to Car KG könnte mehr Werbung schalten. Somit könnte der Bekanntheitsgrad erhöht werden.
- Zudem wären auch Preisanpassungen denkbar. So könnte der Preis gesenkt werden, um weitere Käufergruppen anzusprechen.
- Hinsichtlich des Preises könnte das Unternehmen auch über Einführungsrabatte für das neuartige Produkt der Bodenmatte nachdenken.
- Zudem könnten sich Verkäuferschulungen positiv auf den Absatz des Unternehmens auswirken.
- Letztlich könnten auch neue, zusätzliche Distributionskanäle in Betracht gezogen werden.

TIPP Die Nennung von drei der oben genannten Maßnahmen reicht aus.

1.2.1

TIPP Im Folgenden werden mehrere Formen der Preisdifferenzierung beschrieben. Zwei davon reichen für die volle Punktzahl aus.

Eine mögliche Form der Preisdifferenzierung könnte darin bestehen, dass die Power to Car KG **personelle Preisdifferenzierungen** vornehmen könnte. Abhängig vom Kundentyp könnten so unterschiedliche Preise aufgerufen werden. Beispielsweise könnten Unterschiede im Preis von Endverbraucher zu Endverbraucher oder auch unterschiedliche Preise für öffentliche Institutionen oder private Unternehmen veranschlagt werden.
Weiterhin könnten unterschiedliche Preise je nach der nachgefragten/abgenommenen Menge verlangt werden. Eine solche **sachliche Preisdifferenzierung** bietet sich beispielsweise dann an, wenn öffentliche Institutionen mehr Ladestationen nachfragen als einzelne Unternehmen.
Eine **räumliche Preisdifferenzierung** kann ebenfalls vollzogen werden. So könnten unterschiedliche Preise im In- und Ausland verlangt werden.
Möglich ist im vorliegenden Fall auch eine **verdeckte Preisdifferenzierung**. Aufgrund von unterschiedlichen Aufmachungen und Abweichungen in der Gestaltung der Ladestationen können unterschiedliche Preise festgesetzt werden. Die Ladestationen weichen dann lediglich in der optischen Gestaltung voneinander ab.

Eine Preisdifferenzierung hat letztlich das Ziel, dass unterschiedliche Kunden auch bereit sind, unterschiedliche Preise zu bezahlen, und mit der Anpassung der Preise werden wohlmöglich mehr Kunden erreicht, was wiederum zu einer Umsatzsteigerung führen könnte. Die unterschiedliche Kaufkraft wird somit bestmöglich ausgenutzt. Diese Form der Preisfestlegung passt entsprechend gut zur Wachstumsstrategie.
Durch eine Preisdifferenzierung kann auch eine gewisse Kundenbindung stattfinden. Treue Kundinnen und Kunden können z. B. belohnt werden. Auch sogenannte Preisköder erreichen ihr Ziel, neue Kunden zu gewinnen, relativ einfach. Ein auf den Preis ausgerichtetes Zielgruppenmarketing ist durch eine Preisdifferenzierung einfacher umzusetzen.

1.2.2 Preiselastizität (PE) $= \dfrac{\text{relative Mengenänderung in \%}}{\text{relative Preisänderung in \%}} \cdot (-1)$

$$= \frac{\dfrac{\text{neue Menge} - \text{alte Menge}}{\text{alte Menge}}}{\dfrac{\text{neuer Preis} - \text{alter Preis}}{\text{alter Preis}}} \cdot (-1)$$

$$\text{relative Mengenänderung} = \left(\frac{\text{neuer Preis} - \text{alter Preis}}{\text{alter Preis}}\right) \cdot \text{PE} \cdot (-1)$$

$$= \left(\frac{850\,€ - 1100\,€}{1100\,€}\right) \cdot 0{,}6 \cdot (-1)$$

$$= -0{,}227 \cdot 0{,}6 \cdot (-1) = -0{,}136 \cdot (-1)$$

$$= 0{,}136 = 13{,}6\,\%$$

neue Absatzmenge $= 300$ Stück $\cdot$ 1,136
$= 340{,}8$ Stück entspricht 341 Stück;
Veränderung: +41 Stück

1.2.3 Mithilfe der Preiselastizität der Nachfrage kann man berechnen, wie stark bzw. schwach sich die Nachfrage verändert, wenn eine Veränderung am Preis stattfindet. Sofern das Ergebnis größer als 1 ist, reagieren Nachfragerinnen und Nachfrager sehr sensibel auf Preisänderungen. Die Nachfragemengenänderung ist stärker als die prozentuale Veränderung des Preises. Man spricht in diesem Zusammenhang auch von einer **elastischen Nachfrage**. Ein typisches Beispiel sind Güter, die nicht für das tägliche Leben benötigt werden. Ist die Preiselastizität kleiner als 1, dann reagiert die Nachfrage schwächer auf die Preisveränderung. In diesem Zusammenhang spricht man von einer **unelastischen Nachfrage**. In solchen Fällen sind eher Güter des täglichen Bedarfs betroffen.

Wenn die Power to Car KG Preisänderungen vornehmen möchte, was im Rahmen ihrer Wachstumsziele sinnvoll ist, muss sie auch beurteilen können, ob sich der Umsatz tatsächlich erhöht, wenn Preissenkungen vorgenommen werden. Die Kenntnis über die Preiselastizität ist damit enorm wichtig, um Fehlentscheidungen zu vermeiden und ihre Ziele nicht zu gefährden.

2.1.1

TIPP In dieser Aufgabenstellung geht es um die Berechnung des optimalen Produktionsprogramms und den damit verbundenen Erfolg, den das Unternehmen erzielen kann. In diesem Zusammenhang wird bei solchen Aufgaben auch immer der Engpass in Form von der möglichen Maschinenstundenzeit mit angegeben. Achten Sie hierbei darauf, dass die mögliche Maschinenlaufzeit und die Produktionszeit je Stück in der gleichen Einheit angegeben sind.

Maximale Maschinenkapazität: 200 Stunden pro Monat
dies entspricht: 200 Stunden $\cdot$ 60 $=$ 12 000 Minuten

Um eine sinnvolle Produktionsreihenfolge festlegen zu können, werden die Höhen der relativen Deckungsbeiträge miteinander verglichen. Der Unterschied zwischen dem Stückdeckungsbeitrag und dem relativen Deckungsbeitrag ist der zeitliche Faktor. Während beim Stückdeckungsbeitrag die Produktionszeit je Stück keine Rolle spielt, wird dieser Faktor beim relativen db miteinkalkuliert.

Somit ist ein direkter Vergleich zwischen den Produkten bei einer identischen Zeiteinheit möglich (z. B. db je Minute). Hieraus ergibt sich die Formel:

$$\text{relativer Deckungsbeitrag} = \frac{\text{Stückdeckungsbeitrag}}{\text{Produktionszeit je Stück}}$$

Abkürzungen:

p = Preis pro Stück — db = Stückdeckungsbeitrag

k_{var} = variable Stückkosten — rel. db = relativer Deckungsbeitrag

Wandladestation	***Loadfast***	***Homefix***	***Garagepower***
Mögl. Absatzmenge	250	300	100
Preis (€ pro Stück)	1 200,00 €	1 100,00 €	1 500,00 €
Produktionszeit/Stück	40 Minuten	20 Minuten	30 Minuten
Var. Stückkosten (€)	720,00 €	880,00 €	1 050,00 €
db (p-k_{var})	480,00 €	220,00 €	450,00 €
Relativer Deckungsbeitrag	12 € pro Minute $\left(\frac{480}{40}\right)$	11 € pro Minute $\left(\frac{220}{20}\right)$	15 € pro Minute $\left(\frac{450}{30}\right)$

Wandladestation	***Loadfast***	***Homefix***	***Garagepower***
Produktionsreihenfolge	II	III	I
Produktionsmenge	225	0	100
Verwendete Zeit	9 000 Minuten	0	3 000 Minuten
Verwendete kum. Zeit	12 000 Minuten	0	3 000 Minuten

TIPP Nachdem die Produktionsreihenfolge festgelegt wurde, müssen Sie berechnen, für wie viele der Produkte die Maschinenkapazität ausreichend vorhanden ist. Im ersten Schritt wird das Produkt produziert, welches in der Produktionsreihenfolge an erster Stelle steht (hier: *Garagepower*). Die mögliche Absatzmenge wird mit der Produktionszeit je Stück multipliziert, um herauszubekommen, wie viele Minuten der vorhandenen Maschinenlaufzeit hierdurch bereits belegt sind (hier: 100 Stück · 30 Minuten = 3 000 Minuten). In der letzten Zeile (verwendete kumulierte Zeit) werden die verwendeten Zeiten aufaddiert.

Als Zweites wird das Produkt *Loadfast* produziert. Wenn Sie hier nach dem gleichen Schema vorgehen, werden Sie feststellen, dass Sie aufgrund des kumulierten Wertes die vorhandene Maschinenlaufzeit überschreiten. Entsprechend können hier weniger Produkte produziert werden. Es bleibt eine Restlaufzeit der Maschine von 9 000 Minuten. Wenn Sie diese 9 000 Minuten durch die Produktionszeit je Stück teilen, erhalten Sie den Wert von 225 Stück möglicher Produktionsmenge.

Das Produkt *Homefix* kann aufgrund der nicht mehr vorhandenen Kapazitäten nicht produziert werden.
Beim zweiten Teil der Aufgabe geht es um die Berechnung des Erfolgs:

		150 000,00 €	(*Garagenpower*)
		+270 000,00 €	(*Loadfast*)
= Umsatzerlöse	420 000,00 €		
		105 000,00 €	(*Garagenpower*)
		+162 000,00 €	(*Loadfast*)
– variable Kosten	267 000,00 €		
= DB I	153 000,00 €		
– fixe Kosten	85 000,00 €		
= Erfolg	68 000,00 €		

2.1.2

TIPP Beim „Erörtern" fassen Sie immer erst die grundlegende Aussage Ihrer Berechnungen zusammen. Anschließend müssen Sie das Für und Wider bezogen auf die genannte Aussage in der Aufgabenstellung abwägen. In diesem Fall sollen Sie letztlich die von Ihnen in Aufgabe 2.1.1 erstellte Rechnung infrage stellen. Was spricht dafür, an den errechneten Zahlen festzuhalten, was spricht dagegen? Denken Sie aus Unternehmersicht: Was bewirken Ihre Entscheidungen?

Generell gilt, dass das optimale Produktionsprogramm deswegen berechnet wird, um herauszufinden, wie man die vorhandenen Kapazitäten so nutzen kann, dass am Ende ein möglichst optimaler Erfolg herauskommt. In einem Industrieunternehmen geht es i. d. R. um Gewinnmaximierung. Aufgrund der vorhandenen Kapazitäten kann in diesem Fall nicht alles produziert werden – *Homefix* fällt sogar komplett weg. Zu bedenken ist jedoch, dass Kunden vielleicht sogar schon vor längerer Zeit *Homefix* bestellt haben. Um diese Kunden nicht zu verärgern oder sogar komplett an die Konkurrenz zu verlieren, macht es Sinn, diese Kundenaufträge noch abzuarbeiten. Falls sich abzeichnet, dass auch in Zukunft ein nicht reduzierbarer Engpass besteht, sollte die Frage gestellt werden, ob *Homefix* überhaupt im Programm bleibt.

Diese Entscheidung sollte jedoch sorgfältig überdacht werden (z. B. aufgrund von Kunden, die nur bei Power to Car KG bestellen, weil dort mehrere ihrer bevorzugten Produkte im Programm sind). Aus diesem Grund kann man nicht generell sagen, dass „nur“ das Ergebnis der Berechnung zählt – dies wäre nur dann sinnvoll, wenn es um die reine Betrachtung des maximalen Gesamtergebnisses geht.

2.2 **Fixe Kosten:**
Diese Kosten fallen unabhängig von der Produktionsmenge an. Das bedeutet, dass die Kosten auch dann entstehen, wenn eine Maschine stillsteht und nichts produziert wird. Im Fall der Wandladestationen wären dies z. B. Miete für die Produktionshalle oder die Versicherungen für den Fuhrpark.

Variable Kosten:
Die Kosten sind abhängig von der Produktionsmenge. Sie fallen nur an, wenn man auch produziert. Hierzu zählen z. B. Rohstoffe oder Transportkosten.

2.3

TIPP Bei dieser Aufgabe ist es wichtig, dass Sie sich klarmachen, wie sich die genannten Werte zusammensetzen.

Gegeben sind:

Produktionsmenge alt:	4 000 Stück
Produktionsmenge neu:	5 500 Stück
Gesamtkosten alt:	90 000,00 €
Gesamtkosten neu:	+15 %

Es ist nicht erwähnt worden, dass sich die fixen Kosten erhöhen. Im Umkehrschluss bedeutet dies, dass man mit den vorhandenen Maschinenkapazitäten auch bei einer veränderten Produktionsmenge auskommt. An den fixen Kosten ändert sich nichts.

Zur Berechnung der Gesamtkosten neu:

$$90\,000{,}00\text{ €} + \left(\frac{90\,000{,}00 \cdot 15}{100}\right) = 103\,500{,}00\text{ €}$$

Die Gesamtkosten haben sich also um (103 500,00 – 90 000,00 =) 13 500,00 € erhöht. Da sich die fixen Kosten nicht erhöht haben, entfällt die komplette Erhöhung der Kosten auf die variablen Kosten bei einer Anzahl von (5 500 – 4 000 =) 1 500 Stück.

Der nächste Schritt ist die Berechnung der variablen Kosten je Stück:

$$\frac{13\,500{,}00\text{ €}}{1\,500\text{ Stück}} = 9{,}00\text{ €}$$

Bezogen auf die alte Produktionsmenge haben wir somit variable Kosten in Höhe von (9,00 € · 4 000 Stück =) 36 000,00 €.

Die fixen Kosten berechnen sich nun, indem Sie von den alten Gesamtkosten die gerade berechneten variablen Kosten abziehen:

Gesamtkosten alt	90 000,00 €
– variable Gesamtkosten (alt)	36 000,00 €
= fixe Kosten	54 000,00 €

Da fixe Kosten unabhängig von der Produktionsmenge sind, bleiben diese auch bei der neuen Produktionsmenge bei 54 000,00 €.

2.4

TIPP Generell kann man bei den Kostenarten in Einzel- und Gemeinkosten unterscheiden. Die Unterscheidung liegt in der Zurechenbarkeit auf die Kostenträger.
In dieser Aufgabe geht es darum, den Begriff Einzelkosten zu erläutern (zu erklären) und zwei Beispiele zu benennen, die im Zusammenhang mit der Ursprungsaufgabe (der Wandladestation) stehen.

Erklärung:
Einzelkosten sind Kosten, die dem Kostenträger direkt (verursachungsgerecht) zugeordnet werden können. Kostenträger sind i. d. R. die vom Unternehmen hergestellten und in den Verkauf gebrachten Produkte, da über deren Preis die entstandenen Kosten gedeckt werden. Sie steigen mit der produzierten Menge. Daraus folgt: Einzelkosten sind variable Kosten – aber nicht alle variablen Kosten sind Einzelkosten!

TIPP Achten Sie bei den Beispielen darauf, dass Sie sich immer an den hergestellten Produkten in der Aufgabenstellung orientieren.

Beispiele:
- Kosten des Fertigungsmaterials
  (Aus was besteht eine Wandladestation?)
  Kabel, Stecker oder Gehäuseteile
- Kosten für Fertigungslöhne
  (Welche Löhne fallen während der Fertigung an?)
  Qualitätskontrolle vor Verpacken – 5 Minuten je Wandladestation

TIPP Sondereinzelkosten sind Kosten, die man über die Kosten des Fertigungsmaterials und die Kosten der Fertigungslöhne hinaus dem Kostenträger direkt zurechnen kann. Auch diese können als Beispiele genutzt werden.

- Sondereinzelkosten der Fertigung
  Spezialwerkzeuge oder Lizenzgebühren
- Sondereinzelkosten des Vertriebs
  Verpackungsmaterial wie spezielle Luftpolsterverpackungen für den sicheren Transport oder Transportversicherungen

3.1.1

TIPP In der Aufgabenstellung zu 3.1.1 heißt es, dass die aktivierungspflichtigen Anschaffungskosten zu berechnen sind.
Aktivierungspflicht bedeutet, alle Vermögensgegenstände und Rechnungsabgrenzungsposten auf der Aktivseite der Bilanz auszuweisen (§ 246 HGB).
Die Frage ist hier natürlich, ob nur der Schweißautomat oder auch die anderen genannten Beträge berücksichtigt werden dürfen und wie hoch letztlich der Wert des Schweißautomaten ist, der in der Bilanz verbucht wird.

Generell lässt sich sagen:

	Netto-Kaufpreis
+	Anschaffungsnebenkosten
=	Anschaffungskosten
–	Preisminderungen
=	aktivierungspflichtige Anschaffungskosten

Zu den Anschaffungsnebenkosten zählen z. B. Fracht und Verpackungskosten oder auch Montage – alles, was dafür benötigt wird, um das Gut betriebsbereit zu machen. Preisminderungen beinhalten u. a. Rabatte oder Skonti.

	Netto-Kaufpreis für den Schweißautomaten	180 000,00 €
+	Transportversicherung	250,00 €
+	Versandkosten	450,00 €
+	Montagekosten	1 500,00 €
=	Anschaffungskosten	182 200,00 €
–	Skonto 2 % (182 200,00 · 2 / 100)	3 644,00 €
=	aktivierungspflichtige Anschaffungskosten	178 556,00 €

TIPP Achten Sie auch bei den Anschaffungsnebenkosten darauf, dass es sich um Netto-Beträge handelt.

3.1.2

TIPP In dieser Aufgabe geht es darum, dass Sie einen entsprechenden Buchungssatz erstellen, um den Schweißautomaten buchhalterisch zu erfassen. Achten Sie darauf, dass zwei Buchungssätze (Einkauf + Bezahlung) nötig sind. Ein Schweißautomat gehört zu den Technischen Anlagen und Maschinen. Begrifflichkeiten wie netto oder brutto in der Aufgabenstellung weisen darauf hin, dass die Steuer mitberücksichtigt werden muss. Skonto wird in der Buchführung erst im Nachhinein (d. h. bei Bezahlung eines Gutes) berücksichtigt. Hier müssen Sie ein besonderes Augenmerk auf die entsprechenden Beträge legen.

Technische Anlagen und Maschinen	182 200 € (*)			
Vorsteuer	34 618 € (NR)	an	Verbindlichkeiten	216 818 €

* : Anschaffungskosten s. 3.1.1
NR: $182\,200{,}00 \cdot 19/100 = 34\,618$ €

TIPP Bei der Bezahlung des Rechnungsbetrags muss nun das Skonto berücksichtigt werden.
Der entsprechende Buchungssatz wird wie folgt aufgebaut:

1. Erstellen Sie den Buchungssatz ohne Beträge und ohne die Berücksichtigung von Skonto:

   Verbindlichkeiten an Bank

2. Machen Sie sich bewusst, dass die Höhe der Verbindlichkeiten bleibt, unter Abzug von Skonto aber nicht alles überwiesen wird:

Verbindlichkeiten	216 818,00 €	an	Bank	? €

3. Ergänzen Sie Ihren Buchungssatz um die Skonto-Buchung:
   Wichtig: Skonti auf Anlagegüter werden direkt auf das Konto des Anlagegutes gebucht; Umlaufvermögen auf das Konto Nachlässe

Verbindlichkeiten	216 818,00 €	an	Bank	? €
			Technische Anlagen und Maschinen	? €
			Vorsteuer	? €

4. Zur Berechnung der letzten drei Werte müssen Sie sich bewusst machen, wie die Werte prozentual verteilt werden. Es gibt 2 % Skonto. Das ist der prozentuale Anteil, den man nicht überweist. Das heißt, man überweist nur 98 % von 216 818 € (⇒ 212 481,64 €). TAM und Vorsteuer machen gemeinsam 2 % aus. Wenn man diese beiden Konten jetzt isoliert betrachtet, entsprechen diese 2 % im Einkauf 119 % (100 % bei TAM und 19 % Vorsteuer). Die Differenz zwischen den Werten der Verbindlichkeiten und der Bank beträgt 4 336,36 € ⇒ 119 %. Berechnet man nun für die Technischen Anlagen und Maschinen 4 336,36 · 100 / 119, erhält man einen Wert von 3 644 €. Entsprechend lässt sich der Wert der Vorsteuer über 4 336,36 · 19 / 119 berechnen.

Verbindlichkeiten	216 818,00 €	an	Bank	212 481,64 €
			Technische Anlagen und Maschinen	3 644,00 €
			Vorsteuer	692,36 €

3.2.1

TIPP Unter Abschreibung versteht man eine Wertminderung von Vermögensgegenständen (Sachanlagen) durch Abnutzung, natürlichen Verschleiß, … Abgekürzt wird die Abschreibung auf Sachanlagen i. d. R. mit AfA (Absetzung für Abnutzung aus dem Steuerrecht).
Allgemein lassen sich verschiedene Arten der Abschreibung unterscheiden. Die in dieser Aufgabe abgefragte AfA-Variante ist die zeitanteilige AfA. Diese kann man als Unterform der linearen AfA ansehen.

Die Unterscheidung der linearen zur zeitanteiligen AfA liegt im ersten bzw. im letzten Abschreibungsjahr. Während Sie die lineare AfA nur nutzen können, wenn Sie Ihr Gut im Januar eines Jahres gekauft haben, ist es bei der zeitanteiligen AfA so, dass Sie diese anwenden, wenn Sie Ihr Gut zwischen Februar und Dezember eines Jahres gekauft haben.
Um die zeitanteilige AfA zu berechnen, müssen Sie im ersten Schritt die lineare AfA/Jahr berechnen.

$$\text{lineare Abschreibung} = \frac{\text{aktivierte Anschaffungskosten}}{\text{Nutzungsdauer}}$$

$$\text{lineare Abschreibung} = \frac{178\,556\text{ €}}{7\text{ Jahre}} = 25\,508\text{ € im Jahr}$$

Im zweiten Schritt berechnen Sie dann die zeitanteilige Abschreibung für das erste Jahr, also für 9 Monate (April bis Dezember).

$$\text{zeitanteilige Abschreibung} = \frac{\text{lineare AfA} \cdot \text{Anzahl der Restmonate (inkl. Kaufmonat)}}{12\text{ Monate}}$$

$$\text{zeitanteilige Abschreibung} = \frac{25\,508\text{ €} \cdot 9\text{ Monate}}{12\text{ Monate}} = 19\,131\text{ €}$$

Somit beträgt die zeitanteilige Abschreibung im 1. Jahr 19 131 €.

Die AfA ist auf sieben Jahre festgelegt. Vom 2.–7. Jahr entspricht die jeweilige Abschreibungshöhe der linearen Abschreibung = 25 508 €.

Letztlich bleibt ein Rest von 6 337 € (25 508 € · 3 / 12). Dieser wird im 8. Jahr abgeschrieben ⇒ dies entspricht vollen sieben Jahren Abschreibung.

3.2.2

TIPP Der Aufbau eines Buchungssatzes zur Abschreibung verläuft immer nach dem gleichen Schema:

AfA an

Die Abschreibung für das 1. Jahr in 3.2.1 liegt bei 19 131 €.
Dies bedeutet für den aktuellen Fall:

Abschreibung auf Sachanlagen	19 131 €	an	Technische Anlagen und Maschinen	19 131 €

TIPP Im zweiten Teil der Aufgabe geht es darum, Abschreibungen zu bewerten, also zu erklären, welche Auswirkungen Abschreibungen auf ein Unternehmen haben. Bringen Sie die Auswirkungen in einen kausalen Zusammenhang:

Abschreibungen sind ein Aufwand und werden daher über das GuV-Konto abgeschlossen. Dadurch schmälern Abschreibungen den Gewinn, weil zeitanteilig abgeschrieben wird, aber nicht voll. Da der Gewinn geringer ausfällt, schmälern Abschreibungen die gewinnabhängigen Steuern. Weil, wie schon erwähnt, nicht vollständig abgeschrieben wird, haben die Abschreibungen außerdem einen Einfluss auf den Gewinn in den Folgejahren. Weiterhin nimmt durch die Abschreibungen auch der Wert der Technischen Anlagen und Maschinen jährlich ab.

4.1 Ein Vorteil besteht darin, dass für die Gründung lediglich ein Vollhafter (Komplementär) vorhanden sein muss. In der Regel ist der Vollhafter eine natürliche Person, kann jedoch auch eine Kapitalgesellschaft sein. Die Haftung ist mit Blick auf den Kommanditisten ebenfalls vorteilhaft. Dieser haftet lediglich mit seiner Einlage. Im Gegensatz zum Komplementär oder auch OHG-Gesellschafter ist ein Kommanditist nicht dazu verpflichtet, im Unternehmen mitzuarbeiten. Zudem bietet die Kommanditgesellschaft die Möglichkeit, durch die Aufnahme von weiteren Kommanditisten oder eine Einlagenerhöhung, ihre Eigenkapitalbasis zu erhöhen. Eine gleichzeitige Erweiterung der Geschäftsführung und der Vertretung ist nicht notwendig. Ein weiterer Vorteil ist die schnelle Gründung des Unternehmens.

Der Gesellschaftsvertrag kann formfrei zwischen dem Kommanditisten und dem Komplementär geschlossen werden. Alle Änderungen können zudem ohne eine notarielle Beurkundung erfolgen.

4.2 Gesetzlich ist ein Kommanditist/eine Kommanditistin nicht zur Vertretung befugt. Eine Bindung an das Rechtsgeschäft durch die Power to Car KG liegt demnach nicht vor. Damit ein Rechtsgeschäft von vornherein rechtsgültig gewesen wäre, hätte die Power to Car KG Frau Damian zuvor eine Handlungsvollmacht oder eine Prokura erteilen müssen.

Der Kommanditist/die Kommanditistin hat ein Kontrollrecht, den Jahresbericht einzusehen und diesen auf Richtigkeit zu überprüfen. Weiterhin steht dem Kommanditisten/der Kommanditistin eine Gewinnbeteiligung zu. Sofern nichts weiter im Gesellschaftervertrag festgelegt wurde, beträgt die Gewinnbeteiligung eine 4-prozentige Verzinsung der Kapitaleinlage. Bleibt nach dieser Verteilung noch ein weiterer Gewinn übrig, wird dieser ebenfalls im angemessenen Verhältnis, also nach Einlagen, verteilt. Werden (außer-)gewöhnliche Geschäfte geschlossen, haben Kommanditisten ein Widerspruchsrecht. Ein letztes zu nennendes Recht liegt in dem Kündigungsrecht. Nach den gesetzlichen Vorgaben haben Kommanditisten und Kommanditistinnen das Recht auf Kündigung bei Einhaltung einer Frist von mindestens sechs Monaten zum Geschäftsjahresende.

4.3 Die gesetzliche Regelung legt eine 4-prozentige Verzinsung der Einlage fest. Ein möglicher Rest der Gewinnverteilung erfolgt nach den Kapitalanteilen im angemessenen Verhältnis.

Gesellschafter	Einlagen	Verzinsung 4 %	Restverteilung	Gewinnanteil
Herr Sommer (Vollhafter	500 000 €	500 000 € · 4 % = 20 000 €	94 500 €	114 500 €
Frau Damian (Teilhafter)	200 000 €	200 000 € · 4 % = 8 000 €	31 500 €	39 500 €
Summe	700 000 €	20 000 € + 8 000 € = 28 000 €	126 000 €	154 000 €

Nebenrechnung:

Restgewinn $= 154\,000\text{ €} - 28\,000\text{ €} = 126\,000\text{ €}$

Restverteilung Herr Sommer $= \frac{126\,000\text{ €}}{4} \cdot 3 = 94\,500\text{ €}$

Restverteilung Frau Damian $= \frac{126\,000\text{ €}}{4} \cdot 1 = 31\,500\text{ €}$

4.4 Bei dieser Form der Finanzierung handelt es sich um das sogenannte **Factoring**. Da die Finanzierung von außen kommt, spricht man auch von einer kurzfristigen Fremdfinanzierung. In der Regel kauft eine Bank oder eine Factoringgesellschaft (Factor) eine Forderung aus einer Warenlieferung ab und bezahlt die Rechnungsbeträge unter Abzug von zuvor vereinbarten Zinsen und Provisionen an das Unternehmen.

Durch Factoring erhält die Power to Car KG bereits vor Fälligkeit das Geld und erhöht somit ihre Liquidität. Das Ausfallrisiko des Kredites geht mit dem Verkauf der Forderung auf den Factor über. Zudem reduziert die Power to Car KG ihren Verwaltungsaufwand, da die Debitorenbuchhaltung, und somit auch das Mahnwesen, auf den Factor übertragen wird.

5.1

TIPP Wenn Sie einen Begriff erklären müssen, geht es darum, diesen mit Ihren eigenen Worten darzustellen. Stellen Sie sich vor, Sie müssten einer fachfremden Person den Begriff verständlich erklären.

Achten Sie darauf, dass die Aufgabenstellung nicht nur darauf ausgelegt ist, dass Sie die Begriffe erklären, sondern auch, dass Sie einen Zusammenhang zwischen Ihrer Erklärung und der gemachten Beobachtung finden sollen.

Erklärung:
Das reale Bruttoinlandsprodukt wird allgemein als Indikator dafür gesehen, wie es der Wirtschaft geht. Wenn Sie dieses über mehrere Jahre miteinander vergleichen, können Sie eine Wellenbewegung erkennen (einen schwankenden sich wiederholenden Verlauf). Wenn es der Wirtschaft gut geht (steigendes BIP), geht die Welle nach oben, andernfalls bleibt sie konstant oder sinkt. Die einzelnen Phasen dieser Welle werden als Konjunkturphasen (Expansion, Boom, Rezession und Depression) bezeichnet.

Zusammenhang:
Im Laufe der einzelnen Phasen der Konjunktur lassen sich auch in anderen Bereichen als dem BIP Veränderungen erkennen. Hierzu zählt z. B. die Arbeitslosigkeit. Wenn es der Wirtschaft gut geht (Expansion oder Boom), können sich viele Menschen über ein gesichertes oder steigendes Einkommen freuen. Hier sind die Menschen eher bereit, viel Geld für ein teures Elektroauto und entsprechend auch die Wandladestationen auszugeben. Wenn es der Wirtschaft schlechter geht, wird ein Unternehmen nicht mehr so viel verkaufen. Dies bedeutet, dass sich die Lager der Unternehmen füllen. Letztlich wird ein Unternehmen Mitarbeiter entlassen müssen, weil die Nachfrage nach den Produkten (entsprechend auch der Umsatz, der u. a. zur Kostendeckung nötig ist) geringer ausfällt. Wenn weniger Menschen eine Arbeit haben, haben sie auch weniger Geld zur Verfügung, um dieses auszugeben. Entsprechend ist die Beobachtung von Herrn Sommer durchaus richtig.

5.2

TIPP Konjunkturindikatoren werden in Früh-, Präsenz- und Spätindikatoren unterschieden. Frühindikatoren zeigen vor Eintritt der nächsten Konjunkturphase an, dass sich etwas an der Konjunkturphase verändert. Hierzu zählen z. B. die Auftragseingänge oder die Lagerbestände. Präsensindikatoren spiegeln das „Jetzt" der Konjunkturphase wider. Hierzu zählen z. B. die Einzelhandelsumsätze oder die Kapazitätsauslastung. Spätindikatoren kann man erst im Nachhinein erkennen, da diese z. B. bei der Arbeitslosenquote sehr spät greifen. Ein Unternehmen wird immer versuchen, die Mitarbeiter so lange wie möglich zu halten.
In dieser Aufgabenstellung geht es darum, zwei Frühindikatoren zu nennen und diese zu beschreiben. Bedenken Sie bei Ihren Ausführungen, dass es um die Gesamtheit der Unternehmen geht und nicht um die wirtschaftliche Situation eines einzelnen Unternehmens.

Auftragseingänge im verarbeitenden und Baugewerbe:
Ein Unternehmen erhält Aufträge von Kunden. Diese Auftragseingänge werden monatlich vom Statistischen Bundesamt erhoben. Hierdurch lässt sich ein direkter Vergleich zu den Vormonaten/-jahren ziehen.

Geschäftsklimaindex:
In jedem Monat erhalten 7 000 Unternehmen einen Fragebogen des ifo-Instituts. Hier geben sie eine Einschätzung zu ihrer aktuellen und zukünftigen Geschäftslage (halbes Jahr), ihre Nachfragesituation sowie die Anzahl ihrer Arbeitnehmer ab.

5.3

TIPP Bei einer Einschätzung müssen Sie Ihre eigene Meinung anhand von Beweisen darlegen.
In dieser Aufgabenstellung wird auf das Material 2 verwiesen. Hier werden verschiedene Indikatoren dargestellt. Dabei ist sinnvoll, sich klar zu werden, welche dieser Indikatoren Sie heranziehen sollten. Sie müssen sich drei verschiedene Indikatoren heraussuchen, anhand derer Sie Ihre Meinung belegen.

Wirtschaftswachstum:
Dieses kann man, je nach Sichtweise, als Präsenz- oder Spätindikator ansehen. Aus der Statistik lässt sich ableiten, dass es sich durchgängig um ein positives Wachstum handelt (immer +). Daraus lässt sich ableiten, dass sich die Wirtschaft im Bereich der Expansion befindet. Wenn es sich um eine Boom-Phase handeln würde, müssten die Werte deutlich höher sein.

Privater Konsum:
Die Werte sind über alle drei Jahre im +-Bereich – auch wenn diese im Jahr 2018 geringer ausfallen. Beim privaten Konsum handelt es sich um einen Frühindikator. Da die Zahlen nicht übermäßig hoch sind, weisen die Werte auf eine Expansion hin.

Verbraucherpreise:
Dieser Spätindikator weist eine relative Stabilität über diese drei Jahre aus. Hierbei handelt es sich um positive Werte, die aber nicht zu hoch ausfallen. Es handelt sich um die Phase der Expansion. Für einen Boom müssten die Werte deutlich höher liegen.

5.4

TIPP Generell kann man die Fiskalpolitik in die angebotsorientierte und die nachfrageorientierte Fiskalpolitik unterscheiden. Die nachfrageorientiere Fiskalpolitik wird in der Lösung dargestellt, die angebotsorientierte hier im Tipp:

Angebotsorientierte Fiskalpolitik (Milton Friedman):
Im Gegensatz zur nachfrageorientierten Fiskalpolitik geht es hier darum, die Bedingungen für Unternehmensinvestitionen zu verbessern. Es wird hier davon ausgegangen, dass Investitionen die Grundbedingung für eine langfristig wachsende Wirtschaft darstellen. Dies bedeutet, dass die notwendigen Tätigkeiten des Staates sich auf Verbesserungen für Unternehmen beziehen sollen. Hierzu gehören z. B.

- Lohnnebenkosten senken
  Wenn weniger Lohnnebenkosten durch den Arbeitgeber zu zahlen sind, kann dieser das Geld für anderes (z. B. Investition in neue Maschine) nutzen.
- Senken von Unternehmenssteuern
  Wer weniger Steuern zahlt, hat mehr Geld für anderes übrig.

In der Aufgabenstellung von 5.4 geht es zum einen um das Beschreiben der nachfrageorientierten Fiskalpolitik (siehe oben), zum anderen aber auch darum, ob es sich bei der Fördermaßnahme (Kaufprämie bzw. staatliche Zuschüsse) um Instrumente der nachfrageorientierten Fiskalpolitik handelt.
Bedenken Sie bei der Beantwortung dieser Aufgabe, dass die Prüfung aus dem Jahr 2019 – und damit aus der Zeit vor der Corona-Pandemie stammt. Der Wirtschaft ging es zu diesem Zeitpunkt gut (auch wenn man den Vergleich zu Aufgabenstellung 5.3 zieht).

Nachfrageorientierte Fiskalpolitik (John Maynard Keynes):
Der Staat muss aktiv ins Wirtschaftsgeschehen eingreifen, um eine Instabilität der marktwirtschaftlichen Systeme auszugleichen. Hierfür stehen dem Staat verschiedene Instrumente zur Verfügung. Um diese Instrumente zu finanzieren, kann der Staat Kredite aufnehmen (deficit spending). Zu den Instrumenten zählen z. B.

- die Steuerpolitik: höhere Steuern bei guter Wirtschaft – weniger Steuern bei schlechter Wirtschaft
- Veränderungen bei den Regeln zu Abschreibungen z. B. wenn Unternehmen degressiv abschreiben dürfen, können sie weniger Gewinn ausweisen – dadurch zahlen sie weniger Steuern und können das Geld wieder investieren

Der Staat versucht durch diese Maßnahmen, die Wellenbewegung der Konjunktur nicht zu kräftig ausfallen zu lassen. Er soll sich antizyklisch verhalten – z. B. dann Geld investieren, wenn sich die Wirtschaft in der Rezession oder Depression befindet, um die Wirtschaft wieder anzukurbeln.

Beurteilung:
Die deutsche Wirtschaft profitiert erheblich von der Automobilindustrie (direkt oder indirekt). Eine Kaufprämie kann zu einer verstärkten Nachfrage nach Elektroautos und den entsprechenden Zubehörteilen führen. Viele Elektroautos werden jedoch im Ausland hergestellt – die Prämien fließen dann ins Ausland ab. Die Kunden müssen sich entsprechend auch entscheiden, ob sie sich beim Autokauf für ein E-Auto, Benziner oder Diesel entscheiden. Es handelt sich somit um einen Subventionskauf. Es bleibt die Fragestellung, ob der Kaufanreiz zu einer größeren Nachfrage führen wird.
Die nachfrageorientierte Wirtschaftspolitik ist darauf ausgelegt, antizyklisch zu agieren. Da sich Deutschland allerdings in einer wirtschaftlich guten Position befindet, können zusätzliche Anreize zu einer Überhitzung der Konjunktur führen.
Ob es über diese Maßnahme zu einer Nachfragesteigerung kommt und sie als Mittel einer nachfrageorientierten Wirtschaftspolitik angesehen werden kann, ist zweifelhaft. Nach wie vor (trotz Kaufprämie) sind die Kosten bei der Anschaffung eines Elektroautos deutlich höher. Die Subventionierung ist eher von Faktoren wie Umwelt- und Klimaschutz sowie der Unterstützung für Unternehmen bei ihrer Innovationsbereitschaft (um langfristig wettbewerbsfähig zu bleiben) abhängig.

5.5

TIPP Es gibt zahlreiche Grenzen nachfrageorientierter Fiskalpolitik. Zwei der folgenden Beispiele genügen.

- Diese Maßnahme greift erst, wenn sich die Konjunktur bereits in der nächsten Phase befindet (z. B. Bau eines neuen Gebäudes durch den Staat. Die Planungsphase ist während der Depression. Bis das Gebäude schließlich gebaut wird, befindet sich die Konjunktur bereits wieder in der Expansion oder im Boom → also nicht antizyklisch).
- Aufgrund der bereits vorhandenen Verschuldung ist es unter Umständen schwieriger, weitere Maßnahmen durchzuführen.
- Durch nachfrageorientierte Maßnahmen ist es nicht bzw. kaum möglich, die Nachfrage aus dem Ausland zu beeinflussen.

Hessen Wirtschaft und Verwaltung
Abschlussprüfung Fachoberschule 2020
Vorschlag A

Aufgabenstellung

1 Die Freshleisure GmbH ist eine mittelständische Anbieterin von Kleidung, die ursprünglich für sportliche Aktivitäten entworfen wurde und in anderen Umgebungen getragen wird. Das Unternehmen stellt bisher Yoga- und Strumpfhosen sowie Sneakers und Shorts her.

1.1 Aufgrund eines allgemeinen Umsatzrückgangs im Jahr 2019 beschließt das Unternehmen, die eigene Produktpalette zu überprüfen.

1.1.1 Erklären Sie die Begriffe Marktwachstum und relativer Marktanteil. (2 BE)

1.1.2 Erstellen Sie mithilfe der Daten aus Material 1 eine 4-Felder-Matrix für das Portfolio der Freshleisure GmbH (Grenze Marktwachstum: 0 %; Grenze relativer Marktanteil: 1) (4 BE)

1.1.3 Erläutern Sie das Produktportfolio der Freshleisure GmbH und ermitteln Sie geeignete Normstrategien für zwei Produkte des Unternehmens. (6 BE)

1.1.4 Nennen Sie drei Kritikpunkte am Instrument der Portfolioanalyse. (3 BE)

1.2 Die Freshleisure GmbH möchte das Image des modischen Basketball-Sneakers *GlizzerX* mithilfe einer geeigneten kommunikationspolitischen Maßnahme verbessern. Der Schuh soll deutschlandweit an Frauen im Alter von 14 bis 30 Jahren verkauft werden.

1.2.1 Geben Sie jeweils die Bezeichnung des Kommunikationsinstruments an.

- Einer überregionalen Zeitung wird eine Broschüre über die Vorzüge des neuen Sneakers beigefügt.
- Eine Influencerin stellt auf ihrem Internetvideokanal über Mode, Make-up und Fitness den Sneaker vor.
- Auf einem hessischen Radiosender läuft täglich ein 15-Sekunden-Spot.
- Die Hauptfigur aus einer Vorabendserie trägt regelmäßig die Sneakers der Freshleisure GmbH.
- Das Unternehmen schult die Verkäuferinnen und Verkäufer mehrerer Schuhketten. (5 BE)

1.2.2 Beurteilen Sie die Erfolgschancen der ersten beiden Kommunikationsinstrumente in Aufgabe 1.2.1. (4 BE)

2 Die Gesellschafter der Freshleisure GmbH sind Frau Bonifaz mit einer Einlage von 1 305 000 €, Herr Wiese mit 725 000 € und Frau Kaiser mit 870 000 €. Frau Bonifaz ist Geschäftsführerin des Unternehmens. Herr Wiese und Frau Kaiser arbeiten beide nicht im Unternehmen mit.

2.1 Beschreiben Sie zwei Gründungsvoraussetzungen einer Gesellschaft mit beschränkter Haftung (GmbH). (4 BE)

2.2 Das Unternehmen erzielte im Jahr 2019 einen Gewinn von 200 000 €. In der Satzung sind keine besonderen Regelungen zur Gewinnverteilung vereinbart worden.
Berechnen Sie die Ausschüttung an die einzelnen Gesellschafterinnen und Gesellschafter entsprechend der gesetzlichen Regelungen. (3 BE)

2.3 Herr Wiese bestellt Schuhsohlen im Wert von 8 000 € bei einem Händler in Frankfurt. Frau Bonifaz ist nicht von diesen Sohlen überzeugt und spricht sich gegen den Kauf aus.
Beurteilen Sie die rechtliche Situation. (4 BE)

2.4 Das Unternehmen sucht für ein neues vollautomatisches Lager einen geeigneten Standort. Es werden dort zukünftig sämtliche Endprodukte des Unternehmens gelagert, die in der bisherigen Produktionsstätte hergestellt werden. Die Produkte werden ausschließlich auf der eigenen Webseite, über einen Onlinehändler und zwei Schuhketten mit Ladengeschäften vertrieben.
Beschreiben Sie vier wesentliche Standortfaktoren und beurteilen Sie deren Bedeutung für den möglichen Standort des neuen Lagers der Freshleisure GmbH. (8 BE)

3 Für den neuen Standort schafft die Freshleisure GmbH einen fahrerlosen Gabelstapler im Wert von 23 000 € netto an. Als neuer Kunde erhält die Freshleisure GmbH einen Sofortrabatt in Höhe von 5 %. Zur Herstellung der Betriebsbereitschaft werden Kosten in Höhe von 150 € netto veranschlagt. Der Gabelstapler soll planmäßig über 8 Jahre abgeschrieben werden.

3.1 Berechnen Sie die Anschaffungskosten, den Abschreibungssatz in Prozent und den jährlichen Abschreibungsbetrag. (4 BE)

3.2 Buchen Sie den jährlichen Abschreibungsbetrag mit der Bezeichnung der verwendeten Konten und den entsprechenden Euro-Beträgen. (2 BE)

3.3 Beschreiben Sie zwei Auswirkungen von Abschreibungen auf das Unternehmen. (4 BE)

3.4 Buchen Sie folgende Geschäftsvorfälle mit der Bezeichnung der verwendeten Konten und den entsprechenden Euro-Beträgen.

- Ein Großkunde begleicht nach 30 Tagen eine Rechnung für Waren im Wert von 3 000 € netto per Banküberweisung.
- Eine Kundin der Freshleisure GmbH sendet ein Paar Schuhe im Wert von 149,90 € brutto zurück, da sie ihr nicht gefallen. Sie hatte diese noch nicht bezahlt.

(*Hinweis:* Die Versandkosten können Sie bei der Aufgabe unberücksichtigt lassen.) (4 BE)

4 Die Freshleisure GmbH muss den Personalbedarf für das Jahr 2020 neu planen.

4.1 Nennen Sie zwei Gründe, die zur Erhöhung des gesamten Bruttopersonalbedarfs geführt haben könnten. (2 BE)

4.2 Berechnen Sie anhand eines geeigneten Schemas den Nettopersonalbedarf für die Freshleisure GmbH im Jahr 2020 mithilfe der Angaben in Material 2 und beurteilen Sie das Ergebnis. (9 BE)

4.3 Im Produktionsbereich *Sneakers* der Freshleisure GmbH wird acht Stunden pro Tag gearbeitet.
Die Vorgabezeit pro Schuh beträgt 10 Minuten. Der Stundenlohn – als Grundlohn – liegt bei 12 €. Es wird eine Prämie gewährt, die 50 % des ersparten Zeitlohnes beträgt.

4.3.1 Beschreiben Sie den Prämienlohn und nennen Sie einen Vorteil für das Unternehmen. (3 BE)

4.3.2 Ermitteln Sie den durchschnittlichen Stundenlohn eines Arbeiters, der an einem Tag 60 Schuhe herstellt. (5 BE)

4.4 Die Freshleisure GmbH benötigt für die Sneakers zugeschnittene Baumwollstoffteile. Sie kann diese entweder zu einem Stückpreis von 5 € von einem Lieferanten beziehen oder den ungeschnittenen Stoff für 21 € pro Quadratmeter erwerben. Aus einem Quadratmeter können sieben Baumwollstoffteile geschnitten werden. Für das Schneiden des Stoffes fallen dann fixe Kosten in Höhe von 1 750 € an.

4.4.1 Bestimmen Sie rechnerisch die kritische Menge und interpretieren Sie das Ergebnis. (3 BE)

4.4.2 Beschreiben Sie zwei qualitative Aspekte, die neben den Kosten in die Entscheidung zwischen Eigenfertigung und Fremdbezug einfließen könnten. (4 BE)

5 Da das Unternehmen zahlreiche Stoffe und teilfertige Produkte aus verschiedenen Ländern bezieht, interessiert sich die Geschäftsleitung für aktuelle volkswirtschaftliche Entwicklungen und staatliche Maßnahmen, die insbesondere im Zusammenhang mit dem Außenhandel stehen.

5.1 Beschreiben Sie zwei wirtschaftliche Vorgänge, die sich auf die Handelsbilanz auswirken. (2 BE)

5.2 Beschreiben Sie die in Material 3 dargestellte Situation und stellen Sie zwei mögliche Auswirkungen dieser Situation auf die Bundesrepublik Deutschland dar. (6 BE)

5.3 Die Freshleisure GmbH bezieht hochwertige Schmucksteine aus Kanada. Bisher erhielt man für einen Euro 1,40 CAD (Kanadische Dollar). Der Wechselkurs ändert sich auf 1 Euro = 1,60 CAD (Kanadische Dollar).
Beurteilen Sie den Einfluss dieser Wechselkursänderung auf die Freshleisure GmbH sowie den Handelsbilanzsaldo der Bundesrepublik Deutschland (Material 3). (4 BE)

5.4 Die Freshleisure GmbH beschäftigt in der Produktion Mitarbeiterinnen und Mitarbeiter zum Mindestlohn. Die Bundesregierung beschließt die Erhöhung des Mindestlohns von 9,35 € auf 10,50 €.
Stellen Sie mögliche Auswirkungen auf das Beschäftigungsniveau in der Bundesrepublik Deutschland und bei der Freshleisure GmbH dar. (5 BE)

Material 1 Produktpalette der Freshleisure GmbH

Produkt	Yogahosen	Strumpfhosen	Sneakers	Shorts
Marktwachstum	2 %	−4 %	5 %	−1 %
relativer Marktanteil	0,7	1,1	0,1	0,15
Umsatzanteil	15 %	50 %	10 %	25 %

Material 2 Personelle Veränderungen der Freshleisure GmbH

	Einkauf	Produktion	Vertrieb
Aktueller Stellenbestand	5	20	8
Bedarfsveränderung	+20 %	+15 %	−25 %

Bereits bekannte zusätzliche Änderungen des Personalbestands:

- Ein Kollege in der Abteilung Produktion hat seine Kündigung eingereicht.
- Eine Kollegin kehrt in die Abteilung Einkauf aus der Elternzeit zurück.
- Ein Kollege in der Abteilung Produktion geht in Rente.
- Eine Auszubildende in der Produktion wird übernommen.
- Eine Mitarbeiterin wird aus dem Vertrieb in die Abteilung Einkauf versetzt.

Material 3 Handelsbilanzsaldo in Deutschland 2019 (saison- und kalenderbereinigte Werte in Milliarden Euro)

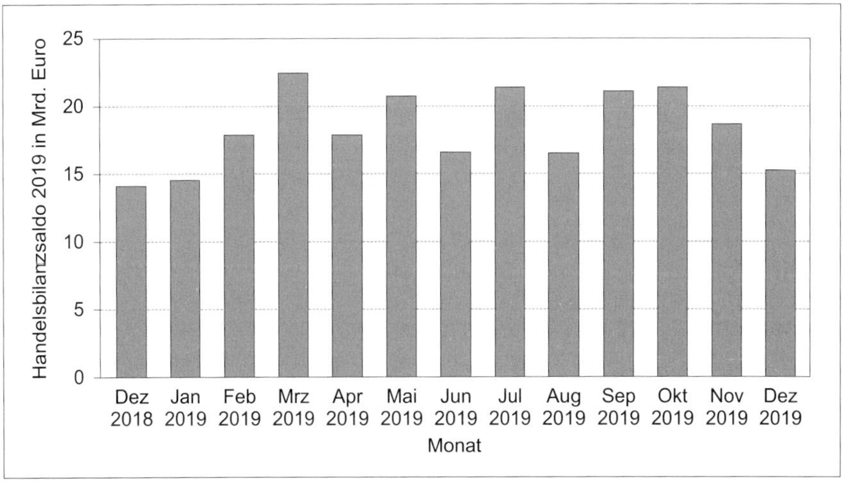

eigene Darstellung, Daten nach: Statistisches Bundesamt (2020)

Lösungsvorschlag

1.1.1 Das **Marktwachstum** stellt die prozentuale Veränderung eines Absatz- bzw. Umsatzvolumens innerhalb eines bestimmten Marktes und eines bestimmten Zeitraums dar.
Der **relative Marktanteil** bezeichnet den Anteil eines bestimmten Marktteilnehmers im Vergleich zum Marktanteil des größten Konkurrenten.

1.1.2

> **TIPP** Mithilfe der Portfolioanalyse/4-Felder Matrix lassen sich Produkte anhand ihres Marktwachstums und des relativen Marktanteils ordnen, um daraus Strategien für Unternehmen zu formulieren.
> In der Aufgabenstellung sind die relativen Marktanteile gegeben. Siehe hierzu auch Material 1 „Produktpalette der Freshleisure GmbH". Sollten diese nicht gegeben sein, lassen sich die Daten leicht berechnen, indem Sie den eigenen absoluten Marktanteil durch den absoluten Marktanteil des stärksten Konkurrenten teilen. Dabei ergibt sich der absolute Marktanteil aus dem Verhältnis der verkauften Stückzahlen des Unternehmens zur gesamten verkauften Menge des Marktes oder aus dem Verhältnis des Umsatzes eines betrachteten Produktes zum gesamten Marktumsatz. Ist der relative Marktanteil größer als 1, so bedeutet dies eine Marktführerschaft des betrachteten Unternehmens.

4-Felder-Matrix für das Portfolio/Portfolioanalyse der Freshleisure GmbH

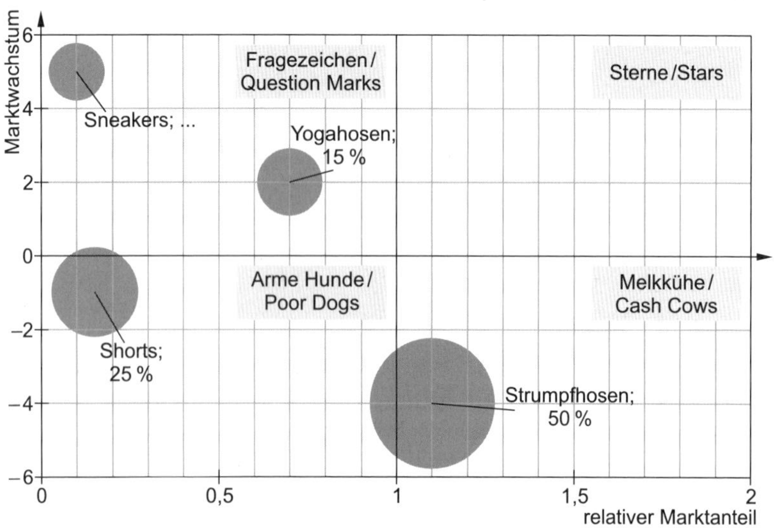

1.1.3

TIPP Der erste Teil der Aufgabe besteht darin, die erstellte Portfoliomatrix zu erläutern. Dies bedeutet, dass die Matrix mithilfe von Informationen mit dem betrachteten Unternehmen in Beziehung gesetzt wird. Somit muss herausgearbeitet werden, ob das Unternehmen mit seinen Produkten im Markt gut aufgestellt ist oder nicht. Häufige Fehlerquellen beziehen sich auf die Einteilung des Marktwachstums oder des Marktanteils. Im betrachteten Fall handelt es sich um ein negatives Marktwachstum, was auf einen immer kleiner werdenden Markt hindeutet.
Im zweiten Teil der Aufgabenstellung soll eine auf die betrachtete Unternehmung zugeschnittene Normstrategie ermittelt werden. Häufige Fehlerquellen stellen hier oftmals die zu allgemeine Beschreibung der Strategie dar. Nehmen Sie einerseits konkrete Produkte (laut Aufgabenstellung zwei Produkte) detailliert als Ausgangspunkt, bleiben Sie dennoch so knapp wie möglich in Ihren Ausführungen.

Das Portfolio der Freshleisure GmbH ist unausgeglichen. Das betrachtete Unternehmen hat mit den Produkten *Sneakers* und *Yogahosen* zwei relativ kleine question marks im Sortiment. Beide Produkte werden auf weiterhin wachsenden Märkten angeboten. Das mit einem Umsatzanteil von 50 % größte Produkt, die *Strumpfhosen*, stellt eine cash cow dar. Alle drei Produkte sind grundsätzlich als positiv zu bewerten. Jedoch fehlt dem Unternehmen ein Produkt, welches in die Kategorie der stars einzuordnen ist. Weiterhin negativ zu betrachten ist das Produkt *Shorts*, da es sich um einen poor dog handelt, dessen Umsatz mit 25 % sehr groß ist und sich zudem in einem eher schrumpfenden Markt befindet. Auch die cash cow des Unternehmens befindet sich in einem schrumpfenden Markt, weshalb die betrachtete Unternehmung eine weiterführende Strategie erarbeiten sollte.
Hinsichtlich des Produktes *Shorts* lässt sich die Normstrategie der Desinvestition anführen, da es sich in einem schrumpfenden Markt befindet. Für die *Strumpfhosen* bietet sich die Abschöpfungsstrategie an. Bei den *Sneakers* und *Yogahosen* sollte die Investitionsstrategie verfolgt werden, da die beiden Produkte möglicherweise zu *stars* werden könnten.

1.1.4 Ein erster Kritikpunkt ist, dass die Portfoliomatrix lediglich auf zwei Entscheidungskriterien (hier: Marktwachstum und relativer Marktanteil) zurückgreift. So werden Synergieeffekte zwischen einzelnen Produkten nicht berücksichtigt. Synergieeffekte sind z. B. Kostenersparnisse bei der Herstellung von Produkten. Im vorliegenden Fall könnten beispielsweise freie Kapazitäten ausgenutzt werden. Zweitens werden Reaktionen der weiteren Marktteilnehmerinnen und Marktteilnehmer nicht berücksichtigt. Als dritter Kritikpunkt können die Achsenabschnitte genannt werden. Diese werden nicht klar definiert bzw. basieren auf eigenen Maßstäben. Ebenso durchlaufen Produkte in der Realität nicht immer und automatisch alle Felder des Portfolios, wodurch eine abgeleitete Strategie auch einen negativen Einfluss auf ein Produkt haben könnte.

1.2.1 Wird einer überregionalen Zeitung eine Broschüre beigefügt, die über die Vorzüge der neuen Sneakers informiert, handelt es sich um eine klassische Absatzwerbung. Eine Influencerin, die auf ihrem Internetvideokanal über Mode, Make-up und Fitness den Sneaker vorstellt, nutzt Online-Marketing bzw. Social Media Marketing. Eine weitere klassische Absatzwerbung ist darin zu sehen, dass auf einem hessischen Radiosender täglich ein 15-Sekunden-Spot ausgestrahlt wird. Trägt die Hauptfigur aus einer Vorabendserie die Sneakers der Freshleisure GmbH regelmäßig, so handelt es sich um Product Placement. Im letzten Fall werden die Verkäuferinnen und Verkäufer mehrerer Schuhketten geschult, wodurch es sich um ein Kommunikationsinstrument der Verkaufsförderung handelt.

1.2.2

TIPP Bei der Beurteilung von Erfolgschancen geht es darum, dass man mithilfe von Fachwissen eine begründete Entscheidung treffen muss, die einen positiven oder auch negativen Erfolg schlüssig nachvollziehen lässt. Hierzu ist es wichtig, das jeweilige Kommunikationsinstrument mit der Zielgruppe des Produktes in Beziehung zu setzen. Die fehlende Beziehung stellt eine häufige Fehlerquelle dar.

Die Broschüre in der überregionalen Zeitschrift wird die Zielgruppe nicht erreichen und somit ihr Ziel verfehlen. Ein Großteil der Jugendlichen und jungen Erwachsenen liest keine Zeitung, weshalb die Zielgruppe nichts über dieses Kommunikationsinstrument von dem Sneaker erfährt. Ein Erfolg ist somit als nicht wahrscheinlich einzuschätzen.
Anders sieht es im zweiten Kommunikationsinstrument aus. Internetvideokanäle sind für Jugendliche und junge Erwachsene von immer größerer Bedeutung. Eine Influencerin, die regelmäßig Videos über Mode, Sport und Kosmetik veröffentlicht, scheint für die Verkaufsförderung vielversprechend zu sein. Wenn der Sneaker in einem Video vorgestellt wird, könnte dies einen Einfluss auf das Verkaufsverhalten der Follower bzw. Abonnentinnen und Abonnenten haben.

2.1 Bei der Gründung einer Gesellschaft mit beschränkter Haftung (GmbH) muss ein Gesellschaftsvertrag notariell aufgelegt werden. In diesem Vertrag muss u. a. der Betrag des Stammkapitals sowie der von jeder Gesellschafterin oder jedem Gesellschafter zu leistenden Kapitaleinlage enthalten sein. Als weitere Voraussetzung ist die Eintragung der GmbH in das Handelsregister zu nennen. Die Stammeinlage muss in Höhe von insgesamt 25 000 € vorliegen, wobei die Stammeinlagenanteile nominal mindestens 1 € betragen müssen.

2.2

> **TIPP** Die Gewinnverteilung einer GmbH kann in deren Gesellschaftsvertrag festgehalten werden. Ist in dem Gesellschaftsvertrag hinsichtlich der Gewinnverteilung nichts festgelegt, so wird der Gewinn im gleichen Verhältnis wie die Stammeinlagen der Gesellschafterinnen bzw. Gesellschafter verteilt. Somit muss zunächst die prozentuale Verteilung berechnet werden.

Gemäß der Aufgabenstellung leistete die Gesellschafterin Frau Bonifaz eine Einlage in Höhe von 1 305 000 €, der Gesellschafter Herr Wiese 725 000 € und die Gesellschafterin Frau Kaiser 870 000 €. Somit ergibt sich ein Stammkapital in Höhe von insgesamt 2 900 000 €.
(2 900 000 € = 1 305 000 € + 725 000 € + 870 000 €)

Gesellschafterin Frau Bonifaz: $\frac{100\,\%}{2\,900\,000\,€} \cdot 1\,305\,000\,€ = 45\,\%$

Gesellschafter Herr Wiese: $\frac{100\,\%}{2\,900\,000\,€} \cdot 725\,000\,€ = 25\,\%$

Gesellschafterin Frau Kaiser: $\frac{100\,\%}{2\,900\,000\,€} \cdot 870\,000\,€ = 30\,\%$

Die Gewinne werden nun anhand des berechneten Verhältnisses an die Gesellschafterinnen und Gesellschafter verteilt. Frau Bonifaz erhält 45 %, Herr Wiese 25 % und Frau Kaiser 30 % von insgesamt 200 000 € Gewinn.

Gesellschafterin Frau Bonifaz: $200\,000\,€ \cdot 45\,\% = 90\,000\,€$

Gesellschafter Herr Wiese: $200\,000\,€ \cdot 25\,\% = 50\,000\,€$

Gesellschafterin Frau Kaiser: $200\,000\,€ \cdot 30\,\% = 60\,000\,€$

2.3 Herr Wiese arbeitet nicht im Unternehmen mit. Er kann als Gesellschafter in der Gesellschafterversammlung zwar grundsätzlich Einfluss auf das Verhalten der Geschäftsführung haben, jedoch am täglichen Geschäftsbetrieb nicht teilnehmen und besitzt somit keine Befugnisse. Frau Bonifaz vertritt die Gesellschaft gerichtlich und außergerichtlich und kann andere Personen mit Handlungsvollmachten, z. B. einer Prokura, ausstatten. Eine Prokura muss jedoch im Handelsregister eingetragen werden. Dies ist im vorliegenden Fall nicht gegeben. Aus diesem Grund ist der Kauf durch Herrn Wiese nichtig, also von Anfang an ungültig.

2.4

TIPP Im ersten Teil der Beantwortung ist lediglich eine Beschreibung der Standortfaktoren verlangt. Im zweiten Teil erfolgt dann die Beurteilung, die auf das betrachtete Unternehmen abgestimmt sein muss. In der folgenden Lösung sind fünf Faktoren genannt, vier davon reichen aus.

Ein typischer Standortfaktor sind die **vorhandenen Arbeitskräfte**, sofern das zu betrachtende Unternehmen auf viele Arbeitskräfte angewiesen ist. Auch Lohnkostenunterschiede können beim Standortfaktor Arbeitskräfte ausschlaggebend auf die Wettbewerbsfähigkeit sein.
Weiterhin stellen **Absatzmöglichkeiten** einen typischen Standortfaktor dar. Im Dienstleistungssektor oder im Einzelhandel, also bei absatzorientierten Unternehmen, sind die Absatzmöglichkeiten für den Erfolg eines Unternehmens enorm wichtig.
Wenn es sich um Unternehmen handelt, die an eine bestimmte Rohstoffquelle gebunden sind oder rohstoffgewinnende bzw. rohstoffverarbeitende Unternehmen betrachtet werden, so stellt das **Rohstoffvorkommen** einen weiteren wichtigen Standortfaktor dar. Beispielsweise muss ein Unternehmen, das Kohle abbaut, einen Standort wählen, der reich an Kohle ist.
Zudem stellen für viele Unternehmen die **Verkehrsverhältnisse** einen wichtigen Standortfaktor dar. Für Unternehmen, die Waren an einen größeren Kundenkreis vertreiben oder eng mit Zulieferern zusammenarbeiten, ist dieser Standortfaktor elementar.
Seit einigen Jahren rücken auch immer mehr sogenannte **weiche Faktoren**, wie z. B. Freizeit- oder Bildungsangebote, in den Mittelpunkt. Für Fachleute, die einen hohen Wert auf Freizeit oder die Work-Life-Balance legen und somit die Wahl ihres Arbeitgebers mit ihren Vorstellungen des Lebens abstimmen, spielt der Faktor der Freizeit- oder Bildungsangebote eine wichtige Rolle.

Da es sich bei der Freshleisure GmbH um ein mittelständisches Unternehmen für Kleidung handelt, sind für das Unternehmen die **Verkehrsverhältnisse** sowie die **Absatzmöglichkeiten** wesentliche Standortfaktoren. Neben einer guten Anbindung des Lagers an Lieferanten sollten Abnehmerinnen und Abnehmer ebenfalls gut erreichbar sein. Auch die Logistikzentren der Schuhketten und des Onlinehändlers sollten verkehrstechnisch günstig liegen.
Arbeitskräfte sind im betrachteten Unternehmen hingegen weniger wichtig, da in einem vollautomatisierten Lager nur wenige Arbeitskräfte benötigt werden und es sich meist um gering qualifizierte Arbeitskräfte handelt. Dementsprechend sind die weichen Faktoren ebenfalls eher zu vernachlässigen. Auch eine Nähe zu Rohstoffen ist von keiner Bedeutung für die Freshleisure GmbH, da es sich um ein Lager für Endprodukte handelt.

3.1

TIPP Berechnen bedeutet nicht nur, dass am Ende das richtige Ergebnis herauskommt, sondern auch, dass der Rechenweg für jeden nachvollziehbar ist. Die Personen, die normalerweise Ihre Abschlussprüfung kontrollieren, sind Ihre unterrichtende Lehrkraft sowie eine weitere Person, die Sie vielleicht nicht kennt. Entsprechend genau müssen Sie Ihre Lösungen konzipieren – auch wenn es „nur" um „Berechnen" geht.
Laut § 255 (1) HGB sind Anschaffungskosten die Kosten, die beim Erwerb eines Vermögensgegenstandes entstehen und diesen in einen betriebsbereiten Zustand versetzen. Hierzu zählen auch Anschaffungsnebenkosten sowie nachträgliche Anschaffungskosten und Preisminderungen.

Somit werden Anschaffungskosten wie folgt berechnet:

	Anschaffungspreis
–	Anschaffungskostenminderungen
+	Anschaffungsnebenkosten
=	Anschaffungskosten

Zu den Anschaffungsnebenkosten zählen z. B. Transport- und Montagekosten oder auch die Beurkundung oder die Grunderwerbssteuer.
Zu den Kostenminderungen zählen die Preisnachlässe wie z. B. Skonti oder Rabatte.

	Anschaffungspreis Gabelstapler	23 000,00 €	
–	AK-Minderungen (5 % Rabatt)	1 150,00 €	(= 23 000 · 5 / 100)
+	AK-Nebenkosten	150,00 €	
=	Anschaffungskosten	22 000,00 €	

TIPP Bei den Anschaffungskosten handelt es sich um den Netto-Wert. Diesen benötigen Sie für die Berechnung der Abschreibung.

Zur Begrifflichkeit „Abschreibung":
Wenn Sie ein Produkt kaufen, hat es einen bestimmten Wert. Doch mit jeder Nutzung würden Sie bei einem Wiederverkauf weniger Geld dafür bekommen (von Ausnahmen wie Oldtimern abgesehen). Dies gilt auch für Gegenstände des Anlagevermögens, die Sie zwar gekauft, aber nie genutzt haben – z. B. auch, wenn Sie einen PC gekauft und originalverpackt in einer Ecke stehen lassen. Dieser ist schon aufgrund des technologischen Fortschritts nach kurzer Zeit nicht mehr für den eigenen Einkaufspreis zu verkaufen. Letztlich müssen Sie jedes Jahr kontrollieren, welchen Wert Ihre Vermögenswerte noch haben – der entsprechende Wertverlust wird als Abschreibung bezeichnet.

Es gibt verschiedene Varianten, die Abschreibung zu berechnen. Hierbei gilt es, auf die Formulierung in der Aufgabenstellung zu achten. In dieser Aufgabe ist keine Variante definiert, aber es steht der jährliche Abschreibungsbetrag dabei. Da es nur eine Variante der Abschreibung gibt, in der sich der Abschreibungsbetrag nicht verändert (nämlich die lineare Abschreibung), handelt es sich hierbei um die gesuchte Variante.
Wie bereits erwähnt ist es wichtig, alles sehr ausführlich zu beschreiben – selbst wenn es um „Berechnen" geht. Demzufolge sollte immer die jeweils benötigte Formel aufgeschrieben werden.
Der Abschreibungssatz ist immer ein Prozentwert. Hierbei geht es darum, um wie viel Prozent das Gut jedes Jahr an Wert verliert. Da man von maximal 100 % ausgeht, lautet die Formel wie folgt:

$$\text{Abschreibungssatz} = \frac{100}{\text{Nutzungsdauer (Jahre)}}$$

Hieraus ergibt sich in Verbindung mit der Aufgabenstellung folgende Rechnung:

$$\text{Abschreibungssatz} = \frac{100}{\text{Nutzungsdauer (Jahre)}} = \frac{100}{8} = 12{,}5\,\%$$

TIPP Um schließlich den Wert der jährlichen Abschreibung zu berechnen, wird eine weitere Formel benötigt:

$$\text{jährlicher Abschreibungsbetrag} = \frac{\text{Anschaffungskosten (netto)}}{\text{Nutzungsdauer (Jahre)}}$$

Hieraus ergibt sich gemäß der Aufgabenstellung folgende Rechnung:

$$\text{jährl. Abschr.betrag} = \frac{\text{Anschaffungskosten (netto)}}{\text{Nutzungsdauer (Jahre)}} = \frac{22\,000\text{ €}}{8} = 2\,750\text{ €}$$

TIPP Alternativ wäre es auch möglich, den jährlichen Abschreibungsbetrag zu berechnen, indem man die Anschaffungskosten (netto) mit dem Abschreibungssatz multipliziert.

3.2

TIPP Da Buchungssätze einen großen Teil des Rechnungswesen-Unterrichts in der FOS ausmachen, sind in den meisten Prüfungen auch Buchungssätze zu bilden. Hier bezieht sich die Erstellung des Buchungssatzes auf die Aufgabenstellung von 3.1 – sprich die Abschreibung.
Abschreibungen sind ein Aufwand und diese stehen immer im Soll.

Abschreibungen auf Sachanlagen (AfA)	2 750,00 €	an	Fuhrpark	2 750,00 €

3.3

TIPP In dieser Aufgabe sollen Sie die Auswirkungen der Abschreibung auf ein Unternehmen beschreiben. Hierbei sollten Sie darauf achten, dass Sie nicht aus Versehen anfangen, Ihre Lösung in Stichpunkten aufzuschreiben. Zur Erstellung der Lösung ist es sinnvoll, sich klarzumachen, was eine Abschreibung letztlich bedeutet, und dies kleinschrittig darzustellen.

Eine Abschreibung stellt im buchhalterischen Sinne einen Aufwand dar. Aufwendungen werden über das Gewinn- und Verlustkonto (GuV) abgeschlossen. Da es sich um einen Aufwand handelt, wird die Verlust-Seite belastet und somit der Gewinn reduziert. Aus Unternehmenssicht führt dies dazu, dass insgesamt weniger gewinnabhängige Steuern (z. B. Einkommens- und Körperschaftssteuer) zu zahlen sind.

3.4

TIPP Wie auch bei der 3.2 gilt hier das „Buchen“ als Information zum Erstellen von Buchungssätzen.

Zum 1. Buchungssatz
Um den ersten Buchungssatz richtig aufzustellen, sollten Ihnen die Begriffe „Kunde“ sowie „Rechnung“ und „Bank“ ins Auge fallen. Die Bank ist als Konto in der Bilanz vorhanden. Kunde und Rechnung leider nicht. Bezüglich „Rechnung“ sollten Ihnen zwei Kontenbezeichnungen in den Sinn kommen:

- Forderungen aus Lieferungen und Leistungen (a. LL)
- Verbindlichkeiten aus Lieferungen und Leistungen (a. LL)

Sie müssen immer aus Unternehmersicht denken. Wenn Sie etwas fordern (ein Kunde hat noch nicht gezahlt), handelt es sich um eine Forderung. Wenn Sie aber verpflichtet sind, an einen Lieferanten noch Geld zu bezahlen, ist es eine Verbindlichkeit.
Somit ist der Kunde in Verbindung mit einer Rechnung als Forderung zu deklarieren.
Da der Kunde die Rechnung bezahlt, wird der Rechnungsstapel kleiner → somit wird die Forderung im Haben gebucht.
Außerdem wird das Bankkonto voller → dies passiert im Soll.
Somit lautet der Buchungssatz:

Bank	an	Forderungen a. LL

TIPP Achten Sie bei den Beträgen darauf, dass in der Aufgabenstellung „netto“ angegeben wurde. Eine Rechnung wurde bereits vorher brutto verbucht. Das bedeutet, dass hier eine kleine Falle eingebaut wurde. Sie müssen die 3 000 € netto noch in einen Brutto-Wert umrechnen.

$$\frac{3000,00\,€ \cdot 119}{100} = 3\,570,00\,€$$

Der Brutto-Wert beträgt also 3 570,00 €.

Letztendlich lautet der vollständige Buchungssatz:

Bank	3 570,00 €	an	Forderungen a. LL	3 570,00 €

TIPP Zum 2. Buchungssatz

Generell gilt für Rücksendungen: Der Buchungssatz vom Einkauf/Verkauf wird einfach umgedreht.

In diesem Fall hat das Unternehmen ein Paar Schuhe im Wert von 149,90 € brutto verkauft.

Zum Lösen dieses Buchungssatzes ist es der einfachste Weg, sich erst den Buchungssatz des Verkaufs zu notieren. Da es sich hier auch um eine Rechnung in Verbindung mit einem Kunden handelt, wird wieder das Konto Forderungen a. LL benötigt. Im Verkauf der eigenen Produkte benötigt man außerdem das Konto „Umsatzerlöse für eigene Erzeugnisse“ sowie das Konto „Umsatzsteuer“. Da es sich bei den Umsatzerlösen für eigene Erzeugnisse um ein Ertragskonto handelt, wird dies ins Haben geschrieben. Da es keine Umsatzerlöse ohne die Umsatzsteuer gibt, wird diese gleich mit angehängt. Denken Sie daran, dass der Brutto-Wert zu den Forderungen gehört und der Netto-Wert und die Steuer entsprechend berechnet werden müssen.

Der normale Buchungssatz für den Verkauf lautet:

Forderungen	149,90 €	an	Umsatzerlöse aus eigenen Erzeugnissen	125,97 € (149,9 · 100/119)
			Umsatzsteuer	23,93 €

Wie gesagt: Bei Rücksendungen wird der Buchungssatz einfach umgedreht. Somit lautet die Lösung zum 2. Buchungssatz:

Umsatzerlöse aus eigenen Erzeugnissen	125,97 €			
Umsatzsteuer	23,93 €	an	Forderungen	149,90 €

4.1

TIPP Es ist wichtig, die Fragestellungen genau zu lesen. Bei dieser Aufgabenstellung geht es nicht um die Frage, warum man generell neue Mitarbeiter benötigt, sondern darum, zu erkennen, dass zusätzliche Mitarbeiter benötigt werden. Hierbei sollten die zwei Begriffe Bruttopersonalbedarf und Nettopersonalbedarf unterschieden werden. Der Bruttopersonalbedarf ist die Anzahl an Mitarbeitern die generell benötigt werden, um das Arbeitspensum des Unternehmens leisten zu können. Der Nettopersonalbedarf ist die Anzahl der tatsächlichen Mitarbeiter. Hierbei ist durchaus eine Differenz möglich.
Bezogen auf die Fragestellung der Aufgabe 4.1 sollten Sie zwei Gründe dafür aufführen, dass der Bruttopersonalbedarf (also die Anzahl der Mitarbeiter, die benötigt werden) steigt.

- Ausweitung der Produktion durch Expansion
- organisatorische Erweiterungen bzw. Umstrukturierungen

4.2

TIPP Auch bei dieser Aufgabenstellung ist es wichtig, den Unterschied zwischen Brutto- und Nettopersonalbedarf zu kennen. Häufig greifen in den Abschlussprüfungen Aufgabenstellungen auf gegebene Zahlen zurück.
Zum Bearbeiten dieser Aufgaben gibt es verschiedene Schemata, die aber zum gleichen Ergebnis führen. Sie sollten darauf achten, die genannten Bereiche getrennt voneinander zu betrachten. Dies hat den Vorteil, dass Sie in der Praxis am Ende genau sehen können, wo Sie Mitarbeiter benötigen oder zu viele vorhanden sind.

	Einkauf	**Produktion**	**Vertrieb**
Aktueller Bestand	5	20	8
Bedarfs-veränderung	+1 (5 · 20 / 100)	+3 (20 · 15 / 100)	–2 (8 · 25 / 100)
Bruttopersonal-bedarf *(tatsächlich benötigen wir …)*	6 *(5 + 1)*	23 *(20 + 3)*	6 *(8 – 2)*
+ erwartete Personalzugänge	+2 *(Elternzeit + Versetzung)*	+1 *(Auszubildende)*	–
– erwartete Personalabgänge	–	–2 *(Kündigung + Rente)*	–1 *(Versetzung)*

	Einkauf	Produktion	Vertrieb
Nettopersonal-bedarf	–1 *(6 Bruttopersonal-bedarf – 5 aktuell – 2 Zugänge = –1)*	+ 4 *(23 Bruttoperso-nalbedarf – 20 aktuell – 1 Zugang + 2 Abgänge = 4)*	–1 *(6 Bruttopersonal-bedarf – 8 aktuell + 1 Abgang = –1)*

TIPP Achten Sie auch darauf, dass häufig am Ende einer Aufgabenstellung ein „Beurteilen Sie" steht. Dies wird gerne überlesen, was aber zu unnötigem Punktverlust führt. Denn letztlich geht es nur darum, die erreichten Ergebnisse zu dokumentieren.
Für diese Aufgabenstellung heißt dies entsprechend:

Im Bereich **Einkauf** besteht ein Bedarf von sechs Mitarbeitern. Aktuell sind es fünf Mitarbeiter – zwei weitere Mitarbeiter werden für den Planungszeitraum hinzukommen. Somit besteht eine Personalüberdeckung (zu viele Mitarbeiter) von einer Person.

Der Bereich **Produktion** hat aktuell 20 Mitarbeiter. Der Bedarf steigt auf 23. Die Übernahme einer Auszubildenden kann die anstehende Kündigung und Rente jedoch nicht abfangen. Somit steigt der Bedarf um weitere vier Personen. Hierbei handelt es sich um eine Personalunterdeckung (zu wenige Mitarbeiter).

Im **Vertrieb** sinkt der Bedarf auf sechs Personen. Derzeit sind dort 8 Mitarbeiter beschäftigt. Eine Person wird versetzt. Allerdings besteht hier trotzdem eine Personalüberdeckung von einer Person.

4.3.1

TIPP Beim „Beschreiben" sollen Sie in ganzen Sätzen erklären, was sich hinter dem Begriff in der Aufgabenstellung verbirgt.

Zusätzlich zum vereinbarten Entgelt (z. B. Zeitlohn) kann der Arbeitgeber dem Arbeitnehmer eine zusätzliche Prämie gewähren. Diese beruht auf einer zusätzlichen Arbeitsleistung, die über das „normale Maß" hinaus geht und nicht unbedingt erwartet werden konnte. Hierzu zählen nicht nur zählbare Resultate, auch Verbesserungsvorschläge oder Qualitätsprämien für besonders wenige Fehler können gezahlt werden.

TIPP Auch hier gibt es einen zweiten Teil der Aufgabe, nämlich das „Nennen" eines Vorteils. Versuchen Sie hierbei, sich selbst in die Situation zu versetzen, dass Sie als Arbeitnehmer die Chance bekommen, eine Prämie zu erhalten. Wie geht es Ihnen dabei? Und schon haben Sie einen Vorteil.

Es ist durchaus ein Anreiz, Dinge möglichst ordentlich, vorausschauend, kosteneffizient usw. zu tun. Wenn man dann für diese Ideen oder Tätigkeiten eine Prämie erhält, also belohnt wird, motiviert das noch mehr.

4.3.2

TIPP Um diese Aufgabe berechnen zu können, sollten Sie im ersten Schritt überlegen, wie viel Paar Schuhe normalerweise hergestellt werden können.

1 Stunde = 60 Minuten
60 Minuten / 10 Minuten (Vorgabezeit) = 6 Paar Schuhe / Stunde
6 Paar Schuhe · 8 Stunden Arbeitszeit = 48 Paar Schuhe / Tag
Lohn pro Tag bei Einhalten der Vorgabezeit = 8 · 12 = 96 €

TIPP Nun ist es aber so, dass 60 Paar Schuhe hergestellt werden. Das heißt, zwölf Paar mehr als unter normalen Umständen. Normalerweise werden in einer Stunde sechs Paar hergestellt. Es geht hier also um zwei Stunden Arbeitszeit. Entsprechend lautet hier die Rechnung:

(12 · 2) · 50 % = 12,00 Euro zusätzliche Prämie

Entsprechend erhält der Mitarbeiter:
96,00 € (Normales Gehalt) + 12,00 € (Prämie) = 108,00 € für diesen Tag

Dies entspricht:

$$\frac{108{,}00\ €}{8\ \text{Stunden}} = 13{,}50\ €\ \text{durchschnittlicher Stundenlohn}$$

4.4.1

TIPP Das Stichwort „Kritische Menge" hat immer damit zu tun, ob es kostengünstiger ist, etwas selbst zu produzieren oder von einem Lieferanten bereits fertiggestellt zu erhalten. Hier kommt es auf die Menge an und leider kann man nicht generell sagen, dass z. B. ab 1 000 Stück die Eigenproduktion günstiger wäre. Entsprechend muss man die kritische Menge, also die Menge, bei der Fremdbezug und Eigenfertigung gleich teuer sind, berechnen.
Der Fremdbezug kostet 5,00 € pro Stück. Da man aber keine genaue Produktionsmenge hat und eben die kritische Menge berechnen möchte, muss man von einer unbekannten Anzahl (x) ausgehen. Entsprechend heißt die eine Seite der Gleichung 5x.
Bei der Eigenfertigung muss man sowohl die variablen als auch die fixen Kosten berücksichtigen. Lesen Sie genau, um wichtige Informationen nicht zu übersehen. Die fixen Kosten der Eigenfertigung belaufen sich auf 1 750,00 €.

Die variablen Kosten müssen erst berechnet werden. Achten Sie auf die angegebenen Einheiten. Hier kostet 1 m^2 21,00 € – allerdings lassen sich aus dem 1 m^2 7 Teile herstellen. Entsprechend hat man variable Kosten in Höhe von 21,00 €/7 Teile = 3,00 €/Stück.
Auch hier kann man die genaue Stückzahl nicht beziffern, entsprechend wird aus den 3,00 €/Stück 3x.
Die Eigenfertigung und der Fremdbezug werden einander gegenübergestellt:

$$\begin{aligned} \text{Eigenfertigung} &= \text{Fremdbezug} \\ \text{fixe Kosten} + \text{variable Kosten} &= \text{Kosten des Fremdbezugs} \\ 1750 + 3x &= 5x \\ 1750 &= 2x \\ x &= 875 \end{aligned}$$

TIPP Bei „Interpretieren Sie" müssen Sie zeigen, dass Sie verstanden haben, was Sie gerechnet haben. Was sagt x = 875 aus?

Bei einer Menge von 875 kosten die Eigenfertigung und der Fremdbezug gleich viel. Ab einer Menge von 876 ist die Eigenfertigung günstiger als der Fremdbezug.

4.4.2 Kosten zu betrachten gehört zum normalen täglichen Bereich eines Betriebswirtes. Allerdings lässt sich nicht alles auf Kosten reduzieren und somit sind die Zahlen zwar wichtig, aber auch nicht die einzige Entscheidungsgrundlage. Manchmal macht es bereits bei einer geringeren Menge Sinn, selbst zu produzieren, wenn z. B. die Transportwege zu lang oder unsicher sind oder man seine Produktionsprozesse bzw. -ansprüche nicht preisgeben möchte. Auf der anderen Seite hat man aber vielleicht auch gar nicht das benötigte technische Wissen und würde die eigenen Qualitätsansprüche nicht halten können, was dann wiederum für Fremdbezug spricht.

5.1

TIPP Um diese Frage zu beantworten, müssen Sie erst klären, was die Handelsbilanz eigentlich ist. Die Handelsbilanz ist ein Teilbereich der Zahlungsbilanz, die die unterschiedlichen wirtschaftlichen Beziehungen mit dem Ausland widerspiegelt. Die Handelsbilanz selbst zeigt auf, wie das Verhältnis zwischen den Importen und Exporten von Gütern war (z. B. Maschine exportiert, Banane importiert).

Exporte (Verkauf von Waren ins Ausland) entlasten die Handelsbilanz, während Importe (Einkauf von Waren aus dem Ausland) die Handelsbilanz belasten. Hat ein Land über das Jahr mehr Güter exportiert als importiert, spricht man von einem Handelsbilanzüberschuss, umgekehrt von einem Handelsbilanzdefizit.

5.2

TIPP In den Aufgabenstellungen findet man hin und wieder Verweise auf Tabellen oder Grafiken.
Der erste Teil der Aufgabe besteht aus dem Beschreiben (sozusagen der Bestandsaufnahme) des Diagramms.
Wenn es um das Beschreiben eines Diagramms geht, sollten Sie folgendermaßen vorgehen:

- Um was geht es in dem Diagramm?
- Welcher Zeitraum (meistens sind es Zeiträume) wird betrachtet?
- Was lässt sich offensichtlich erkennen?

Das vorliegende Diagramm stellt die saison- und kalenderbereinigten Werte in Mrd. Euro der deutschen Handelsbilanz im Jahr 2019 dar. Es handelt sich um eine in Monate aufgegliederte Darstellung zwischen Dezember 2018 und Dezember 2019. Es fällt auf, dass es immer wieder zu Schwankungen gekommen ist, Deutschland aber durchgängig einen hohen Exportüberschuss verbuchen konnte.

TIPP Im zweiten Teil geht es um die Darstellung zweier möglicher Auswirkungen dieser Situation auf die Bundesrepublik Deutschland.
Letztlich wird bei einer solchen Aufgabenstellung überprüft, ob Sie die Zusammenhänge verstanden haben. Von daher ist es sehr wichtig, dass Sie die Unterrichtsinhalte nicht nur auswendig gelernt, sondern vor allem verstanden haben!

Ein Land, dass viel exportiert, ist stark davon abhängig, wie sich die Nachfrage in anderen Ländern entwickelt. Wenn also die ausländische Nachfrage sinkt, wird das Exportland weniger verkaufen können. Dies wiederum wird sich negativ auf die wirtschaftliche Situation im Inland auswirken. Deutschland ist also relativ stark davon abhängig, wie sich die Wirtschaft in anderen Ländern entwickelt.
Andererseits ist es jedoch so, dass ein Land durch den hohen Export auch die inländische Produktion stärken und somit sogar weitere Mitarbeiter einstellen kann. Durch die großen Exporte steigt also die Beschäftigung in Deutschland.

5.3

TIPP Etwas zu beurteilen bedeutet, dass man eine begründete Einschätzung zu einem Sachverhalt oder einer Aussage abgibt.
Was ist ein Wechselkurs eigentlich? Es handelt sich hierbei um den Tauschkurs zwischen zwei Währungen. Die Höhe des Tauschkurses wird durch Angebot und Nachfrage auf dem Devisenmarkt bestimmt.

Ursprünglich haben wir für einen Euro 1,40 Kanadische Dollar erhalten. Durch die Änderungen im Wechselkurs erhalten wir jetzt sogar 1,60 CAD für 1 €. Dies bedeutet, dass der Euro im Vergleich zum CAD an Wert zugenommen hat (er wurde aufgewertet). Es ist nun also möglich, für einen Euro mehr Steine zu erhalten. Dies führt dazu, dass das deutsche Unternehmen mehr Gewinn erzielen kann oder durch geringere Preise mehr Kunden anlockt und somit größere Umsätze generiert.
Auf der anderen Seite besteht jedoch das Problem, dass es für ein kanadisches Unternehmen teurer wird, Güter aus dem Euroland zu importieren (da der CAD nicht mehr so viel Wert hat). Dies kann dazu führen, dass der deutsche Handelsbilanzüberschuss kleiner wird. Dies wiederum würde einen Beitrag zum außenwirtschaftlichen Gleichgewicht (magisches Viereck) leisten.

5.4

TIPP Auswirkungen können sowohl positiv als auch negativ sein. Von daher ist es sehr wichtig, genau diese Aspekte mit einzubeziehen. Versuchen Sie bei solchen Aufgabenstellungen, Kausalketten zu erstellen (was passiert, wenn man entsprechend vorgeht).

Wenn die Mindestlöhne erhöht werden,

- werden die Unternehmen erst mal Investitionen zurückstellen oder auch offene Stellen nicht neu besetzen (kurzfristig).
  Das Beschäftigungsniveau (sowohl für die Freshleisure GmbH als auch für Deutschland) würde also tendenziell sinken.
- haben die Mitarbeiter mehr Geld zur Verfügung → haben Mitarbeiter eine höhere Kaufkraft → kaufen mehr ein → Unternehmen benötigt neue Mitarbeiter und Investitionen, um der Nachfrage gerecht zu werden (mittelfristig).
  Das Beschäftigungsniveau könnte also mittelfristig sogar steigen.

Hessen Wirtschaft und Verwaltung
Abschlussprüfung Fachoberschule 2020
Vorschlag B

Aufgabenstellung

1 Die Comping GmbH ist ein mittelständischer Hersteller von Umbausets für Kleinbusse. Die Bausätze der Comping GmbH ermöglichen den Kundinnen und Kunden, ihr Familienauto vorübergehend in ein Wohnmobil zu verwandeln. Das Unternehmen mit Sitz in Montabaur musste in den letzten beiden Jahren einen spürbaren Umsatzrückgang hinnehmen. Es sollen deshalb verstärkte Anstrengungen im Marketing unternommen werden.

1.1 Das Unternehmen möchte Informationen über Preis- und Qualitätsvorstellungen potenzieller Kundinnen und Kunden erhalten und will deshalb Marktforschung betreiben.

1.1.1 Ordnen Sie durch Ankreuzen die in Material 1 gegebenen Fälle jeweils den Methoden der Marktuntersuchung zu.
(*Hinweis:* Mehrfachzuordnungen sind möglich.) (4 BE)

1.1.2 Erklären Sie die Beobachtung, die Befragung und das Experiment. (6 BE)

1.1.3 *„Worauf legen unsere Kundinnen und Kunden bei Handhabung und Ausstattung einer Campingküche für Kleinbusse besonderen Wert?"*
Entscheiden Sie sich für eine Methode, um eine Antwort auf diese Frage zu erhalten.
Skizzieren Sie die Ausgestaltung dieser Methode im vorliegenden Fall. (4 BE)

1.2 Die Marktforschung hat ergeben, dass potenzielle Kundinnen und Kunden den Preis der Bausätze als zu hoch ansehen. Viele entscheiden sich deshalb gegen einen Kauf. Der Geschäftsführer, Herr Porz, schlägt zunächst eine Preisdifferenzierung vor.

1.2.1 Erklären Sie den Zweck einer Preisdifferenzierung und nennen Sie zwei Voraussetzungen, damit eine Preisdifferenzierung erfolgreich umgesetzt werden kann. (4 BE)

1.2.2 Die Geschäftsleitung wägt den Einsatz einer zeitlichen und einer räumlichen Preisdifferenzierung beim Verkauf der Küchenbausätze ab.
Entscheiden Sie sich für eine der beiden Alternativen. (3 BE)

1.3 Neben preispolitischen Maßnahmen hat die Comping GmbH auch in der Kommunikationspolitik ihre Bemühungen verstärkt. So wurden die Bausätze von Mai 2019 bis Ende April 2020 in Fachzeitschriften beworben und auf mehreren Freizeitmessen zur Schau gestellt. Die Geschäftsleitung möchte nun den Erfolg dieser Maßnahmen im Vergleich zum Vorjahr überprüfen. Folgende Daten liegen vor:

- Umsatz April 2019: 140 000 €
- Umsatz April 2020: 145 000 €
- Kosten der Werbeanzeigen: 2 000 €
- Kosten der Messeauftritte: 1 700 €

Berechnen Sie die Werberendite und bewerten Sie dieses Ergebnis (4 BE)

2 Bei der Comping GmbH fallen regelmäßig Buchungen im Absatzbereich an. Auch muss sich das Unternehmen regelmäßig mit Abschreibungen auseinandersetzen.

2.1 Buchen Sie folgende Geschäftsvorfälle mit der Bezeichnung der verwendeten Konten und den entsprechenden Euro-Beträgen.

- Die Comping GmbH verkauft drei Bausätze an eine Kundin auf Rechnung. Es handelt sich um ein Küchenmodul für 1 600 € netto, eine Schlafbank für 1 500 € netto und ein Schrankset für 1 300 € netto. Da die Kundin mindestens zwei Bausätze zusammen bestellt hat, erhält sie einen Sofortrabatt von 10 %. Der Versand erfolgt kostenlos.
- Ein Kunde kauft Wohnmobilzubehör im Wert von 238 € brutto auf Rechnung. Diese Produkte bezieht die Comping GmbH direkt von einem Großhändler.
- Weil der Kunde sehr lange auf das Wohnmobilzubehör warten musste, erhält er einen Preisnachlass in Höhe von 2 % auf den noch offenen Nettorechnungsbetrag. (6 BE)

2.2 Zur Herstellung von Kunststoffplatten kauft das Unternehmen im Mai 2020 eine Kreissäge im Wert von 1 800 € netto. Es fallen zusätzlich Versandkosten im Wert von 30 € netto und Montagekosten im Wert von 60 € (netto) an. Die Kreissäge soll linear abgeschrieben werden. Die Kreissäge darf gemäß AfA-Tabelle linear über 14 Jahre abgeschrieben werden.

2.2.1 Berechnen Sie die zeitanteilige Abschreibung im Anschaffungsjahr und im folgenden Geschäftsjahr. (3 BE)

2.2.2 Buchen Sie die Abschreibung für das erste Abschreibungsjahr mit den entsprechenden Kontenbezeichnungen und den Euro-Beträgen und bewerten Sie die Wirkung dieser Buchung für die Comping GmbH. (4 BE)

3 Die Comping GmbH wurde im Jahr 2014 als Unternehmergesellschaft (UG) gegründet und im Jahr 2017 zur GmbH umfirmiert. Sie hat drei Gesellschafter. Herr Porz ist mit 140 000 € am Unternehmen beteiligt, Frau Zink hält 196 000 € und Herr Gies 224 000 €.

3.1 Das Unternehmen firmierte von seiner Gründung 2014 bis ins Jahr 2017 als Comping UG haftungsbeschränkt.
Begründen Sie die Entscheidung des Unternehmens, zunächst die Unternehmergesellschaft (UG) und nicht die Gesellschaft mit beschränkter Haftung (GmbH) oder eine Personengesellschaft als erste Rechtsform zu wählen. (2 BE)

3.2 Nennen Sie die Firmenart der Comping GmbH und erklären Sie die Kaufmannsart des Unternehmens. (3 BE)

3.3 Der Geschäftsführer Herr Porz ist als Gesellschafter zugleich am Unternehmen beteiligt.
Erläutern Sie, inwieweit er bei Verlusten des Unternehmens haften könnte. (2 BE)

3.4 Im Jahr 2019 erzielte die Comping GmbH 38 000 € Gewinn. Die Gesellschafter weichen vertraglich nicht von der gesetzlichen Regelung zur Gewinnverteilung ab.
Berechnen Sie für alle drei Gesellschafter die Gewinnanteile für das Jahr 2019. (3 BE)

3.5 In Material 2 liegt eine Kurzfassung der aktuellen Bilanz der Comping GmbH vor.
Berechnen Sie anhand der angegebenen Bilanzzahlen die Eigenkapitalrentabilität, den Verschuldungsgrad, den Anlagendeckungsgrad I sowie den Anlagendeckungsgrad II und interpretieren Sie Ihre Ergebnisse. (8 BE)

4 Das Unternehmen muss regelmäßig Entscheidungen im Produktionsbereich treffen, um weiterhin wettbewerbsfähig zu bleiben.

4.1 Bei der Comping GmbH und ihren Lieferanten kommen eine Reihe von Fertigungstypen zum Einsatz. Geben Sie jeweils den Fertigungstyp (d. h. nach der Produktionsmenge) an.

- Die Comping GmbH stellt neben den Fertigbausätzen auch Rollmarkisen und Campingduschen her.
- Die Kunden der Comping GmbH können sich bei den Schlafbänken zwischen zehn Farben und fünf Stoffbezugsarten entscheiden.
- Das Unternehmen stellt für alle Möbel gleichartige Griffe in neutraler Farbe her.

- Die Comping GmbH kann auch den Ausbau eines Transporters vollkommen an den Wünschen des Kunden orientieren und spezielle Sonderanfertigungen herstellen. (4 BE)

4.2 Ein Produktionsleiter des Unternehmens sagt, dass die Massenfertigung die sinnvollste Art der Herstellung sei.
Beurteilen Sie diese Aussage. (4 BE)

4.3 Die Comping GmbH stellt Wandschränke in verschiedenen Größen her, die modular zusammengefügt werden können. In Material 3 liegen Informationen zu den verschiedenen Schrankgrößen der Comping GmbH vor.

4.3.1 Ermitteln Sie das Ergebnis für diese Produktgruppe sowie den Gesamtdeckungsbeitrag I und II der einzelnen Produkte unter der Annahme, dass kein Produktionsengpass vorliegt. (4 BE)

4.3.2 Aufgrund kurzfristig fehlender Kapazitäten muss die Produktion der Wandschränke neu geplant werden.
Berechnen Sie das optimale Produktionsprogramm und den Erfolg des Unternehmens, wenn zurzeit die maximale Maschinenkapazität 300 Stunden pro Monat und die gesammelten produktgruppenfixen Kosten 6 800 € pro Monat betragen.
(*Hinweis:* Sollten Sie in Aufgabe 4.3.1 die notwendigen Deckungsbeiträge nicht berechnet haben, nehmen Sie zur Lösung dieser Aufgabe bitte Deckungsbeiträge von 20 € (*MBox*), 35 € (*LBox*) und 75 € (*XLBox*) an.) (9 BE)

4.4 Beschreiben Sie zwei Gründe, von dem optimalen Produktionsprogramm abzuweichen. (4 BE)

5 Der spürbare Umsatzrückgang und striktere Umweltauflagen in der Automobilindustrie verunsichert die Geschäftsführung der Comping GmbH. Sie schaut deshalb verstärkt auf die konjunkturellen und strukturellen Entwicklungen in der Bundesrepublik Deutschland.

5.1 Das Bruttoinlandsprodukt (BIP) ist ein Konjunkturindikator. Ordnen Sie das BIP eines Jahres einer Indikatorart zu (Frühindikator, Präsenzindikator, Spätindikator) und begründen Sie Ihre Auswahl. (2 BE)

5.2 Beschreiben Sie die in Material 4 dargestellte Statistik und beurteilen Sie deren Aussagekraft hinsichtlich der Beurteilung der wirtschaftlichen Stärke und Entwicklung eines Landes. (5 BE)

5.3 *„Das BIP ist die richtige Kennzahl, um den Wohlstand unserer Bürgerinnen und Bürger zu erfassen."*
Diskutieren Sie diese Aussage. (5 BE)

5.4 Ein Beratergremium der Bundesregierung schlägt zur Stärkung der Konjunktur eine Verringerung des allgemeinen Umsatzsteuersatzes von 19 % auf 15 % vor.

5.4.1 Ordnen Sie diese Maßnahme einer grundlegenden Richtung der Wirtschaftspolitik zu und skizzieren Sie an einer vierstufigen Wirkungskette die erhoffte Wirkung der Maßnahme. (5 BE)

5.4.2 Bewerten Sie die Auswirkungen dieser Maßnahme auf die Comping GmbH. (2 BE)

Material 1 Methoden der Marktuntersuchung der Comping GmbH

Fall	Markt-for-schung	Markt-erkun-dung	Markt-ana-lyse	Markt-beobach-tung	Primär-for-schung	Sekun-därfor-schung
Bisherige Kundinnen und Kunden werden regelmäßig befragt, ob der Verschleiß der Bausätze angemessen ist.						
Das Unternehmen betrachtet die Entwicklung der Zulassungen für Kleinbusse.						
Das Unternehmen befragt potenzielle Kundinnen und Kunden jährlich in einer Onlinebefragung nach ihren Preisvorstellungen.						
Der Geschäftsführer entdeckt auf einer Freizeitfachmesse weitere Anbieter von Bausätzen für Wohnmobile.						

Material 2 Kurzfassung der Bilanz der Comping GmbH zu Beginn von 2019

AKTIVA		Bilanz Comping GmbH	PASSIVA
Anlagevermögen	510 000 €	Eigenkapital	560 000 €
Umlaufvermögen	1 114 000 €	Fremdkapital	
		langfristiges Fremdkapital	80 000 €
		kurzfristiges Fremdkapital	984 000 €
Summe Vermögen	1 624 000 €	Summe Kapital	1 624 000 €

Gewinn (2019): 38 000 €

Die branchenübliche Eigenkapitalrentabilität liegt bei 5 %.

Material 3 **Informationen zur Berechnung des optimalen Produktionsprogramms**

Wandschrank		MBox	LBox	XLBox
Maximal mögliche Absatzmenge	(Stück pro Monat)	150	100	50
Preis	(€ pro Stück)	70	160	250
Variable Stückkosten	(€ pro Stück)	45	130	160
Produktfixe Kosten	(€)	1 500	2 100	3 200
Maschinenproduktionszeit	(Minuten pro Stück)	50	100	150

Material 4 **Bruttoinlandsprodukt in ausgewählten EU-Ländern 2018 in Milliarden Euro**

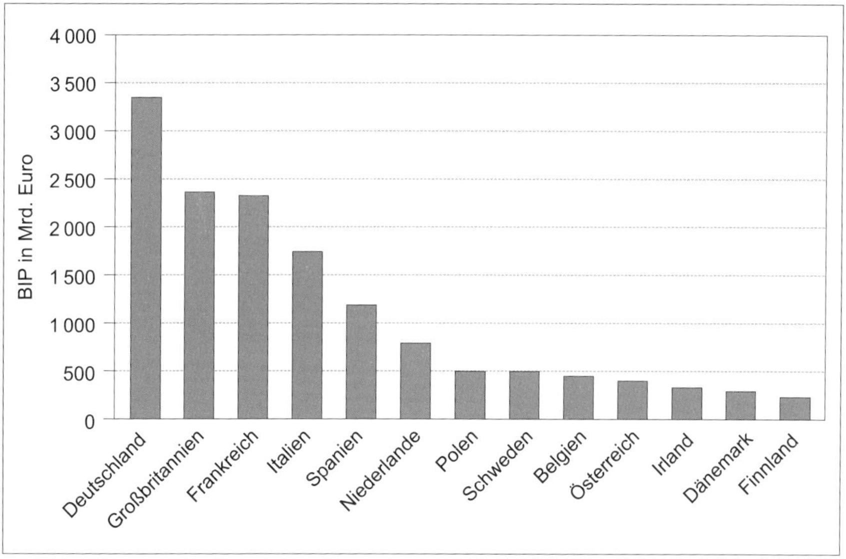

eigene Darstellung, Daten nach: Eurostat

Lösungsvorschlag

1.1.1

Fall	Markt-for-schung	Markt-erkun-dung	Markt-ana-lyse	Markt-beobach-tung	Primär-for-schung	Sekun-därfor-schung
Bisherige Kundinnen und Kunden werden regelmäßig befragt, ob der Verschleiß der Bausätze angemessen ist.	x			x	x	
Das Unternehmen betrachtet die Entwicklung der Zulassungen für Kleinbusse.	x			x		x
Das Unternehmen befragt potenzielle Kundinnen und Kunden jährlich in einer Onlinebefragung nach ihren Preisvorstellungen.	x			x	x	
Der Geschäftsführer entdeckt auf einer Freizeitfachmesse weitere Anbieter von Bausätzen für Wohnmobile.		x				

1.1.2 **Beobachtung:**

Bei der (Markt-)Beobachtung geht es hinsichtlich der Marktforschung um eine Erhebung von Daten über einen längeren Zeitraum. Es handelt sich somit um eine zeitraumbezogene Marktforschung. Grundsätzlich werden bei einer Marktbeobachtung Daten zu laufenden Veränderungen der Produkte erhoben.

Befragung:

Bei einer Befragung werden ausgewählte oder zufällige Personen zu ihrem Wissen in Bezug auf bestimmte Produkte befragt. Dies kann sowohl schriftlich als auch mündlich bzw. telefonisch erfolgen. In der Praxis werden Befragungen oftmals mit Gewinnspielen oder ähnlichen Anreizen verbunden, damit die befragten Personen detaillierte Auskunft geben. Meistens enthalten Befragungen sowohl offene als auch geschlossene Fragestellungen.

Experimente:
Experimente stellen ausführliche Tests zu z. B. Produkten, Verpackungen oder auch Preisen dar. Hierzu finden die Experimente in einem kleinen Versuchsrahmen unter gleichen Bedingungen oder in einem realitätsnahen groß angelegten Rahmen statt. Im ersten Fall spricht man von Laborexperimenten, im zweiten Fall von Feldexperimenten.

1.1.3

TIPP Bei der Beantwortung der Fragestellung bietet es sich an, dass entsprechend der Aufgabenstellung die Lösung in zwei Teile untergliedert wird. Zum einen muss eine Entscheidung bezüglich der Marktforschungsmethode getroffen werden. Zum anderen sollte die getroffene Entscheidung in ihrer Umsetzung, in ihren Grundzügen skizziert werden.

Die Befragung bietet sich hier als beste Erhebungsmethode an. Die Comping GmbH kann mittels einer Befragung die Wünsche und Bedürfnisse der Kunden in Erfahrung bringen. Die Beobachtung bietet sich nicht an, da mit ihr diese nicht offengelegt werden können. Die Befragung kann ggf. noch durch ein Experiment ergänzt werden. Dies ist allerdings nur sinnvoll, wenn bereits Vorschläge des betrachteten Produkts vorliegen und diese lediglich bewertet werden sollen.
Die Befragung sollte zu einem bestimmten Zeitpunkt durchgeführt werden und nicht über einen bestimmten Zeitraum, da es der Comping GmbH um die Gestaltung von Bausätzen geht und hierbei eine aktuelle Meinung/aktuelle Trends berücksichtigt werden sollten. Weiterhin sollte der Umfang nicht zu viel Zeit in Anspruch nehmen, weshalb eine Teilerhebung sinnvoller ist. Hierbei werden nicht alle möglichen Kunden und Kundinnen befragt, sondern lediglich eine kleine Kundschaft, welche jedoch möglichst repräsentativ ist. Repräsentativ würde bedeuten, dass möglichst gleich viele Personen in allen Zielgruppen befragt werden, sodass die Ergebnisse gebündelt zusammengetragen werden können. Hinsichtlich der Befragung sollten möglichst auch offene Fragestellungen vorhanden sein, damit den Befragten zusätzlicher Raum für Ergänzungen eingeräumt ist. Somit bietet sich im Rahmen der Befragung ein Interview an, bei dem speziell auf einzelne Fragen eingegangen werden kann.

1.2.1 Der Zweck einer Preisdifferenzierung besteht darin, dass man sich mithilfe des Preises besonders an die Gegebenheiten des Marktes anpasst. Der Markt wird bei einer Preisdifferenzierung in Teilmärkte untergliedert, sodass die Produkte zu unterschiedlichen Preisen angeboten werden können und man einen bestmöglichen Absatz generiert.

Eine Voraussetzung für eine Preisdifferenzierung ist ein unvollkommener Markt. Die Kundengruppen sollten bereit sein, unterschiedliche Preise zu akzeptieren. Weiterhin sollten die durch die Preisdifferenzierung entstandenen Verluste in einer Kundengruppe durch die Gewinne in anderen Kundengruppen mindestens ausgeglichen werden. Eine preisliche Differenzierung sollte ebenso aus Kundensicht nachvollziehbar sein. Der Zugang zu anderen Märkten sollte den Kundengruppen nicht möglich sein.

1.2.2

TIPP Grundsätzlich ist die korrekte und nachvollziehbare Begründung dabei entscheidend, ob eine Lösung voll bepunktet werden kann. Es ist demnach essenziell, eine fachlich fundierte Begründung zu bieten. Es macht hierbei folgerichtig Sinn, das Für und Wider der betrachteten Preisdifferenzierungen genauer zu durchleuchten.

Eine **zeitliche Differenzierung** macht Sinn, wenn vermehrt in den Campingurlaub gefahren wird. Demnach sollten die Preise im Sommer und im Frühjahr am höchsten sein. Im Winter bzw. Herbst möchten weniger Urlauberinnen und Urlauber ihre freie Zeit im Campingurlaub verbringen. Grundsätzlich sollte bei der Preisgestaltung jedoch beachtet werden, dass Campingurlauber auch antizyklisch kaufen, da solche Anschaffungen langfristig sind. So könnten sie auch im Winter auf Produkte der Comping GmbH zurückgreifen, da der nächste Campingurlaub im Sommer nicht mehr lange auf sich warten lässt.

Im Gegensatz zur zeitlichen Differenzierung macht eine **räumliche Differenzierung** dann Sinn, wenn bestimmte Gegebenheiten zutreffen. Hier kann beispielsweise eine jährlich stattfindende Messe für Camping-Produkte genutzt werden, um Rabatte anzubieten. Auch ein Onlinehandel kann dafür genutzt werden, um Produkte günstiger anzubieten. Durch die Rabattierung werden Kunden letztlich zum Kauf angeregt.

Ich würde mich hier für die zeitliche Differenzierung entscheiden.

1.3

TIPP Zur Berechnung der Werberendite wird der Werbeerfolg im Verhältnis zu den Kosten für die Werbung berechnet. Der Werbeerfolg ist hier die Differenz aus den Umsätzen von 2019 und 2020.

$$\begin{aligned}\text{Werbeerfolg im Vergleich} &= \text{Umsatz 2020} - \text{Umsatz 2019}\\ &= 145\,000\text{ €} - 140\,000\text{ €} = 5\,000\text{ €}\end{aligned}$$

$$\begin{aligned}\text{Werbekosten 2020} &= \text{Kosten für Werbeanzeigen} + \text{Kosten für Messeauftritte}\\ &= 2\,000\text{ €} + 1\,700\text{ €} = 3\,700\text{ €}\end{aligned}$$

$$\text{Werberendite} = \frac{\text{Werbeerfolg}}{\text{Werbekosten}} \cdot 100$$

$$= \frac{5\,000\ €}{3\,700\ €} \cdot 100 = 135{,}14\ \%$$

Da der Werbeerfolg bzw. der Werbegewinn die Werbekosten übersteigt, wird durch die Werbemaßnahme mehr Umsatz generiert, als sie Kosten verursacht. Somit ist die betrachtete Situation erfolgreich, sofern der zusätzliche Gewinn auch die Kosten übersteigt.

2.1

TIPP Es gibt verschiedene Arten von Preisnachlässen. Hierzu zählen Rabatte, Skonti und Boni. Sie unterscheiden sich in der unterschiedlichen Art und, buchhalterisch betrachtet, auch in deren Anwendung bei den Buchungssätzen.

- Rabatten begegnet man im privaten Bereich am häufigsten. Ein Beispiel hierzu wäre: „Kaufe 3 – zahle 2."
- Skonto ist immer in Verbindung mit einer Bezahlung auf Rechnung zu finden. Ein Preisnachlass wird dann gewährt, wenn die Rechnung innerhalb einer bestimmten Frist gezahlt wird.
- Ein Bonus wiederum ist ein Preisnachlass, der z. B. dann gewährt wird, wenn man im Vorjahr im entsprechenden Unternehmen für einen entsprechenden Betrag eingekauft hat.

In der Buchführung werden diese Preisnachlässe unterschiedlich gehandhabt. Ein Rabatt wird immer vor dem Kauf abgewickelt. D. h. dieser hat für den Buchungssatz keine Bedeutung.

1. Teilaufgabe:

	Küchenmodul	1 600,00 €
+	Schlafbank	1 500,00 €
+	Schrankset	1 300,00 €
=	Gesamt	4 400,00 €

Der Gesamtbetrag von 4 400,00 € stellt den eigentlich zu zahlenden Betrag dar. Hiervon darf die Kundin aber 10 % Rabatt abziehen. Dies entspricht: 4 400,00 · 10 / 100 = 440,00 €

Die Comping GmbH kann nun also folgende Buchung vornehmen:

Forderungen	4 712,40 €	an	Umsatzerlöse für eigene Erzeugnisse	3 960,00 €
			Umsatzsteuer	752,40 €

TIPP Beachten Sie, dass die Preise netto angegeben sind, Sie müssen also noch die Umsatzsteuer hinzurechnen.

2. Teilaufgabe:

TIPP Im Gegensatz zur 1. Teilaufgabe, bei der das Unternehmen die selbst produzierten Erzeugnisse verkauft hat, handelt es sich in der 2. Teilaufgabe um Produkte, die von einem anderen Unternehmen bezogen wurden, um diese weiterzuverkaufen. In diesem Fall handelt es sich um „Umsatzerlöse aus Handelswaren".
Weiterhin ist darauf zu achten, dass der Wert des Zubehörs in „brutto" angegeben ist. Dieser Hinweis zeigt an, dass beim Erstellen des Buchungssatzes die Steuer nicht vergessen werden darf.

Die Buchung lautet wie folgt:

Forderungen	238,00 €	an	Umsatzerlöse für Handelswaren	200,00 €
			Umsatzsteuer	38,00 €

TIPP Beachten Sie, dass bei dem vorhandenen Brutto-Wert der Netto-Wert entsprechend berechnet werden muss. Hier: $238{,}00\ € \cdot 100 / 119 = 200{,}00\ €$

3. Teilaufgabe:

TIPP Wenn in einer Aufgabenstellung von Preisnachlass und Kunde gesprochen wird, wird immer auch das Konto „Erlösberichtigung" aktiv.
In diesem Fall muss der Kunde noch auf seine Lieferung warten. Er hat diese noch nicht gezahlt – erhält aber trotzdem eine Ermäßigung in Höhe von 2 % des Netto-Rechnungsbetrages. Dies bedeutet, dass die Forderung reduziert wird – d. h. es muss ein Teil dieser Forderung aus dem ursprünglichen Buchungssatz wieder rausgebucht werden.
Der in der 2. Teilaufgabe berechnete Netto-Betrag ist 200,00 €. 2 % hiervon sind $(200 \cdot 2 / 100) = 4{,}00\ €$. Beachten Sie, dass die Erlösberichtigung ein Netto-Wert ist.

Der dazugehörige Buchungssatz lautet:

Erlösberichtigungen für Handelswaren	4,00 €			
Umsatzsteuer	0,76 €	an	Forderungen	4,76 €

2.2.1

TIPP Um die Abschreibung berechnen zu können, müssen die Anschaffungskosten berechnet werden. D. h., es werden nicht nur die reinen Maschinenkosten in Höhe von 1 800 € netto berücksichtigt, sondern auch die Versandkosten in Höhe von 30 € sowie die Montagekosten in Höhe von 60 €. Letztlich kostet die Maschine bis zur Nutzung also 1 890 €. Wichtig: Es wird immer vom Netto-Wert abgeschrieben.
In der Aufgabenstellung ist von linearer Abschreibung die Rede. Allerdings muss auch der Zeitpunkt „Mai" berücksichtigt werden. Die lineare Abschreibung betrifft das komplette Jahr – d. h. die Anschaffung erfolgt im Januar eines Jahres. Wenn ein anderer Monat genannt ist, muss automatisch die zeitanteilige Abschreibung verwendet werden. Hierbei handelt es sich letztlich um eine Erweiterung der linearen Abschreibung.

Hierfür muss als Erstes die normale lineare Abschreibung berechnet werden:

$$\frac{\text{Anschaffungkosten}}{\text{Nutzungsdauer}} = \frac{1890{,}00\ €}{14\ \text{Jahre}} = 135{,}00\ €\ \text{AfA im Jahr}$$

TIPP Wenn der Kauf im Januar des Jahres stattgefunden hätte, gäbe es eine jährliche Abschreibung in Höhe von 135,00 €. Bedingt dadurch, dass der Kauf im Mai stattgefunden hat, muss eine weitere Rechnung erfolgen. Hierbei ist wichtig, dass der Mai als Kaufmonat mitgezählt wird (Mai – Dezember = 8 Monate).

$$\frac{\text{Jährliche lineare AfA} \cdot \text{Restmonate bis Jahresende seit Kauf}}{12} = \frac{135{,}00\ € \cdot 8}{12}$$
$$= 90{,}00\ €$$

Die berechneten 90,00 € entsprechen der AfA im 1. Jahr (dem verkürzten Jahr). Da das Gut im darauffolgenden Jahr von Januar – Dezember im Unternehmen vorhanden ist, gilt hier der normale lineare AfA-Betrag in Höhe von 135,00 €.

2.2.2 Die Buchung im ersten Abschreibungsjahr lautet wie folgt:

AfA	90,00 €	an	Technische Anlagen und Maschinen	90,00 €

Bei einer Abschreibung handelt es sich um einen Aufwand. Aufwendungen werden über das Gewinn- und Verlustkonto abgeschlossen. Je größer die Aufwendungen, desto geringer der Gewinn und die damit zu zahlenden gewinnabhängigen Steuern.

Außerdem werden Abschreibungen in der Kosten- und Leistungsrechnung als Kosten geführt. Dadurch werden sie bei der Kalkulation der Preise der Produkte des Unternehmens mitberücksichtigt. Im Optimalfall werden so die Kosten der Maschine komplett kompensiert und eine Ersatzbeschaffung ermöglicht.

3.1 Der Vorteil der haftungsbeschränkten Unternehmergesellschaft mit der Kennzeichnung UG besteht in der Höhe des Stammkapitals. Eine UG muss lediglich ein Stammkapital in Höhe von mindestens einem Euro aufbringen. So macht es Sinn, zunächst eine UG zu gründen und ggf. im späteren Verlauf in eine GmbH umzufirmieren. Im Vergleich zu einer Personengesellschaft, wie z. B. der Offenen Handelsgesellschaft (OHG), hat die UG den Vorteil, dass keiner der Gesellschafter mit seinem Privatvermögen haftet.

3.2 Bei der Comping GmbH handelt es sich um eine sogenannte Fantasiefirma. Die betrachtete Unternehmung ist ein Formkaufmann. Um einen Formkaufmann handelt es sich, wenn sich der Kaufmann kraft Rechtsform im Sinne des Handelsgesetzbuches erschließt. Grundsätzlich bedeutet dies, dass das Unternehmen die Eigenschaft des Kaufmanns durch die Eintragung im Handelsregister erlangt hat. Entscheidend ist dabei nicht, ob tatsächlich ein Handelsgewerbe betrieben wird.

3.3 Aus der Aufgabenstellung geht hervor, dass Herr Porz mit einem Kapital in Höhe von 140 000 € am Unternehmen beteiligt ist. Da die Gesellschafter bei einer GmbH lediglich mit ihrem eingebrachten Kapital haften, sind dementsprechend 140 000 € betroffen. Zu beachten ist jedoch, dass Herr Porz gleichzeitig auch der Geschäftsführer ist. In diesem Fall kann Herr Porz bei Verstößen gegen seine Pflichten als Geschäftsführer gesondert haftbar gemacht werden. Somit kann unter Umständen auch sein Privatvermögen zur Haftung herangezogen werden.

3.4 Kapitalanteil Herr Porz + Kapitalanteil Frau Zink + Kapitalanteil Herr Gies
= 140 000 € + 196 000 € + 224 000 € = 560 000 € (Gesamtkapital)

Gewinnanteil in % der Gesellschafter:

Herr Porz: $\frac{100}{\text{Gesamtkapital}} \cdot \text{Kapitalanteil Herr Porz}$

$= \frac{100}{560\,000\text{ €}} \cdot 140\,000\text{ €} = 25\,\%$

Frau Zink: $\frac{100}{\text{Gesamtkapital}} \cdot \text{Kapitalanteil Frau Zink}$

$= \frac{100}{560\,000\text{ €}} \cdot 196\,000\text{ €} = 35\,\%$

Herr Gies: $\frac{100}{\text{Gesamtkapital}} \cdot \text{Kapitalanteil Herr Gies}$

$= \frac{100}{560\,000 \text{ €}} \cdot 224\,000 \text{ €} = 40\,\%$

Gewinnanteil in € der Gesellschafter:

Herr Porz: Gesamtgewinn · Gewinnanteil Herr Porz in %
$= 38\,000 \text{ €} \cdot 25\,\% = 9\,500 \text{ €}$

Frau Zink: Gesamtgewinn · Gewinnanteil Frau Zink in %
$= 38\,000 \text{ €} \cdot 35\,\% = 13\,300 \text{ €}$

Herr Gies: Gesamtgewinn · Gewinnanteil Herr Gies in %
$= 38\,000 \text{ €} \cdot 40\,\% = 15\,200 \text{ €}$

3.5 $\text{Eigenkapitalrentabilität} = \frac{\text{Gewinn} \cdot 100}{\text{Eigenkapital}} = \frac{38\,000 \text{ €} \cdot 100}{560\,000 \text{ €}} = 6{,}79\,\%$

$$\text{Verschuldungsgrad} = \frac{\text{Fremdkapital} \cdot 100}{\text{Eigenkapital}} = \frac{1\,064\,000 \text{ €} \cdot 100}{560\,000 \text{ €}} = 190\,\%$$

$$\text{Anlagendeckungsgrad I} = \frac{\text{Eigenkapital} \cdot 100}{\text{Anlagevermögen}} = \frac{560\,000 \text{ €} \cdot 100}{510\,000 \text{ €}} = 109{,}80\,\%$$

$$\text{Anlagendeckungsgrad II} = \frac{(\text{Eigenkapital} + \text{langfristiges Fremdkapital}) \cdot 100}{\text{Anlagevermögen}}$$

$$= \frac{(560\,000 \text{ €} + 80\,000 \text{ €}) \cdot 100}{510\,000 \text{ €}} = 125{,}49\,\%$$

Die branchenüblichen 5 % werden im vorliegenden Fall mit einer Eigenkapitalrentabilität von 6,78 % klar übertroffen. Demnach lohnt sich die Investition für die Anteilseigner. Hinsichtlich des Verschuldungsgrades ist die Grenze von max. 200 % nicht zu überschreiten. Liegt der Verschuldungsgrad höher, so beträgt das Fremdkapital in Bezug auf das Eigenkapital zu viel. Die wirtschaftlichen Risiken wären zu groß. Im vorliegenden Fall liegt der Verschuldungsgrad bei 190 % und somit im Rahmen. Die Zielgröße des Deckungsgrads I liegt bei etwa 70–100 %. Mit einem Anlagendeckungsgrad I von 109,80 % liegt der Wert knapp über der Zielgröße. Die Comping GmbH erreicht diese Zielgröße also nicht ganz. Beim Anlagendeckungsgrad II ist eine Zielgröße von etwa 100–150 % nötig, damit eine finanzielle Stabilität gesichert ist. Mit einem Wert von 125,49 % liegt die Comping GmbH weit über 100 % und erfüllt somit diese Stabilität.

4.1

TIPP Je nachdem, wie viele Produkte (Art und Menge) man produziert, kommen unterschiedliche Fertigungstypen zum Einsatz. Hierbei wird standardmäßig nach folgenden Fertigungstypen unterschieden:

1. Einzelfertigung:
   Hier geht es darum, spezielle Kundenwünsche erfüllen zu können. D. h. das Produkt ist stark spezialisiert. Eine solche Fertigung findet sich häufig z. B. bei Schreinereien oder im Anlagenbau.
2. Serienfertigung:
   Hier wird ein identisches Produkt in einer begrenzten Anzahl hergestellt. Dies ist z. B. im Automobilbereich der Fall.
3. Sortenfertigung:
   Diese würde durchgeführt, wenn ein bestimmtes Produkt z. B. in unterschiedlichen Farben (z. B. T-Shirt) produziert werden würde.
4. Massenfertigung:
   Hier findet die Großproduktion von Standardprodukten statt (z. B. Nägel).

In der vorliegenden Aufgabenstellung muss jeweils der richtige Fertigungstyp angegeben werden.

Die Comping GmbH stellt neben den Fertigbausätzen auch Rollmarkisen und Campingduschen her.	Serienfertigung (sie stellen mehrere unterschiedliche Dinge in jeweils einer begrenzten Stückzahl her)
Die Kunden der Comping GmbH können sich bei den Schlafbänken zwischen zehn Farben und fünf Stoffbezugsarten entscheiden.	Sortenfertigung (ein bestimmtes Produkt in unterschiedlichen Ausführungen)
Das Unternehmen stellt für alle Möbel gleichartige Griffe in neutraler Farbe her.	Massenfertigung (ein Griff in großer Stückzahl)
Die Comping GmbH kann auch den Ausbau eines Transporters vollkommen an den Wünschen des Kunden orientieren und spezielle Sonderanfertigungen herstellen.	Einzelfertigung (Fertigung nach Wunsch des Kunden)

4.2

TIPP Beim Beurteilen ist Ihre Meinung gefragt. Achten Sie hierbei aber darauf, dass Sie sich in die Rolle des Unternehmers begeben müssen. Es gibt immer ein Für und Wider, das Sie gegeneinander abwägen müssen.
In diesem Fall müssen Sie erklären, warum der Produktionsleiter recht oder unrecht bzgl. der Massenfertigung hat.

Ob man dieser Aussage zustimmt oder nicht, hängt von den örtlichen Gegebenheiten und den Kundenwünschen ab. Massenfertigung bietet auf jeden Fall einen Kostenvorteil, da z. B. keine Zeit durch Umbauarbeiten an den Maschinen verloren geht. Zusätzlich reicht es, die Mitarbeiter einmal anzulernen – dies ist auch bei wenig qualifizierten Mitarbeitern möglich, was wieder einen Kostenvorteil darstellt.

Andererseits ist es bei einer Massenfertigung nur schwer möglich, sich an einen veränderten Markt anzupassen, da die Maschinen und insgesamt die Fertigungsstraßen nur auf ein Produkt ausgelegt sind. Außerdem ist es nicht möglich, individuelle Kundenwünsche zu berücksichtigen.

Somit kann der Aussage des Produktionsleiters nicht generell zugestimmt werden.

4.3.1

TIPP Beim Deckungsbeitrag handelt es sich um eine Kennzahl der Kosten- und Leistungsrechnung. Häufig findet man db, rel. db, DB I und DB II.
Großbuchstaben stehen immer für die Gesamtzahl (also für die komplette produzierte Menge), Kleinbuchstaben immer für „je Stück“. Der Deckungsbeitrag gibt den Betrag an, der zum Decken der Fixkosten verwendet wird.

Beim Gesamtdeckungsbeitrag I (DB I) werden von den erzielten Umsatzerlösen die variablen Kosten abgezogen.

Der Gesamtdeckungsbeitrag II (DB II) wird für das optimale Produktionsprogramm (ohne Engpass!) sowie zum Erkennen der Preisuntergrenze benötigt.

Berechnung DB I:
  Umsatzerlöse
– variable Kosten (K_{var})

= DB I

Berechnung DB II:
  DB I
– produktfixe Kosten

= DB II

MBox

$150 \cdot 70\,€ = 10\,500\,€$ (Umsatzerlöse)

$45\,€ \cdot 150 = 6\,750\,€$ (K_{var} bei einer Absatzmenge von 150 Stück)

Umsatzerlöse	10 500 €
– K_{var}	6 750 €
= DB I	3 750 €

DB I	3 750 €
– produktionsfixe Kosten	1 500 €
= DB II	2 250 €

LBox

$100 \cdot 160\,€ = 16\,000\,€$ (Umsatzerlöse)

$130\,€ \cdot 100 = 13\,000\,€$ (K_{var} bei einer Absatzmenge von 100 Stück)

Umsatzerlöse	16 000 €
– K_{var}	13 000 €
= DB I	3 000 €

DB I	3 000 €
– produktionsfixe Kosten	2 100 €
= DB II	900 €

XLBox

$50 \cdot 250\,€ = 12\,500\,€$ (Umsatzerlöse)

$160\,€ \cdot 50 = 8\,000\,€$ (K_{var} bei einer Absatzmenge von 50 Stück)

Umsatzerlöse	12 500 €
– K_{var}	8 000 €
= DB I	4 500 €

DB I	4 500 €
– produktionsfixe Kosten	3 200 €
= DB II	1 300 €

Für das Ergebnis der gesamten Produktgruppe bedeutet dies:

$2\,250\,€ + 900\,€ + 1\,300\,€ = \underline{\underline{4\,450\,€}}$

4.3.2

TIPP Es kann aus unterschiedlichsten Gründen in einem Unternehmen passieren, dass nicht genügend Produktionskapazitäten zur Verfügung stehen, um alle Kundenwünsche zu erfüllen (z. B. wenn durch einen technischen Defekt eine Produktionsanlage nicht zur Verfügung steht). Die Frage, die sich hierbei stellt, ist die, welche Produkte man mit den vorhandenen Kapazitäten fertigen kann. Hierzu müssen Sie den sogenannten relativen Stückdeckungsbeitrag berechnen. Während der normale Stückdeckungsbeitrag nur die Umsatzerlöse – die variablen Stückkosten – berücksichtigt, wird beim relativen db der Stückdeckungsbeitrag auf eine vergleichbare zeitliche Ebene gebracht.

Formel: $\text{relativer db} = \dfrac{\text{Stückdeckungsbeitrag (db)}}{\text{Produktionszeit je Stück}}$

Das Ziel ist, das Produkt, das den höchsten rel. db aufweist, als Erstes zu produzieren usw.

MBox		*LBox*		*XLBox*	
Preis pro Stück	70,00 €	Preis pro Stück	160,00 €	Preis pro Stück	250,00 €
– K_{var}	45,00 €	– K_{var}	130,00 €	– K_{var}	160,00 €
= db	25,00 €	= db	30,00 €	= db	90,00 €
Maschinenlaufzeit: 50 Minuten		Maschinenlaufzeit: 100 Minuten		Maschinenlaufzeit: 150 Minuten	
Rel. db ⇒ 25,00 € / 50		Rel. db ⇒ 30,00 € / 100		Rel. db ⇒ 90,00 € / 150	
= 0,50 € pro Minute		= 0,30 € pro Minute		= 0,60 € pro Minute	

Entsprechend wird aufgrund dieses Ergebnisses zuerst das Produkt *XLBox*, anschließend die *MBox* und zum Schluss die *LBox* produziert.

TIPP Die Frage ist , ob man aufgrund der beschränkten Kapazität alle absetzbaren Mengen produzieren kann. Hier erfolgt nun folgende Berechnung: Produktionskapazität: 300 Stunden = 18 000 Minuten

XLBox
Absetzbare Menge: 50
Maschinenproduktionszeit pro Stück: 150 Minuten

50 · 150 Minuten = 7 500 Minuten

Somit verbleiben von den ursprünglichen 18 000 Minuten nur noch 10 500 Minuten.

MBox
Absetzbare Menge: 150
Maschinenproduktionszeit pro Stück: 50 Minuten

150 · 50 Minuten = 7 500 Minuten

Somit verbleiben noch 3 000 Minuten der Produktionskapazität.

LBox
Absetzbare Menge: 100
Maschinenproduktionszeit pro Stück. 100 Minuten

100 · 100 Minuten = 10 000 Minuten

TIPP Um die komplette absetzbare Menge produzieren zu können, würden Sie 10 000 freie Produktionsminuten benötigen. Somit müssen Sie in einem solchen Fall anders weiterrechnen. Verwenden Sie die noch verfügbare Produktionszeit und teilen Sie diese durch die Maschinenproduktionszeit je Stück.

Produktionszeit: 3 000 Minuten
Maschinenproduktionszeit: 100 Minuten

3 000 Minuten / 100 Minuten = 30 Stück

Von der *LBox* können nur noch 30 Stück hergestellt werden.

TIPP Um den Erfolg des Unternehmens zu berechnen, müssen Sie im ersten Schritt die produzierte Stückzahl mit dem jeweiligen Stückdeckungsbeitrag multiplizieren.

MBox 150 Stück · 25 € = 3 750 €

LBox 30 Stück · 30 € = 900 €

XLBox 50 Stück · 90 € = 4 500 €

TIPP Anschließend werden die einzelnen Werte zum Gesamtdeckungsbeitrag addiert:

3 750 € + 900 € + 4 500 € = 9 150 €

TIPP Um zum Schluss noch den Erfolg zu berechnen, werden von dem Gesamtdeckungsbeitrag die produktgruppenfixen Kosten (siehe Aufgabenstellung) abgezogen:

9 150 € – 6 800 € = 2 350 €

4.4

TIPP In diesem Aufgabenteil geht es darum, dass Ihnen bewusst ist, dass Zahlen nicht immer alles sind. Es gibt durchaus Gründe, die dafür sprechen, von dem Ergebnis, welches die Zahlen ausgeben, abzurücken. Hier sollen Sie sich zwei Gründe überlegen, die im Zusammenhang mit dem Unternehmen der Comping GmbH stehen.

Beispiele dafür, warum das Unternehmen von dem Programm abweichen könnte, wären z. B. ein eventueller Image-Schaden, der daraus entstehen könnte, dass eine Größe nicht lieferbar ist, oder auch die Überlegung, für wie viele Kunden eine verspätete Lieferung keine Alternative wäre, sodass sie zur Konkurrenz abwandern würden.

5.1

TIPP Den Wirtschaftsverlauf eines Landes kann man in einer Grafik als Welle darstellen. Die einzelnen Abschnitte dieser Welle werden als Konjunkturphasen bezeichnet. Wenn die Welle nach oben steigt, geht es der Wirtschaft besser – diese Phase wird Expansion genannt. Die darauffolgende Phase ist der Boom, d. h. der Höhepunkt der wirtschaftlichen Entwicklung im Verlauf dieser Welle. Wenn es in der Welle wieder nach unten geht, geht es auch der Wirtschaft schlechter (Rezession). Und wenn die Welle ganz unten angekommen ist, „liegt auch die Wirtschaft am Boden" – hier handelt es sich um die Depression. Im Anschluss geht der Kreislauf von vorne los: Also kommt nach der Depression erneut die Expansion.
Es ist nicht immer einfach zu sagen, um welche Phase der Konjunktur es sich handelt. Jedoch gibt es Hinweise, die auf die jeweilige Phase schließen lassen. Einige dieser Indikatoren findet man bereits vor dem eigentlichen Eintritt in die jeweilige Konjunkturphase (Frühindikator), andere treten während der jeweiligen Phase auf (Präsensindikator), andere kann man erst im Nachhinein ausmachen (Spätindikator).
Um das Bruttoinlandsprodukt einem Indikator zuordnen zu können, müssen Sie sich erst klarmachen, was das BIP ist. Das Bruttoinlandsprodukt misst den Wert aller Güter und Dienstleistungen, die in einem Jahr innerhalb der Landesgrenzen einer Volkswirtschaft erwirtschaftet wurden.
Man kann bzgl. der Indikatorzuordnung zwei verschiedene Meinungen vertreten. Wichtig ist, dass Sie eine Zuordnung vornehmen und diese entsprechend sinnvoll begründen.

1. Es handelt sich beim BIP um einen Wert, den man erst erhält, wenn das Jahr abgeschlossen ist. Aus diesem Grund handelt es sich beim Bruttoinlandsprodukt um einen Spätindikator.
2. Es handelt sich beim BIP um einen Wert, der das Wirtschaftsgeschehen eines Landes direkt widerspiegelt. Aus diesem Grund handelt es sich um einen Präsensindikator.

5.2

TIPP In fast jeder Prüfung müssen Sie im Bereich der gesamtwirtschaftlichen Entwicklung entweder eine Statistik auswerten oder einen Zeitungsbericht analysieren. Gehen Sie dabei in etwa so vor:

In der mir vorliegenden Statistik vom Statistischen Bundesamt aus dem Jahr 2018 geht es um das erwirtschaftete BIP ausgewählter EU-Länder in Milliarden Euro. Hierbei fällt auf, dass es einige „starke" Länder wie z. B. Deutschland gibt, aber je weiter man nach rechts schaut, das BIP auf einem ähnlich niedrigen Niveau verweilt.

Hierbei sollte auch der erhebliche Unterschied, der zwischen dem BIP von Deutschland und dem BIP von Finnland zu sehen ist, nicht unerwähnt bleiben.

TIPP Beachten Sie beim Bearbeiten der Aufgabe, dass hier nicht nur das Beschreiben der Statistik erforderlich ist. Zusätzlich soll auch etwas zur Aussagefähigkeit der Statistik gesagt werden.

Die vorgelegte Statistik gibt die absoluten Werte des BIP wieder. Allerdings lassen sich so die Zahlen nur schwer vergleichen, da es z. B. bevölkerungsstärkere und -schwächere Länder gibt (z. B. Deutschland und Finnland).

Zusätzlich handelt es sich ausschließlich um die Werte aus 2018. Die Darstellung lässt keine Rückschlüsse auf Veränderungen zu 2017 oder anderen Jahre zu. Entsprechend lässt sich nicht sagen, ob es sich um eine Verbesserung oder Verschlechterung gehandelt hat.

5.3

TIPP „Diskutieren" bedeutet hier so viel wie: Ich finde, dass …, weil … Sagen Sie Ihre Meinung und begründen Sie diese! Schenken Sie aber auch der anderen Seite Beachtung. Denken Sie daran, alle Ihre Gedanken zu Papier zu bringen – die Punkte können nur vergeben werden, wenn sie verschriftlicht sind.
Versuchen Sie bei der Beantwortung solcher Fragen immer kausale Zusammenhänge zu erkennen und zu beschreiben (wenn ich das tue, dann passiert das, daraus folgt, …).

Das BIP beinhaltet nur Leistungen, die gehandelt werden – für die also Geld gezahlt wird. Nicht im BIP enthalten sind aber z. B. Dinge wie Hausarbeit, öffentliche Schulen, Schäden durch Umweltverschmutzung oder auch die Lebensqualität (z. B. die Möglichkeit der vorhandenen Freizeitaktivitäten am Wohnort) oder das persönliche Glück, die aber einen Teil des Wohlstands ausmachen.
Auf der anderen Seite könnte man aber auch sagen, dass durch ein hohes BIP jeder Einzelne mehr Geld zur Verfügung hat. Hierdurch hat auch der Staat mehr Geld. Das vorhandene Geld der Privatpersonen und des Staates kann wiederum zur Bedürfnisbefriedigung verwendet werden. Dies steigert den Wohlstand.
Meiner Meinung nach ist das BIP daher eine Kennzahl von mehreren, um den Wohlstand zu erfassen, aber nicht die einzig richtige.

5.4.1

TIPP Generell wird in der Wirtschaftspolitik in zwei Richtungen unterschieden:

- Nachfrageorientierte Wirtschaftspolitik
  Der Staat greift aktiv in das Wirtschaftsgeschehen ein, um die Wirtschaft zu stabilisieren.
- Angebotsorientierte Wirtschaftspolitik
  Die Rahmenbedingungen für die Investitionstätigkeit von Unternehmen sollen verbessert werden.

Bei der nachfrageorientierten Wirtschaftspolitik tätigt der Staat in Phasen des Booms z. B. nur wenige Investitionen, investiert aber während der Depression Geld, um letztendlich die Nachfrage anzukurbeln. Hier stehen dem Staat verschiedene Hilfsmittel zur Verfügung wie die Veränderung von Abschreibungsregeln oder der Steuerpolitik → der Staat „verzichtet" auf bzw. investiert Geld, um die Nachfrage anzukurbeln.
Achten Sie auch hier darauf, dass häufig Aufgabenstellungen aus zwei Fragestellungen bestehen, die Sie beide beantworten müssen.

Die Verringerung des allgemeinen Umsatzsteuersatzes von 19 % auf 15 % gehört zu den möglichen Maßnahmen der nachfrageorientierten Wirtschaftspolitik.

Erhoffte Wirkungskette:
Senkung des Steuersatzes → höhere Kaufkraft → höhere Nachfrage → Aufbau von Arbeitsplätzen → Tätigen von Investitionen durch Unternehmen → insgesamt mehr Geld bei privaten Haushalten für mehr Konsum

TIPP Achten Sie auch hier darauf, dass häufig Aufgabenstellungen aus zwei Fragestellungen bestehen, die Sie beide beantworten müssen.

5.4.2

TIPP Auch beim Bewerten müssen Sie zwei Seiten betrachten. Beziehen Sie sich auf die Comping GmbH! Welche Auswirkungen sind möglich?

- Bei einem sinkenden Verkaufspreis kaufen mehr Kunden ein. Bedingt dadurch, dass aber nur der Umsatzsteuersatz gesenkt wurde, ändert sich an der eigentlichen Kalkulation des Unternehmens nichts. Die Gewinnhöhe der Comping GmbH bleibt gleich.
- Bei den Bausatzteilen der Comping GmbH handelt es sich eher um Luxusgüter. Ob diese dann in einer schwachen Konjunkturphase (sonst würde der Staat nicht zu solchen Mitteln greifen) einen entsprechend zusätzlichen Absatz erfahren, ist fraglich.

Hessen Wirtschaft und Verwaltung
Abschlussprüfung Fachoberschule 2021
Vorschlag A

Aufgabenstellung

1 Lea Michelbrink war 20 Jahre als kaufmännische Angestellte in einem Herstellungsunternehmen für Wohnaccessoires in Gießen tätig. Sie möchte nun selbstständig werden, kreativ arbeiten und in ihrer Heimatstadt Alsfeld in Mittelhessen eine Kerzenmanufaktur mit einem eigenen kleinen Verkaufsraum aufbauen. Die Kerzen möchte sie mithilfe zweier Mitarbeiterinnen bzw. Mitarbeiter in einer großen Formen- und Farbenvielfalt herstellen.

1.1 Sie legt Wert darauf, dass die Unternehmensgründung so schnell und einfach wie möglich vonstattengeht und dass sie in den ersten Jahren unabhängig arbeiten kann.
Erörtern Sie anhand von je zwei Vor- und Nachteilen, inwieweit die Rechtsform der Einzelunternehmung für Lea Michelbrink geeignet ist. (4 BE)

1.2 Frau Michelbrink überlegt, welchen Namen sie ihrem Unternehmen geben könnte. Nennen Sie vier verschiedene Firmenarten und geben Sie jeweils ein passendes Beispiel an. (6 BE)

1.3 Frau Michelbrink entscheidet sich schließlich für den Firmennamen Kerzenmichel e. K.
Trotz ihrer Ersparnisse reicht das Eigenkapital zunächst nicht aus, um ihre Ideen umzusetzen. Daher beantragt Frau Michelbrink bei ihrer Hausbank einen Kredit in Höhe von 15 000 € für die Zeit vom 28. April bis zum 15. September. Dann kann sie den Kredit komplett ablösen. Die Hessenbank Alsfeld bietet ihr ein Fälligkeitsdarlehen zu einem Nominalzins von 2,1 % an.
Hinzu kommen zusätzliche Kreditkosten von 69 €, die bei Auszahlung des Kredits abgezogen werden.

1.3.1 Vergleichen Sie mithilfe von je zwei Beispielen die beiden grundsätzlichen Finanzierungsarten nach der rechtlichen Stellung des Kapitalgebers bzw. der Kapitalgeberin und entscheiden Sie, welche Finanzierungsform bei der Darlehensaufnahme konkret vorliegt. (5 BE)

1.3.2 Erklären Sie den Unterschied zwischen einem Nominalzinssatz und einem Effektivzinssatz. (2 BE)

1.3.3 Berechnen Sie den Auszahlungsbetrag des Kredits, die gesamten Kreditkosten und den Effektivzinssatz für den in Aufgabe 1.3 angebotenen Kredit.
Hinweis: Es ist zu beachten, dass bei der Berechnung der Zinstage der Auszahlungstag nicht mitgezählt wird, der Rückzahlungstag aber schon. Jeder Monat wird mit 30, das Jahr mit 360 Zinstagen gerechnet. (6 BE)

1.3.4 Bezüglich künftiger Darlehen erfährt Frau Michelbrink vom Sachbearbeiter der Hessenbank, dass neben dem in Anspruch genommenen Fälligkeitsdarlehen auch Annuitäten- und Abzahlungsdarlehen möglich sind.
Stellen Sie diese drei Darlehensarten dar. (6 BE)

2 Lea Michelbrink hat mehrere Seminare für Unternehmensgründerinnen und -gründer besucht und überlegt, wie sie die Preise für ihre unterschiedlichen Kerzen festlegt. Insbesondere ist sie unsicher, ob sie für ihr Luxusprodukt, die Engelkerze, die beim Abbrennen einer solchen Gestalt gleicht, die Skimmingstrategie oder die Penetrationspreisstrategie umsetzen soll.

2.1 Stellen Sie beide Strategien dar und begründen Sie Ihre Empfehlung. (5 BE)

2.2 Aus Ergebnissen der Marktforschung weiß Lea Michelbrink, dass die Preiselastizität der Nachfrage bei hochwertigen Kerzen bei 1,6 liegt.

2.2.1 Erklären Sie den Begriff der Preiselastizität sowie den Wert 1,6. (2 BE)

2.2.2 Beim Preis von 8,00 € werden 150 Engelkerzen absetzbar sein.
Berechnen Sie die prozentuale Mengenänderung, wenn Frau Michelbrink den Preis der Engelkerze um 10 % senkt, und ermitteln Sie die Umsatzveränderung in Euro. (6 BE)

2.3 Die Unternehmerin sucht nach einer geeigneten Methode, ihre Engelkerze erfolgreich auf den Markt zu bringen. Sie hat gehört, dass es die Möglichkeit eines Testmarkts gibt, und erkundigt sich, ob dieser auch für die Kerzenmichel e. K. und für ihre Kerze in Frage kommen könnte.

2.3.1 Beschreiben Sie den Testmarkt. (3 BE)

2.3.2 Prüfen Sie die Eignung des Testmarkts für die Kerzenmichel e. K. und bestätigen Sie Ihr Urteil mit zwei Argumenten. (6 BE)

2.4 Frau Michelbrink hat sich entschieden, über Werbeplakate auf mehreren Litfaßsäulen in der Alsfelder Fußgängerzone auf ihr Angebot aufmerksam zu machen. Dafür zahlt sie monatlich 650 €. Vor Beginn der Werbemaßnahme lag der monatliche Umsatz bei 6 800 €, danach ist er auf 7 900 € gestiegen.

2.4.1 Erklären Sie den Sinn von Werbeerfolgskontrollen und das allgemeine Vorgehen bei deren Durchführung. (3 BE)

2.4.2 Berechnen Sie den Werbeerfolg, den Werbegewinn sowie die Werberendite und beurteilen Sie die Aussagekraft Ihrer Ergebnisse. (8 BE)

3 Nach einem halben Jahr arbeiten bereits sieben Mitarbeiterinnen und Mitarbeiter in der Kerzenproduktion der Kerzenmichel e. K. Die Kerzen werden aus Bienenwachs, Paraffin oder aus einer Mischung dieser Materialien hergestellt. Preiswerte Kerzen werden durch Pressen von gekörntem Paraffin, auch als Granulat bezeichnet, erzeugt. Die Dochte bestehen aus Baumwolle. Die Unternehmung produziert Kerzen in unterschiedlichen Größen und Formen und verwendet Farb- und Duftstoffe. Die Werkstoffe werden bis auf das Bienenwachs aus der Karibik, dem Mittleren Osten und Indonesien importiert.

3.1 Bei der Kerzenmichel e. K. und ihren Zulieferern kommen eine Reihe von Fertigungstypen zum Einsatz.

3.1.1 Geben Sie bei den folgenden Beispielen den Fertigungstyp – nach der Produktionsmenge – an.

- Großkunden der Kerzenmichel e. K. können Düfte und Farben der Kerzen selbst bestimmen, wenn sie mindestens 1 800 Stück abnehmen.
- Ein Zulieferer aus Süddeutschland stellt Streichhölzer her.
- Eine religiöse Bildungsstätte bestellt eine Engelkerze (vgl. Aufgabe 2) in Übergröße für den Andachtsraum.
- Die Kunststoffe OHG produziert für die Kerzenmichel e. K. 500er-Sets Kerzenbehälter in Sondergrößen für leicht zerlaufende Kerzen.
- Die Metallix GmbH stellt für die Kerzenmichel e. K. eine Spezialmaschine zur Weiterverarbeitung des gekörnten Paraffins her. (5 BE)

3.1.2 Stellen Sie die Massenfertigung unter Einbezug je eines Vor- und eines Nachteils der Einzelfertigung gegenüber. (4 BE)

3.2 Im Text zur Aufgabe 3 sowie in 3.1.1. werden verschiedene Produktionsfaktoren aufgeführt. Erklären Sie vier Elementarfaktoren und ordnen Sie jeweils ein passendes Beispiel aus dem Text zu. (8 BE)

3.3 Die Nachfrage insbesondere für Kerzen, die in einem herkömmlichen Kunststoffglas verkauft werden, verläuft sehr zufriedenstellend.
Monatlich werden davon durchschnittlich 3 500 Stück verkauft, die Tendenz ist steigend.
Lea Michelbrink überlegt, die zugekauften, nicht recyclefähigen Kunststoffbehälter durch biologisch abbaubares Hartplastik zu ersetzen und diese Plastikbehälter selbst herzustellen.

Der Lieferant berechnet für ein Kunststoffglas 1,79 €. Im Falle einer Eigenproduktion fallen pro Plastikbehälter Kosten für das Granulat von 0,76 € sowie für Farbpigmente 0,13 € an. Dazu kommen noch die jährlichen Abschreibungskosten für eine neu anzuschaffende Maschine in Höhe von 4 800 € sowie zusätzliche monatliche Fixkosten von 2 876 €.

3.3.1 Nennen Sie jeweils zwei Vorteile für den Fall der Eigenfertigung und für den des Fremdbezugs. (4 BE)

3.3.2 Berechnen Sie die kritische Fertigungsmenge sowie die Kostendifferenz bei einer Absatzprognose von 3 500 Stück monatlich und interpretieren Sie das Ergebnis, auch im Hinblick auf die Akzeptanz der Nachfrager durch das veränderte Material. (9 BE)

3.4 Kosten können nach ihrem Verhalten bei schwankendem Beschäftigungsgrad und nach ihrer kalkulatorischen Verrechenbarkeit unterschieden werden.

3.4.1 Definieren Sie die Begriffe variable und fixe Kosten sowie Einzel- und Gemeinkosten. (4 BE)

3.4.2 Ordnen Sie die folgenden Kosten der Kerzenmichel e. K. den fixen oder variablen Kosten und den Einzel- oder Gemeinkosten begründet zu (jeweils zwei Angaben).

- Kosten für Bienenwachs und Kerzendochte,
- Kosten für eine Maschine, die alle produzierten Kerzen verpackt. (4 BE)

Lösungsvorschlag

1.1 Die Gründung einer Einzelunternehmung bringt für Frau Michelbrink einige Vorteile mit sich. Zum einen liegen die **Leistungs- und Kontrollrechte** bei ihr selbst, sie kann demnach eigenverantwortlich arbeiten. Zum anderen **steht der gesamte Gewinn ihr zu**. Sie muss sich den erwirtschafteten Gewinn demnach nicht mit anderen Gesellschafterinnen und Gesellschaftern teilen.
Neben den Vorteilen gibt es allerdings auch eine Reihe von Nachteilen, die mit dieser Unternehmensform einhergehen. Da Frau Michelbrink die Leistungs- und Kontrollrechte besitzt, muss sie auch das **Geschäftsrisiko allein tragen** – notfalls auch mit ihrem Privatvermögen. Auch eine **Kapitalbeschaffung** ist im Rahmen einer Einzelunternehmung **nicht einfach**.
Da aus der Aufgabenstellung hervorgeht, dass Frau Michelbrink die Gründung so schnell wie möglich durchführen möchte und großen Wert auf eigenverantwortliche Arbeit legt, ist eine **Einzelunternehmung** trotz der Nachteile hier die **richtige Wahl**.

1.2 Mögliche Firmenarten sind Sachfirma, Personenfirma, Fantasiefirma und Mischfirma.

Sachfirma:	Kerzenguss e. K.
Personenfirma:	Lea Michelbrink e. K.
Fantasiefirma:	Leas Kerzentraum e. K.
Mischfirma:	Kerzenguss Michelbrink e. K.

1.3.1

TIPP Mit den beiden grundsätzlichen Finanzierungsarten sind hier Eigen- und Fremdfinanzierung gemeint, die Sie anhand der Rechtsstellung des Kapitalgebers bzw. der Kapitalgeberin unterscheiden sollen. Beachten Sie weiterhin, dass bei beiden Arten jeweils Innen- und Außenfinanzierung möglich ist.

Bei einer **Fremdfinanzierung** handelt es sich um eine Finanzierung durch Fremdkapital. Hierbei kommt das Geld von innen oder außen in das Unternehmen, man spricht demnach von einer Innen- oder Außenfinanzierung.

- Eine **Innenfinanzierung** liegt vor, wenn ein Unternehmen Rückstellungen für zukünftige Ereignisse bildet. Diese Rückstellungen stehen dann zwischen deren Bildung und Auflösung für Finanzierungszwecke zur Verfügung.
- Man spricht von einer **Außenfinanzierung**, wenn Fremdkapital von außerhalb der Unternehmung aufgebracht wird. Der jeweilige Fremdkapitalgeber wird dann zum Gläubiger des Unternehmens. Hierbei handelt es sich meist um Bankkredite oder Lieferantenkredite beim Kauf von Waren und Rohstoffen auf Rechnung. Auch Anleihen stellen eine Fremdfinanzierung von außen dar.

Bei einer **Eigenfinanzierung** wird der Kapitalbedarf durch Eigenkapital bereitgestellt. Auch die Eigenfinanzierung kann von innen oder außen erfolgen.

- Bei der **Innenfinanzierung** werden beispielsweise Gewinne nicht entnommen, sondern verbleiben für die Finanzierung im Unternehmen. Dies wird auch als Selbstfinanzierung bezeichnet.
- Bei der **Außenfinanzierung** im Rahmen der Eigenfinanzierung kommt das Kapital von den Eigentümern oder von Beteiligungen von Gesellschaftern. Im letzten Fall spricht man auch von einer Beteiligungsfinanzierung.

Eine Kreditaufnahme stellt eine Fremdfinanzierung dar. Die Bank stellt dem Unternehmen die benötigten finanziellen Mittel zur Verfügung, daher spricht man auch von einer Außenfinanzierung.

1.3.2 Während sich der **Nominalzinssatz** auf den Nominalwert eines Kredits bezieht und somit keine weiteren Kosten mitberücksichtigt, fließen beim **Effektivzinssatz** alle anfallenden Kosten und Gebühren mit in die Berechnung ein. Bei den Kosten kann es sich um Bearbeitungsgebühren, Spesen oder auch Disagio handeln. Für einen **Vergleich von Krediten** unterschiedlicher Kreditinstitute eignet sich der **Effektivzinssatz somit besser**.

1.3.3

TIPP Schon in der Aufgabenstellung werden wichtige Hinweise zur Berechnung der Zinstage gegeben, diese sollten Sie aufmerksam lesen. Beachten Sie weiterhin, dass Sie alle nötigen Kreditkosten beachten, nicht nur die Zinsen.

$$\begin{aligned}\text{Auszahlungsbetrag} &= \text{Kreditsumme} - \text{zusätzliche Kreditkosten}\\ &= 15\,000{,}00\ € - 69{,}00\ €\\ &= 14\,931{,}00\ €\end{aligned}$$

$$\text{Zinstage} = 2\ \text{Tage} + 120\ \text{Tage} + 15\ \text{Tage} = 137\ \text{Tage}$$

$$\text{Zinsen} = \frac{\text{Kapital} \cdot \text{Zinssatz} \cdot \text{Tage}}{100 \cdot 360} = \frac{15\,000\ € \cdot 2{,}1 \cdot 137}{100 \cdot 360} = 119{,}88\ €$$

$$\begin{aligned}\text{Kreditkosten insgesamt} &= \text{Kreditzinsen} + \text{zusätzliche Kreditkosten}\\ &= 119{,}88\ € + 69{,}00\ €\\ &= 188{,}88\ €\end{aligned}$$

Berechnung des Effektivzinssatzes: $z = \frac{K \cdot p \cdot t}{100 \cdot 360} \quad \Rightarrow \quad$ nach p umstellen

$$p = \frac{z \cdot 100 \cdot 360}{K \cdot t} = \frac{188{,}88 \cdot 100 \cdot 360}{14\,931 \cdot 137} = 3{,}32\ \%$$

1.3.4 Das **Fälligkeitsdarlehen** stellt einen Kredit dar, bei dem über die vollständige Kreditlaufzeit gleichbleibende Kreditzinsen gezahlt werden. Am sogenannten Fälligkeitstag wird die Darlehenssumme vollständig zurückgezahlt.

Beim **Annuitätendarlehen** zahlt der Kreditnehmer über die gesamte Laufzeit gleich hohe Raten. Diese Raten setzen sich aus dem Tilgungsbetrag und den Zinsen zusammen. Während der Tilgungsanteil im Rahmen der Ratenzahlungen größer wird, sinkt der Zinsanteil. Die gleich hohen Raten haben den Vorteil, dass eine Planungssicherheit für den Kreditnehmer vorliegt.

Im Rahmen eines **Abzahlungsdarlehen** wird der Kredit über die gesamte Kreditlaufzeit mit gleichbleibenden Tilgungsbeiträgen zurückgezahlt. Aufgrund der Tatsache, dass der Zins vom restlichen Kreditbetrag abhängt und die Tilgungsbeiträge gleichbleibend sind, sinkt die gesamte Rate während der Laufzeit.

2.1 Bei der **Skimmingstrategie** (auch *Abschöpfungsstrategie* genannt) nutzt man einen hohen Preis beim Markteinstieg in den Markt. Dadurch werden kaufkräftige Käufergruppen zuerst angesprochen. Nach und nach wird dann der Preis gesenkt, sodass auch andere Käufergruppen angesprochen werden können.

Die **Penetrationsstrategie** ist das Gegenstück zur Skimming-Strategie. Man nutzt beim Markteintritt einen niedrigen Einführungspreis. Durch den niedrigen Einstiegspreis sollen große Käuferschichten angesprochen werden, um einen angemessenen Marktanteil zu erreichen. Nach und nach wird der Preis angehoben.

TIPP Eine begründete Entscheidung kann bei beiden Strategien richtig sein. Es gilt jedoch darauf zu achten, dass die Begründung passend zur Strategie ist. Im Folgenden sind daher Argumente für beide Strategien genannt, für Ihre Lösung müssen Sie sich allerdings für eine der beiden entscheiden.

Die **Penetrationsstrategie** ist besonders bei Produkten geeignet, die wiederholt gekauft werden. Im vorliegenden Fall ist die Engelskerze als zu betrachtendes Produkt in den Vordergrund zu stellen. Auch wenn es sich laut Aufgabenstellung um ein Luxusprodukt handelt, wird das Produkt wiederholt gekauft. Auch die Tatsache, dass es sich bei einer solchen Kerze um ein Produkt handelt, welches vielen Konkurrenzprodukten ausgesetzt ist, spricht für die Penetrationsstrategie. Lea Michelbrink kann über diese Strategie möglicherweise einen angemessenen Marktanteil aufbauen.

Im Vergleich zu üblichen Kerzen weist die Kerze von Lea Michelbrink allerdings die Besonderheit der Engelsform auf und hebt sich somit von diesen ab. Durch diese Besonderheit kann Lea Michelbrink auch einen höheren Preis nutzen und somit die **Skimmingstrategie** anwenden. Auch höhere Entwicklungskosten können durch den höheren Preis ausgeglichen werden.

2.2.1 Die **Preiselastizität** beschreibt die *prozentuale Veränderung* der nachgefragten Menge nach einem bestimmten Gut, wenn sich der Preis desselben Gutes um einen bestimmten Prozentsatz verändert. Somit gibt die Preiselastizität der Nachfrage die Reaktion der Nachfragemenge auf eine *Preiserhöhung* oder *Preisreduzierung* eines Gutes an.

Je niedriger die Preiselastizität ist, desto geringer ist auch die Veränderung der Nachfragemenge, wenn sich der Preis ändert, und umgekehrt. Ist die Preiselastizität der Nachfrage größer eins, dann spricht man von einer **elastischen Nachfrage**, ist sie kleiner eins, spricht man von einer **unelastischen Nachfrage**.

Im vorliegenden Fall handelt es sich um eine Preiselastizität der Nachfrage um 1,6. Man spricht demnach von einer elastischen Nachfrage, also einer starken Veränderung der Nachfragemenge bei hochwertigen Kerzen, wenn die Preise reduziert bzw. erhöht werden.

2.2.2

TIPP Diese Aufgabe beinhaltet zwei Teile; zunächst sollten Sie die Mengenveränderung mithilfe der Preiselastizität berechnen und anschließend die Umsatzveränderung. Dazu berechnen Sie den aktuellen und den neuen Umsatz und ermitteln die Differenz.

$$\text{Preiselastizität} = \left(\frac{\text{relative Mengenänderung in \%}}{\text{relative Preisänderung in \%}}\right) \cdot (-1)$$

$$1{,}6 = \left(\frac{x}{10\,\%}\right) \cdot (-1) \quad \Rightarrow \quad \text{umstellen nach } x \quad \Rightarrow \quad x = 16\,\%$$

Wird der Preis um 10 % gesenkt, werden 16 % mehr Kerzen gekauft.

neuer Preis = 8,00 € – 10 % = 7,20 €

neue Menge = 150 + 16 % = 174 Stück (*oder* auch 150 · 1,16 = 174 Stück)

alter Umsatz = 150 Stück · 8 € = 1 200 €

neuer Umsatz = 174 Stück · 7,20 € = 1 252,80 €

Umsatzsteigerung = 1 252,80 € – 1 200,00 € = 52,80 €

2.3.1 Bei einem **Testmarkt** handelt es sich um ein räumlich begrenztes Gebiet, in dem neu entwickelte Produkte unter alltäglichen Rahmenbedingungen getestet werden. Je realistischer der Testmarkt ist, desto besser können die gewonnenen Daten Rückschlüsse auf eine spätere Markteinführung geben. Der Vorteil liegt darin, dass Chancen und Risiken erkannt werden können und anschließend entsprechend gehandelt werden kann. Besteht ein Produkt auf dem Testmarkt, so sind die Chancen für ein Bestehen auf dem realen Markt sehr gut. Ein guter Testmarkt bildet die demografischen Gegebenheiten ab, die für ein Produkt relevant sind.

2.3.2 Kerzen sind Produkte, die wiederkehrend gekauft werden. Somit ist ein Testmarkt grundsätzlich gut geeignet. Durch die wiederkehrenden Käufe kann abgeleitet werden, wie gut ein Produkt am Markt ankommt. Die Unternehmenssituation der Kerzenmichel e. K. bietet jedoch nicht die besten Voraussetzungen für die Platzierung der Kerzen in einem Testmarkt, wodurch der Testmarkt als ungeeignet eingestuft werden sollte.

Zum einen ist ein Testmarkt nicht geeignet, da Frau Michelbrink ihre Produkte **regional verkaufen** möchte. Ein Testmarkt müsste dann die gleichen demografischen Gegebenheiten aufweisen wie das regionale Verkaufsgebiet des Unternehmens.

Zum anderen ist die **Platzierung** eines Produkts auf einem Testmarkt mit **großen finanziellen Mitteln** verbunden. Das Unternehmen von Frau Michelbrink verfügt noch nicht über eine solch starke Finanzstruktur, wodurch der Testmarkt aus Kostengründen abgelehnt werden sollte.

Als weiteres Merkmal für eine Nichteignung des Testmarkts ist die **geringe Absatzmenge** von 150 Stück zu nennen. Ein Testmarkt eignet sich eher bei Produkten, die in großen Mengen abgesetzt werden können.

2.4.1 Im Rahmen einer **Werbeerfolgskontrolle** wird die Effizienz eines eingesetzten Werbemittels oder Mediums überprüft. Es soll also festgestellt werden, ob die eingesetzten finanziellen Mittel einen verbesserten Erfolg des Unternehmens bewirken. Bei der Werbeerfolgskontrolle können grundsätzlich mehrere Kennzahlen als Maßstab herangezogen und in Beziehung zueinander gesetzt werden. So können beispielsweise die Werbekosten mit der Umsatz- oder Gewinnveränderung in Beziehung zueinander gesetzt und ausgewertet werden.

2.4.2
$$\begin{aligned}\text{Werbeerfolg} &= \text{Umsatz nach Werbung} - \text{Umsatz vor Werbung}\\ &= 7\,900\text{ €} - 6\,800\text{ €}\\ &= 1\,100\text{ €}\end{aligned}$$

$$\begin{aligned}\text{Werbegewinn} &= \text{Umsatzsteigerung durch Werbung} - \text{Werbekosten}\\ &= 1\,100\text{ €} - 650\text{ €}\\ &= 450\text{ €}\end{aligned}$$

$$\text{Werberendite} = \frac{\text{Werbeerfolg} \cdot 100}{\text{Werbekosten}} = \frac{1100\text{ €} \cdot 100}{650\text{ €}} = 169{,}23\,\%$$

Der **Werbeerfolg** ist mit 1 100 € zunächst als **hoch** einzustufen. Hierbei müssen allerdings noch die entstandenen Kosten berücksichtigt werden, wodurch man zu einem Werbegewinn von 450 € gelangt. Die Werberendite liegt bei 169,23 %, was als positiv zu werten ist.

Wenn die Werberendite mehr als 100 % beträgt, ist dies als positiv einzustufen, da in einem solchen Fall die Werbekosten über den gestiegenen Umsatz wieder eingeholt werden.

Kritisch ist jedoch zu betrachten, ob die Werbung auf Litfaßsäulen als geeignete Werbung einzustufen ist oder der gestiegene Umsatz auf andere Ursachen zurückzuführen ist. Es könnte z. B. sein, dass Kundinnen und Kunden vermehrt auf regionale Waren und somit weniger auf Produkte international vertretener Akteure zurückgreifen.

3.1.1

TIPP In der Aufgabenstellung steht, dass der entsprechende Fertigungstyp angegeben werden soll. Es reicht in der Prüfung also, wenn Sie zu den einzelnen Beispielen jeweils den passenden Begriff nennen. Leider passiert es immer wieder, dass die Beispiele in den Aufgabenstellungen mit einem Spiegelstrich beschrieben sind. Nummerieren Sie diese am besten einfach bei den Aufgaben und Ihren Lösungen durch, damit es nicht zu Verwechslungen kommt.

1. **Sortenfertigung**
   Der Artikel, um den es in diesem Beispiel geht, ist eine Kerze. Kerzen bestehen aus dem **Grundstoff** Wachs, egal welche Farbe oder Duft.
2. **Massenfertigung**
   Hier geht es um die Herstellung eines Produkts (hier: Streichhölzer) in großer Stückzahl „ohne Limit".
3. **Einzelfertigung**
   Die besagte Engelskerze gehört zwar auch zu den Kerzen (siehe 1.), ist aber so speziell von ihrer Art, dass sie einmalig ist.
4. **Serienfertigung**
   Die Kunststoffe OHG wird nicht nur die Sondergröße für Kerzenmichel e. K. produzieren, sondern nach Eingang der Bestellung diese entsprechend in der Produktion mit einplanen. Es handelt sich um eine limitierte große Menge.
5. **Einzelfertigung**
   Hier handelt es sich um eine Spezialmaschine. Der Begriff „Spezial" ist in Bezug auf die Fertigungstypen häufig mit der Einzelfertigung verknüpft.

3.1.2

TIPP Beim Gegenüberstellen geht es u. a. darum, Begrifflichkeiten voneinander abzugrenzen. Von daher wäre hier der erste Schritt, für beide Fertigungstypen eine kurze Definition aufzuschreiben.

Bei der **Massenfertigung** werden große Gütermengen ohne eine Limitierung hergestellt (z. B. Produktion von Streichhölzern).

Bei der **Einzelfertigung** werden i. d. R. einmalige Fertigungen für die Kunden hergestellt (z. B. Einbauschrank im Dachgeschoss).

TIPP Im zweiten Schritt geht es darum aufzuzeigen, welche Vor- und Nachteile die einzelnen Typen mit sich bringen. In dieser Aufgabenstellung geht es jetzt im Speziellen um die Vorteile der Massenfertigung gegenüber der Einzelfertigung.

Aufgrund der großen Produktionsmengen eines Produkts ist bei der Massenfertigung ein deutlich reduzierter Planungsaufwand des Produktionsablaufs nötig. Da die Massenfertigung auf Masse ausgelegt ist, wird auch verstärkt versucht die Kosten zu optimieren. Dies gelingt z. B. durch die Automatisierung von Abläufen. Hierdurch entstehen vergleichsweise niedrige Personalkosten. Auf der anderen Seite ist es deutlich schwieriger, sich schnell auf sich verändernde Kundenwünsche einzustellen.

3.2

TIPP Generell gilt: Wenn Sie den Begriff „Elementarfaktoren" hören, hängt dieser immer mit den „betriebswirtschaftlichen Produktionsfaktoren" zusammen. Man könnte auch sagen:

Elementarfaktoren + dispositiver Faktor
= betriebswirtschaftliche Produktionsfaktoren

Zu den Elementarfaktoren gehören letztlich alle Bereiche, die man zur Herstellung eines Produkts benötigt (außer der anordnenden Arbeit ⇒ dispositiver Faktor).

In dieser Aufgabenstellung geht es darum, aus dem gegebenen Text vier Elementarfaktoren herauszusuchen, die Sie anhand eines passenden Textbeispiels belegen können. Gehen Sie den Text also sorgfältig durch und unterstreichen/markieren Sie die entsprechenden Textstellen. Überlegen Sie sich, welche Stellen Sie sicher einem bestimmten Faktor zuweisen können, und legen Sie los. Achten Sie hier auch genau darauf, welche Textstellen angegeben sind. Hier: 3 und 3.1.1. Die Lösung könnte in etwa so aussehen:

Rohstoffe („Die Dochte bestehen aus Baumwolle"):
Hauptbestandteil eines zu fertigenden Produkts; kostenmäßig größter Anteil

Hilfsstoffe („und verwendet Farb- und Duftstoffe"):
fließen in das Produkt mit ein, sind aber kein Hauptbestandteil

Ausführende Arbeit („Mitarbeiterinnen und Mitarbeiter in der Kerzenproduktion"):
Arbeit, die nicht anordnend ist

Bezogene Teile („Ein Zulieferer […] stellt Streichhölzer her"):
Nicht vom Unternehmen produzierte Teile, die z. B. aus Kostengründen nicht selbst produziert werden, aber mit dem Produkt des Unternehmensverbunden sind

3.3.1

> **TIPP** Sowohl bei der Eigenfertigung als auch beim Fremdbezug gibt es diverse Vor-/Nachteile. Achten Sie hier bei der Aufgabenstellung darauf, dass es um jeweils zwei Vorteile für beide Arten geht. Einen kleinen Hinweis hierauf stellt auch die Bepunktung dar. Ein genannter Vorteil ergibt einen Punkt. Genannt sind hier aber mehr Vorteile, Sie müssen in der Prüfung also nicht alle nennen.

Vorteile für die Eigenfertigung sind z. B., dass das eigene Unternehmen weder das Fachwissen noch andere Betriebsgeheimnisse (z. B. Materialmischungen) preisgeben muss. Außerdem lässt sich deutlich flexibler auf Sonderwünsche von Kundinnen und Kunden reagieren, da hierfür nicht noch die zusätzliche Abstimmung mit dem Lieferanten nötig ist. Ein weiteres Argument für die Eigenfertigung könnte sein, dass die Lieferzeiten entfallen. Weder die Fertigungszeit (der Lieferant hat meistens noch andere Kundinnen und Kunden) noch die Transportzeit fallen an.
Wie bereits anfangs erwähnt, gibt es aber auch Punkte, die für den **Fremdbezug** sprechen. Einer dieser Punkte betrifft das benötigte Investitionsvolumen, das nötig ist, um in Eigenfertigung produzieren zu können. Dieses ist häufig sehr hoch. Wenn wir die Teile in Fremdbezug fertigen lassen, entfällt dieser große Posten. Ein weiterer Vorteil könnte sein, dass wir als Unternehmen gar nicht über das benötigte Fachwissen verfügen, um die Produkte in der von uns gewünschten Qualität herstellen zu können. In diesem Fall sind wir auf das Wissen Anderer angewiesen.

3.3.2

> **TIPP** Rein kostenrechnerisch gedacht stellt sich die Frage, ab welcher benötigten Menge es sich lohnt, Eigenfertigung zu betreiben. Von daher ergibt es Sinn, die sogenannte kritische Menge (Menge, bei der die Eigenfertigung und der Fremdbezug die gleichen Kosten verursachen) zu berechnen.
>
> Hierfür stehen laut Aufgabenstellung 3.3 und 3.3.2 die Daten zur Verfügung. Die Absatzprognose liegt bei 3 500 Stück monatlich.
>
> Nochmals vorweg: Das Ergebnis der kritischen Menge ist eine Zahl. Bei diesem Wert sind die Kosten der Eigenfertigung sowie des Fremdbezugs gleich hoch.

1. Schritt: Die Daten aus den beiden Spalten werden gegenübergestellt. Allen Werten, die mengenabhängig sind, wird ein „x“ angehängt:

$$1{,}79x = 0{,}76x + 0{,}13x + \frac{4\,800}{12} + 2\,876$$

TIPP Da die Berechnung auf Monatsbasis erfolgt, muss die jährliche AfA noch auf Monate umgerechnet werden (4 800 : 12).

2. Schritt: Zusammenfassen der jeweiligen Einheiten:
   $1,79x = 0,89x + 3\,276$
3. Schritt: Nach „x" auflösen

$$\begin{aligned} 1,79x &= 0,89x + 3\,276 \quad &|-0,89x \\ 0,9x &= 3\,276 \quad &|:0,9 \\ \mathbf{x} &= \mathbf{3\,640} \end{aligned}$$

Die kritische Menge liegt somit bei 3 640. In diesem Fall wäre bei benannter Absatzprognose der Fremdbezug günstiger.

TIPP Der zweite Teil der Aufgabenstellung geht darum, die Kostendifferenz bei einer Absatzprognose von 3 500 Stück zu berechnen.
Hier können Sie auf Ihre ursprüngliche Anfangsgleichung zurückgreifen.

$$1,79x = 0,76x + 0,13x + \frac{4\,800}{12} + 2\,876$$

Achten Sie jedoch darauf, dass aus einer Gleichung zwei werden müssen
$\Rightarrow$ eine für den Fremdbezug, eine für die Eigenfertigung:

Kosten Fremdbezug: $1,79\,€ \cdot 3\,500 = 6\,265\,€$
Kosten Eigenfertigung: $0,89\,€ \cdot 3\,500 + 3\,276\,€ = 6\,391\,€$

Somit liegt die Kostendifferenz bei $6\,391\,€ - 6\,265\,€ = 126\,€$
$\Rightarrow$ Der Fremdbezug ist um 126 € günstiger als die Eigenfertigung.

TIPP Der dritte Teil der Aufgabenstellung ist die Interpretation des Ergebnisses. Hier geht es zum einen darum, die oben aufgeführten Ergebnisse darzulegen und eine Schlussfolgerung daraus zu ziehen, als auch sich darüber Gedanken zu machen, wie das Ganze weitergehen könnte. Ein möglicher Ansatz wäre:

Aufgrund der Berechnungen zur kritischen Menge ist bei einer Absatzprognose von 3 500 Stück der Fremdbezug noch günstiger, auch wenn die Kostendifferenz von 126 € nur gering ist. Die Nachfrage ist laut Aufgabenstellung jedoch steigend und somit wahrscheinlich auch der künftige Absatz. Daher sollte trotz des Ergebnisses über eine Eigenfertigung nachgedacht werden, vor allem dann, wenn der Markt die Vorteile der recyclebaren Behälter wahr- und annimmt.

3.4.1

TIPP Beim „Definieren" geht es darum, dass Sie wissen, was bestimmte Fachbegriffe bedeuten.

Variable Kosten:
Variable Kosten fallen nur an, wenn auch produziert wird. Sie sind abhängig vom Beschäftigungsgrad und steigen/fallen mit Veränderungen in der Produktionsmenge.

Fixe Kosten:
Diese Kosten sind unabhängig von der Produktionsmenge. Sie fallen auch dann an, wenn die Produktion stillsteht.

Gemeinkosten:
Die Gemeinkosten werden auch indirekte Kosten genannt. Diese Kosten können nicht direkt einem Produkt zugerechnet werden, da sie nicht unmittelbar von diesem verursacht werden. Die Verrechnung dieser Kosten erfolgt über Kostenstellen, die dann dem Kostenträger zugerechnet werden.

Einzelkosten:
Im Vergleich zu den Gemeinkosten können die Einzelkosten einem Produkt direkt zugerechnet werden. Hierdurch ist es möglich, die Kosten eines Produkts exakt zu bestimmen. Die Einzelkosten werden auch direkte Kosten genannt.

3.4.2

TIPP In dieser Aufgabenstellung geht es darum, dass Sie die in 3.4.1 definierten Begriffen den genannten Praxisbeispielen zuordnen können.

Kosten für Bienenwachs und Kerzendochte:
Es handelt sich um variable Kosten, da die Kosten hierfür nur entstehen, wenn auch produziert wird. Außerdem handelt es sich um Einzelkosten, da sich die Kosten direkt den Kerzen zuordnen lassen.

Kosten für eine Maschine, die alle produzierten Kerzen verpackt:
Es handelt sich um fixe Kosten. Die Maschine verursacht auch bei Stillstand Kosten (z. B. Abschreibung). Außerdem sind es Gemeinkosten. Die Maschine wird für alle produzierten Kerzen verwendet. Eine direkte Zuordnung zum Produkt ist nicht möglich.

Hessen Wirtschaft und Verwaltung
Abschlussprüfung Fachoberschule 2021
Vorschlag B

Aufgabenstellung

1 Die Tentus GmbH aus dem Lahn-Dill-Kreis ist eine Herstellerin von Zelten und mobilen Hallen. Weltweit sind vor allem Hilfsorganisationen, Industrieunternehmen, das Hotel- und Gaststättengewerbe sowie der Großhandel Kundinnen und Kunden der Tentus GmbH. Nach Aussagen des Geschäftsführers, Herrn Münzer, sind die Kundinnen und Kunden sehr anspruchsvoll und fordern ständig neue Produktalternativen. Das Hauptaugenmerk des Unternehmens liegt daher auf der Weiterentwicklung von bestehenden Produkten bzw. der Entwicklung neuer Produkte.

1.1 Aus diesem Grund werden im Bereich der Produktpolitik regelmäßig produktpolitische Maßnahmen durchgeführt.
Beschreiben Sie für die Tentus GmbH drei produktpolitische Maßnahmen (Produktionsprogrammstrategien) und begründen Sie deren Notwendigkeit für das Unternehmen. (6 BE)

1.2 Vor der Umsetzung von produktpolitischen Maßnahmen führte die Tentus GmbH häufig Marktanalysen durch. So auch für drei Produkte, deren Ergebnisse aus der Analyse in Material 1 vorliegen.

1.2.1 Berechnen Sie für die angegebenen Produkte den (absoluten) Marktanteil in Prozent sowie das Marktwachstum (Umsatz) in Prozent jeweils für Jahr 2. (6 BE)

1.2.2 Als Entscheidungshilfe erstellt das Unternehmen eine eigene Übersicht in Anlehnung an die Portfolioanalyse (bzw. BCG-Matrix). In der Portfolioanalyse wird normalerweise der relative Marktanteil statt des absoluten Marktanteils dargestellt. Die Tentus GmbH weicht bewusst davon ab. Die weitere Darstellungsweise bleibt erhalten.
Ermitteln Sie einen möglichen Grund dafür, dass die Tentus GmbH statt des relativen Marktanteils den absoluten Marktanteil verwendet. (2 BE)

1.2.3 Erstellen Sie mithilfe des Materials 2 und Ihren Ergebnissen aus Aufgabe 1.2.1 eine Matrix für die Produkte der Tentus GmbH und nehmen Sie Stellung zu den drei Produkten im Portfolio. (6 BE)

1.3 Die Kundinnen und Kunden der Tentus GmbH sind auf der ganzen Welt zu finden. Um diese zu erreichen und eventuell bei technischen Fragen (z. B. Aufbau) zu beraten, werden Handlungsreisende oder Handelsvertreterinnen bzw. Handelsvertreter eingesetzt.

1.3.1 Vergleichen Sie die Handlungsreisende/den Handlungsreisenden und die Handelsvertreterin/den Handelsvertreter in den Aspekten Rechtsstellung und Pflichten. (4 BE)

1.3.2 Für Lateinamerika sucht die Tentus GmbH einen Handlungsreisenden/eine Handlungsreisende bzw. Handelsvertreter/Handelsvertreterin. Es wird ein jährlicher Umsatz von ungefähr 720 000 € erwartet. Üblicherweise erhalten die Reisenden ein monatliches Fixum von 3 000 € und sind mit 4 % am Umsatz beteiligt. Zusätzlich erhalten Handlungsreisende der Tentus GmbH Reisespesen in Höhe von 2 % des Umsatzes. Der Handelsvertreter/die Handelsvertreterin bekommt ausschließlich eine Umsatzprovision in Höhe von 9 %.
Ermitteln Sie jeweils die monatlichen Kosten für beide Absatzmittler und werten Sie Ihr Ergebnis aus. (3 BE)

1.3.3 Die letzte Entscheidung, ob ein Handelsvertreter/eine Handelsvertreterin oder ein Handlungsreisender/eine Handlungsreisende in Lateinamerika eingesetzt werden soll, ist von der Geschäftsleitung noch nicht getroffen worden. Unabhängig von Ihrem rechnerischen Ergebnis aus Aufgabe 1.3.2 spielen dabei auch andere Kriterien eine wichtige Rolle. Bestimmen Sie anhand von drei weiteren kostenunabhängigen Kriterien den geeigneteren Absatzmittler für Lateinamerika. (3 BE)

1.4 Zwar macht das Unternehmen weltweit gute Umsätze, aber der Bekanntheitsgrad ist eher gering. Deshalb möchte der Geschäftsführer das Unternehmen als Marke etablieren.

1.4.1 Erläutern Sie mithilfe von zwei Aspekten die mögliche Absicht des Geschäftsführers. (4 BE)

1.4.2 Erklären Sie den Unterschied zwischen einer Dachmarke und einer Produktmarke. (2 BE)

2 Bei der Gründung vor zwölf Jahren hat das Unternehmen ausschließlich Zelte von anderen Herstellern verkauft. Erst später konnte der damals einzige Gesellschafter und Geschäftsführer, Herr Münzer, die Produktion aufbauen, indem das benötigte Kapital durch die Einlagen von zusätzlichen Gesellschaftern beschafft wurde. Die Gründung erfolgte als Unternehmergesellschaft (UG) und wurde bei dem zuständigen Amtsgericht eingetragen. Einige Jahre später wurde das Unternehmen zu einer GmbH umfirmiert.

2.1 Erläutern Sie drei mögliche Gründe, die zu einer anfänglichen Gründung als UG geführt haben könnten. (6 BE)

2.2 Beschreiben Sie den Prozess, der zur Umfirmierung zur GmbH führt, und ermitteln Sie einen möglichen Grund. (4 BE)

2.3 Bei der Tentus GmbH gab die beschränkte Haftung den Ausschlag für die Wahl der Rechtsform.
Stellen Sie zwei Ausnahmefälle dar, in denen trotzdem eine persönliche Haftung gegeben ist. (2 BE)

2.4 Die Tentus GmbH produziert ihre Zelte in fünf Produktionshallen. Für die Aufbereitung der Planen (Zeltstoffe) ist der Bau einer weiteren Halle geplant. Um die Produktionshalle zu finanzieren, hat das Unternehmen verschiedene Möglichkeiten, seinen Kapitalbedarf zu decken.
Beschreiben Sie zwei grundlegende Finanzierungsarten, die nach der Kapitalherkunft unterschieden werden, und nennen Sie jeweils zwei Vorteile. (6 BE)

2.5 Neben Herrn Münzer als Geschäftsführer und Gesellschafter gibt es noch drei weitere Mitgesellschafterinnen bzw. Mitgesellschafter der Tentus GmbH:

- Frau Reza (Kapitaleinlage 52 000 €),
- Herr Abel (Kapitaleinlage 120 000 €),
- Herr Smolka (Kapitaleinlage 76 000 €),
- Herr Münzer (Kapitaleinlage 152 000 €).

2.5.1 Die Tentus GmbH hat im letzten Jahr einen Gewinn von 240 000 € erwirtschaftet.
Berechnen Sie die gesetzliche Gewinnverteilung, wenn in der Satzung hierzu nichts festgelegt wurde und 80 % des Gewinns laut Gesellschafterbeschluss ausgeschüttet werden sollen. (8 BE)

2.5.2 Beschreiben Sie zwei mögliche Gründe für diesen Gewinnverwendungsbeschluss der Tentus GmbH aus Aufgabe 2.5.1. (2 BE)

2.5.3 Die Interessen der GmbH-Gesellschafter werden in der Gesellschafterversammlung vertreten. Nennen Sie drei Rechte, die jeder GmbH-Gesellschafter hat. (3 BE)

3 Die Nachfrage nach mobilen Hallen ist in den letzten Monaten stark gestiegen. Der Geschäftsführer überlegt, die Produktion der Anbau-Zelte an einen externen Hersteller auszulagern. Dazu liegt ihm ein Angebot vor, bei dem ein Zelt 360 € kosten würde. Zurzeit werden monatlich bei der Tentus GmbH 520 Anbau-Zelte gefertigt, für die folgende Kosten anfallen:
Materialkosten pro Zelt: 180 €
Lohnkosten pro Zelt: 60 €

Fixe Kosten pro Monat: 60 000 €

3.1 Berechnen Sie die Menge, bei der die Eigenfertigung und der Fremdbezug gleich viel kosten, und interpretieren Sie Ihr Ergebnis. (3 BE)

3.2 Die Personalabteilung der Tentus GmbH führt regelmäßig Personalbedarfsplanungen durch.

3.2.1 Um den Bruttopersonalbedarf zu ermitteln, wendet die Tentus GmbH je nach Abteilung die Kennzahlmethode oder die Stellenplanmethode an.
Beschreiben Sie beide Methoden. (4 BE)

3.2.2 Die Tentus GmbH ermittelt in der Verkaufsabteilung für mobile Hallen den Personalbedarf nach der Kennzahlmethode. Zur Berechnung wird die Arbeitsproduktivität herangezogen. Der letztjährige Wert wurde auf der Basis von 510 000 € Umsatz und 4 Mitarbeitern bzw. Mitarbeiterinnen berechnet. Für das kommende Geschäftsjahr ist ein Umsatz von 765 000 € geplant.
Ermitteln Sie rechnerisch den zukünftigen Bruttopersonalbedarf. (3 BE)

3.2.3 Bei der Personalbedarfsplanung werden unterschiedliche Arten des Personalbedarfs ermittelt. Beschreiben Sie den Ersatzbedarf, den Neubedarf, den Zusatzbedarf und den Minderbedarf (Freisetzungs- bzw. Freistellungsbedarf) und geben Sie jeweils ein Beispiel an. (8 BE)

3.2.4 Begründen Sie anhand von zwei Argumenten die Notwendigkeit für die Tentus GmbH, Personalbedarfsplanungen durchzuführen. (4 BE)

3.3 Bei der Tentus GmbH erhalten fast alle Mitarbeiterinnen bzw. Mitarbeiter einen Prämienlohn.

3.3.1 Beschreiben Sie den Prämienlohn und nennen Sie drei Vorteile. (4 BE)

3.3.2 Die Tentus GmbH hat sich für die Prämienlohnvergabe entschieden, da für Akkordlöhne nicht alle Voraussetzungen erfüllt sind.
Ermitteln Sie zwei Gründe, die eine Umsetzung von Akkordlöhnen schwierig bzw. unmöglich machen. (4 BE)

3.3.3 Die Mitarbeiter der Tentus GmbH erhalten seit einigen Jahren eine Gewinnbeteiligung, die nach der Länge der Betriebszugehörigkeit verteilt wird. Die Buchhaltungsabteilung erhält einen Gewinnanteil von 2 050 €. In Material 3 finden Sie Informationen zu den Beschäftigten in der Buchhaltungsabteilung.
Berechnen Sie für jede Mitarbeiterin bzw. jeden Mitarbeiter den Gewinnanteil nach der Betriebszugehörigkeit. (3 BE)

Material 1 **Informationen zur Berechnung der (absoluten) Marktanteile und des Marktwachstums**

Marktdaten / Produkte	Umsatz Jahr 1 in €	Branchen- bzw. Marktumsatz im Jahr 1 in €	Umsatz Jahr 2 in €	Branchen- bzw. Marktumsatz im Jahr 2 in €
Maxi-Zelt *Flex*	250 000	4 000 000	270 000	4 320 000
Mobile Halle *Basic*	125 000	3 800 000	150 480	5 016 000
Zweistöckiges Zeltsystem *Smart*	40 000	100 000	48 000	120 000

Material 2 **Portfolio der Tentus GmbH**

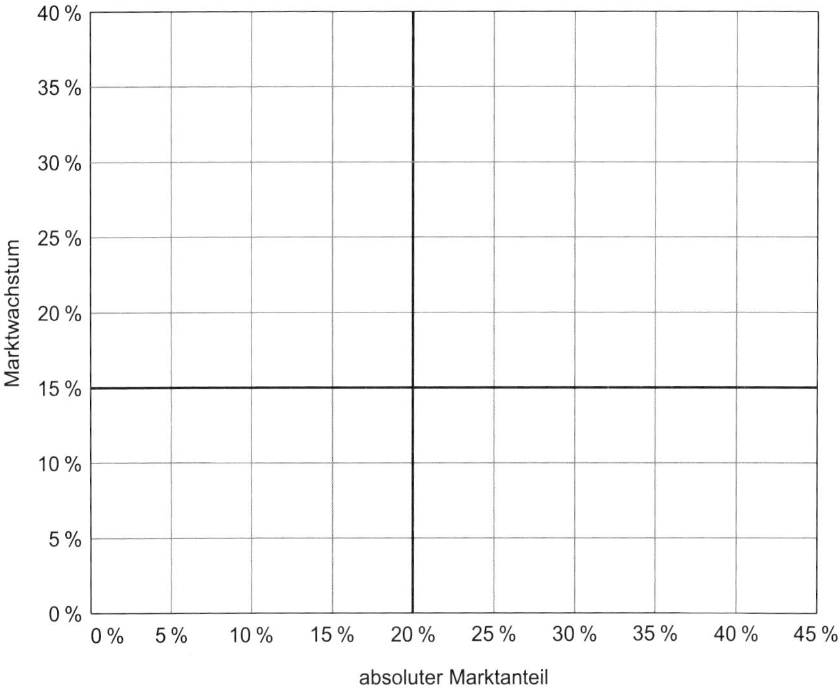

Material 3 Vorgaben zur Berechnung der Gewinnbeteiligung in der Buchhaltungsabteilung

Mitarbeiter/-in Buchhaltungsabteilung	Betriebszugehörigkeit in Jahren
Frau Jakobi	5
Herr Yilmaz	8
Frau Young	12

Lösungsvorschlag

1.1 Im Rahmen einer **Produktinnovation** werden neue Produkte entwickelt und in das Produktsortiment aufgenommen.
Durch eine **Produktvariation** werden zusätzlich zum bestehenden Produkt neue Varianten eingeführt. Die neuen Varianten eines Produkts zielen darauf ab, z. B. neue oder bessere Funktionen als das bestehende Produkt aufzuweisen. Das bestehende Produkt wird hierbei in der Regel vom Markt genommen.
Bei einer **Produktdiversifikation** hingegen wird das bestehende Produktsortiment um eine neue Produktlinie erweitert.

Mithilfe der produktpolitischen Maßnahmen kann die Tentus GmbH Neukunden gewinnen. Neue Kundinnen und Kunden führen zu einem größeren Kundenstamm, was wiederum die Absatzchancen des Unternehmens verbessert. Die höheren Absatzchancen gehen oft mit höheren Gewinnen einher, was zu einem Wachstum des Unternehmens führen kann. Auch der bestehende Kundenstamm kann mithilfe der Maßnahmen zu Neuanschaffungen angeregt werden. Die produktpolitischen Maßnahmen verbessern somit nicht nur die finanzielle Situation, sondern auch die Möglichkeit, mehr Marktanteile zu sichern. Weiterhin führt eine erhöhte Produktion zu einer erhöhten Auslastung der Produktion, was wiederum Arbeitsplätze sichert.

1.2.1

TIPP Beachten Sie hier, dass Sie die Werte für Jahr 2 berechnen müssen. Für das Marktwachstum müssen Sie dabei aber trotzdem die Differenz der beiden Marktumsätze (Marktumsatz Jahr 2 – Marktumsatz Jahr 1) durch den Marktumsatz des Jahres 1 teilen.

Marktdaten / Produkte	Absoluter Marktanteil in %	Marktwachstum (Umsatz) in %
Maxi-Zelt *Flex*	6,25	8
Mobile Halle *Basic*	3	32
Zweistöckiges Zeltsystem *Smart*	40	20

Rechnungen:
absoluter Marktanteil Maxi-Zelt *Flex*

$$= \frac{\text{Umsatz des Produkts}}{\text{Umsatz des Gesamtmarktes}} \cdot 100 = \frac{270\,000\ €}{4\,320\,000\ €} \cdot 100 = 6{,}25\ \%$$

absoluter Marktanteil mobile Halle *Basic*

$$= \frac{150\,480\,€}{5\,016\,000\,€} \cdot 100 = 3\ \%$$

absoluter Marktanteil zweistöckiges Zeltsystem *Smart*

$$= \frac{48\,000\,€}{120\,000\,€} \cdot 100 = 40\ \%$$

Marktwachstum Maxi-Zelt *Flex*

$$= \frac{\text{Marktumsatz Jahr 2} - \text{Marktumsatz Jahr 1}}{\text{Marktumsatz Jahr 1}} \cdot 100$$

$$= \frac{4\,320\,000\,€ - 4\,000\,000\,€}{4\,000\,000\,€} \cdot 100 = 8\ \%$$

Marktwachstum mobile Halle *Basic*

$$= \frac{5\,016\,000\,€ - 3\,800\,000\,€}{3\,800\,000\,€} \cdot 100 = 32\ \%$$

Marktwachstum zweistöckiges Zeltsystem *Smart*

$$= \frac{120\,000\,€ - 100\,000\,€}{100\,000\,€} \cdot 100 = 20\ \%$$

1.2.2 Der Grund für ein **Nichtheranziehen** des relativen Marktanteils könnte darin bestehen, dass für dessen Berechnung interne Unternehmensdaten der Konkurrenz benötigt werden. Diese liegen jedoch nicht vor, sodass die entsprechenden **Daten geschätzt** werden müssen. Aufgrund dessen kann der relative Marktanteil nur auf geschätzten Daten errechnet werden, was gegen eine verlässliche Aussagekraft spricht. Da die Tentus GmbH weltweit tätig ist, sind auch die Konkurrenzunternehmen auf der ganzen Welt verteilt, was eine Übersichtlichkeit über deren Situationen zusätzlich erschwert.

1.2.3

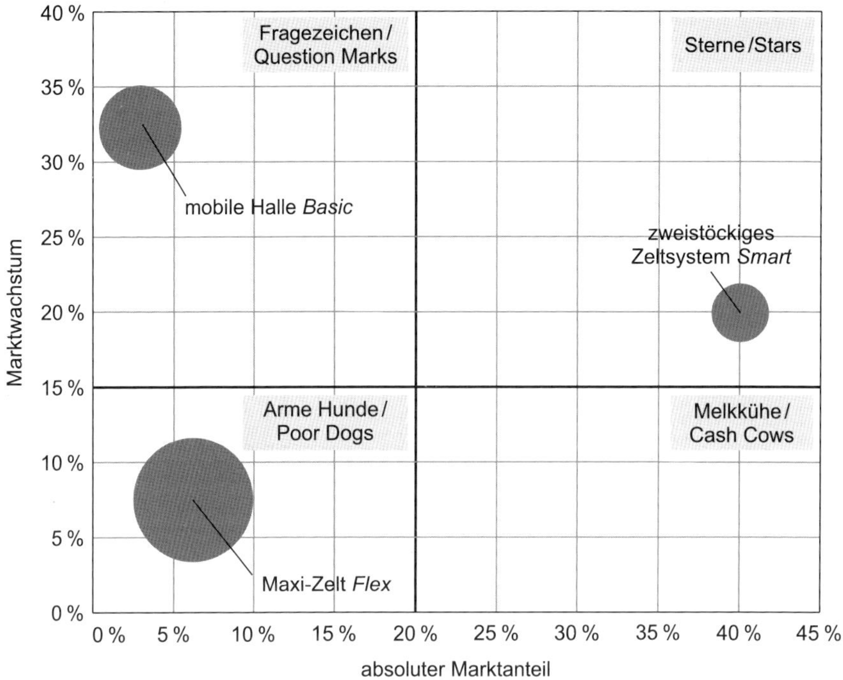

Betrachtet man das **Marktwachstum** und den **absoluten Marktanteil**, so kann man feststellen, dass das Produkt Maxi-Zelt *Flex* den *poor dogs*, die mobile Halle *Basic* den *question marks* und das zweistöckige Zeltsystem *Smart* den *stars* zuzuordnen ist.

Das Maxi-Zelt *Flex* weist ein **geringes Marktwachstum** sowie einen **geringen absoluten Marktanteil** auf. Jedoch erzielt das Unternehmen im Vergleich zu den beiden anderen Zeltsystemen mit diesem Produkt den größten Umsatz. Zukünftig könnte der Umsatz jedoch stark sinken und somit wäre es sinnvoll, geeignete produktpolitische Maßnahmen für das Maxi-Zelt *Flex* durchzuführen.

Die mobile Halle *Basic* weist ein **hohes Marktwachstum** auf, jedoch könnte der **absolute Marktanteil gesteigert** werden, da dieser niedrig ist. Da der Umsatz sehr hoch ist, ist das Fragezeichen als positiv zu bewerten. Damit der relative Marktanteil ausgebaut werden kann, wäre der Einsatz von Marketingmaßnahmen sinnvoll.

Das zweistöckige Zeltsystem *Smart* zeigt ein **hohes Marktwachstum** und verfügt über einen **hohen absoluten Marktanteil**. Der Umsatz ist aber im Vergleich zu den anderen Produkten als niedrig einzuschätzen. Es könnte sich demnach bei dem Produkt um ein Nischenprodukt handeln.

Betrachtet man die **Gesamtsituation** des Unternehmens, so ist diese **kritisch** zu bewerten. Es fehlt beispielsweise ein Produkt, welches als *cash cow* für die nötigen finanziellen Sicherheiten genutzt werden kann.

1.3.1 Während es sich bei Handlungsreisenden um **Angestellte** des Unternehmens handelt, sind Handelsvertreter*innen **selbstständige Kaufmänner bzw. Kauffrauen**. Hinsichtlich der Pflichten sind Handlungsreisende an die **Weisungen des Arbeitgebers** gebunden. Demnach können sie beispielsweise nicht frei über die Arbeitszeit verfügen. Handelsvertreter*innen müssen sich lediglich an die **vertraglichen Vereinbarungen** halten.

1.3.2 erwarteter Monatsumsatz $= \frac{720\,000\text{ €}}{12\text{ Monate}} = 60\,000\text{ €}$

monatliche Kosten für Handlungsreisende
$= 3\,000\text{ €} + (60\,000\text{ €} \cdot 0{,}04) + (60\,000 \cdot 0{,}02) = 6\,600\text{ €}$

monatliche Kosten für Handelsvertreter*innen $= 60\,000\text{ €} \cdot 0{,}09 = 5\,400\text{ €}$

Betrachtet man die Kosten, so sind Handelsvertreter*innen bei den angegebenen Daten um 1 200 € im Monat günstiger als Handlungseisende.

1.3.3

TIPP Entscheidend für das korrekte Lösen ist hier eine sinnvolle und nachvollziehbare Darlegung. Der nachfolgende Lösungsvorschlag nennt Kriterien für beide Alternativen, in Ihrer Lösung müssen Sie sich für eine der beiden entscheiden.

Kriterien, die für Handlungsreisende sprechen, sind u. a. die **Kontrolle** über die Handlungsreisenden. Weiterhin kennen Handlungsreisende als Angestellte des Unternehmens dieses sehr gut und können somit bei **spezifischen Fragen** besser weiterhelfen als Handelsvertreter*innen. Zudem ist die **Identifikation** mit dem Unternehmen bei Angestellten höher ausgeprägt. Als weiteren Vorteil ist die **Aufgabenübernahme** der Handlungsreisenden zu nennen. Diese können nach Weisungen durch den Arbeitgeber auch andere Aufgaben übernehmen.

Kriterien, die für Handelsvertreter*innen sprechen sind u. a. die **länder-/regionsspezifischen Kenntnisse**. In der Regel kennen Handelsvertreter*innen bereits einen großen (potenziellen) **Kundenstamm** und die **länderspezifischen Gewohnheiten**. Hinsichtlich der **Kündigungsmodalitäten** sind Handelsvertreter*innen aus Sicht des Unternehmens weniger risikoreich.

1.4.1 Kann der Geschäftsführer das Unternehmen als Marke etablieren, so kann ein bestimmtes Image aufgebaut werden. Ein positives Image kann beispielsweise dabei helfen, einen höheren Preis für die Produkte umzusetzen. Die Kundinnen und Kunden verbinden mit dem positiven Image zumeist auch eine bessere Qualität und akzeptieren somit die höheren Preise.

Weiterhin kann sich das Unternehmen durch die Etablierung als Marke besser von der Konkurrenz abheben. Marketingmaßnahmen können anschließend gezielter geplant und umgesetzt werden.

1.4.2 Während es sich bei einer Produktmarke um eine Marke handelt, die vom Hersteller der Kundin bzw. dem Kunden präsentiert wird, handelt es sich bei der Dachmarke um alle Produkte und Dienstleistungen eines Unternehmens. Das Unternehmen selbst oder dessen Name bildet somit letztlich die Dachmarke.

2.1 Ein möglicher Grund bei der Auswahl der Unternehmensform UG könnte das sehr **geringe Startkapital** in Höhe von 1 € sein. Dies war zunächst auch sinnvoll, da der damals einzige Gesellschafter und Geschäftsführer mit seinem Unternehmen lediglich als Groß- bzw. Zwischenhändler agierte. Erst mit dem Aufbau einer eigenen Produktion benötigte das Unternehmen ein höheres Kapital und somit war auch eine Umfirmierung sinnvoll.

Der zweite Grund könnte in der **Haftung** liegen. Bei einer UG haftet man lediglich mit der Stammeinlage, und da das Stammkapital bei einer UG viel geringer ausfällt als bei einer GmbH, ist das Risiko zumindest am Beginn der Geschäftsfähigkeit geringer.

Der dritte Grund könnte in der **zukünftigen Tätigkeit** von Herrn Münzer liegen. Mit der UG können unkompliziert neue Gesellschafter*innen aufgenommen werden. Die Gesellschafter*innen verpflichten sich nicht zur Mitarbeit. Falls Herr Münzer bald nicht mehr als Geschäftsführer tätig sein möchte, kann er diese Aufgabe auch an eine andere Person übertragen.

2.2 Eine UG ist zu der jährlichen Bildung einer gesetzlichen Rücklage verpflichtet. Ein Viertel des Jahresüberschusses wird in die Rücklage eingestellt. Dadurch wird das Stammkapital erhöht. Sobald das Stammkapital mit der gebildeten Rücklage 25 000 € erreicht, kann eine Umfirmierung durch die Stammkapitalerhöhung von einer UG zu einer GmbH stattfinden. Die Stammkapitalerhöhung kann ebenfalls in Form von Bareinlagen durch die Gesellschafter*innen erfolgen. Zuvor muss jedoch die Umfirmierung auf der Gesellschafterversammlung beschlossen werden. Der Grund für eine Umfirmierung von einer UG in eine GmbH könnte der höhere finanzielle Spielraum der GmbH sein. Diese Unternehmensform genießt eine bessere Kreditwürdigkeit und ein höheres Ansehen bei Kapitalgebern.

2.3 Wenn die Kapitaleinlage der Gesellschafter*innen noch nicht vollständig erbracht wurde, so haften diese für den ausstehenden Kapitalanteil mit ihrem Privatvermögen. Somit ist eine Ausnahme für eine persönliche Haftung gegeben.

Die beschränkte Haftung ist erst mit der Eintragung ins Handelsregister gültig. Ist diese noch nicht erfolgt, so haften die Gesellschafter*innen ebenfalls persönlich. Wirtschaftliches Handeln ist vor der Eintragung bereits möglich und so können Verbindlichkeiten entstehen.

2.4 Im Rahmen der Finanzierungsformen wird zwischen einer **Innen**- und einer **Außenfinanzierung** unterschieden. Stammt das benötigte Kapital aus dem Unternehmen selbst, so handelt es sich um eine Innenfinanzierung. Das Kapital stammt in diesem Fall beispielsweise aus Gewinnen oder Rückstellungen. Wenn das Kapital von außen in das Unternehmen eingebracht wird, beispielsweise durch einen externen Kapitalgeber, so spricht man von einer Außenfinanzierung. In der Regel handelt es sich hierbei um Kreditgeber oder neue Einlagen von bestehenden oder neuen Eigentümerinnen bzw. Eigentümern.

Im Rahmen einer **Innenfinanzierung** lassen sich folgende Vorteile nennen:

1. Da das Kapital aus dem Unternehmen selbst stammt, ist man an keinen Kapitalgeber gebunden.
2. Bei der Innenfinanzierung werden Gebühren und Provisionen vermieden.

Bei einer **Außenfinanzierung** lassen sich die folgenden beiden Vorteile nennen:

1. Durch die Hinzunahme einer Fremdfinanzierung lässt sich die Eigenkapitalrendite erhöhen (Leverage-Effekt).
2. Fremdkapitalgeber erhalten kein Mitspracherecht, sondern lediglich das zuvor eingesetzte Kapital plus Zinsen.

2.5.1

TIPP Beachten Sie, dass nur 80 % des Gewinns ausgeschüttet werden. Sie müssen also zunächst den ausgeschütteten Gewinn berechnen. Danach teilen Sie den Gewinn anteilsmäßig auf die Gesellschafter*innen auf.

$$\text{ausgeschütteter Gewinn} = 240\,000\text{ €} \cdot 80\,\% = 192\,000\text{ €}$$

$$\begin{aligned}\text{Gesamtkapital} &= \text{Kapitaleinlage aller Gesellschafter*innen}\\ &= 52\,000\text{ €} + 120\,000\text{ €} + 76\,000\text{ €} + 152\,000\text{ €} = 400\,000\text{ €}\end{aligned}$$

$$\text{Prozentanteil Frau Reza} = \frac{\text{Kapitaleinlage} \cdot 100}{\text{Gesamtkapital}} = \frac{52\,000\text{ €} \cdot 100}{400\,000\text{ €}} = 13\,\%$$

$$\begin{aligned}\text{Gewinnanteil Frau Reza} &= \text{ausgeschütteter Gewinn} \cdot \text{Gewinnanteil}\\ &= 192\,000\text{ €} \cdot 13\,\% = 24\,960\text{ €}\end{aligned}$$

$$\text{Prozentanteil Herr Abel} = \frac{120\,000\ € \cdot 100}{400\,000\ €} = 30\ \%$$

$$\begin{aligned}\text{Gewinnanteil Herr Abel} &= \text{ausgeschütteter Gewinn} \cdot \text{Gewinnanteil}\\ &= 192\,000\ € \cdot 30\ \% = 57\,600\ €\end{aligned}$$

$$\text{Prozentanteil Herr Smolka} = \frac{76\,000\ € \cdot 100}{400\,000\ €} = 19\ \%$$

$$\begin{aligned}\text{Gewinnanteil Herr Smolka} &= \text{ausgeschütteter Gewinn} \cdot \text{Gewinnanteil}\\ &= 192\,000\ € \cdot 19\ \% = 36\,480\ €\end{aligned}$$

$$\text{Prozentanteil Herr Münzer} = \frac{152\,000\ € \cdot 100}{400\,000\ €} = 38\ \%$$

$$\begin{aligned}\text{Gewinnanteil Herr Münzer} &= \text{ausgeschütteter Gewinn} \cdot \text{Gewinnanteil}\\ &= 192\,000\ € \cdot 38\ \% = 72\,960\ €\end{aligned}$$

2.5.2 Aufgrund des Gesellschafterbeschlusses bleiben 20 % des erwirtschafteten Gewinns im Unternehmen. Lediglich 80 % des Gewinns werden an die Gesellschafter*innen ausgeschüttet. Die Tentus GmbH könnte diese Gewinnverwendung in der Gesellschafterversammlung beschlossen haben, damit der im Unternehmen verbleibende Gewinn zu einer verbesserten Liquidität führt. Zudem erhöht der im Unternehmen einbehaltene Gewinn das Eigenkapital, was zu einer verbesserten Bonität führt.

2.5.3 Alle GmbH-Gesellschafter*innen haben u. a. folgende Rechte:

- Mitbestimmung bei der Festsetzung des Jahresabschlusses
- Mitbestimmung bei der Ergebnisverwendung
- Beteiligung am Jahresgewinn

3.1

TIPP Häufig ist es in den Prüfungsaufgaben so, dass mehrere Fragestellungen in einer Aufgabenstellung verpackt sind. Dies ist auch bei der vorliegenden Aufgabe der Fall. Zum einen soll die Berechnung der kritischen Menge erfolgen – zum anderen das entsprechende Ergebnis interpretiert werden.
Achten Sie bei der Berechnung immer darauf, dass Sie die vollständigen Formeln aufschreiben, damit kein Interpretationsspielraum für die kontrollierende Lehrkraft vorhanden ist.

Berechnung:

Die kritische Menge wird berechnet, indem die Kosten der Eigenfertigung den Kosten des Fremdbezugs gegenübergestellt werden.

Kosten des Fremdbezugs: 360 €/Stück

Kosten der Eigenfertigung: variable Kosten = 180 € + 60 € = 240 €/Stück
fixe Kosten = 60 000 €

$$360x = 60\,000 + 240x \quad |-240x$$
$$120x = 60\,000 \quad |:120$$
$$\underline{\underline{x = 500}}$$

Interpretation:

Das Ergebnis x = 500 besagt, dass es bei einer produzierten Menge von 500 Stück egal ist, ob man das Produkt in Eigenfertigung oder als Fremdbezug herstellt. Die Kosten sind bei dieser Menge gleich hoch. Dies bedeutet, bezogen auf das Angebot, dass es sich derzeit nicht lohnen würde, die Produktion auszulagern.

3.2.1 Bei der **Kennzahlmethode** wird die Anzahl der Mitarbeiter*innen mit einer betriebswirtschaftlichen Größe in Verbindung gesetzt, die in der Vergangenheit relativ stabil war. Ein Beispiel ist der erwirtschaftete Umsatz je Mitarbeiter*in.

Im Bereich der Verwaltungstätigkeiten wird häufig die **Stellenplanmethode** angewendet, die sich an Stellenplänen und Stellenbeschreibungen orientiert. Über die Stellenplanmethode findet eine Berechnung des Nettopersonalbedarfs statt.

3.2.2

TIPP Um den Bruttopersonalbedarf nach der Kennzahlmethode zu ermitteln, ist es im ersten Schritt nötig herauszufinden, wie hoch die Arbeitsproduktivität im alten Jahr war. Hierzu gilt folgende Formel:

$$\text{Arbeitsproduktivität} = \frac{\text{Umsatz}}{\text{Anzahl der Mitarbeiter*innen}}$$

Bezogen auf die Aufgabe ergibt sich:

Arbeitsproduktivität (altes Jahr)

$$= \frac{510\,000\,€}{4 \text{ Mitarbeiter*innen}} = 127\,500\,€ \text{ pro Mitarbeiter*in}$$

TIPP Die zu klärende Fragestellung ist die, wie viele Mitarbeiter benötigt werden, wenn der Umsatz je Mitarbeiter gleich bleiben soll. Dazu nutzen Sie die folgende Formel:

$$\text{Benötigte Anzahl Mitarbeiter (Bruttopersonalbedarf)} = \frac{\text{Umsatz}}{\text{Arbeitsproduktivität}}$$

$$\text{Bruttopersonalbedarf} = \frac{765\,000\,€}{127\,500\,€ \text{ pro Mitarbeiter*in}} = 6 \text{ Mitarbeiter*innen}$$

Das Unternehmen benötigt also im neuen Jahr sechs Mitarbeiter*innen in der Verkaufsabteilung.

3.2.3

> TIPP Beim „Beschreiben“ geht es immer darum, die Begrifflichkeiten zu erklären und letztlich die Begriffe voneinander abzugrenzen.

Ersatzbedarf:
Wenn Mitarbeiter*innen das Unternehmen z. B. aus Altersgründen verlassen, wird eine Stelle frei, die neu besetzt werden muss. Es entsteht also ein Bedarf für Ersatz, damit die Stelle nicht leer bleibt.

Neubedarf:
Wenn eine zusätzliche Maschine zur Herstellung unserer Produkte angeschafft wird, muss diese auch bedient werden. Hierzu sind Mitarbeiter*innen notwendig, die vorher noch nicht in der Personalplanung vorgekommen sind. Diese Stellen haben vorher also noch nicht existiert.

Zusatzbedarf:
Ein Restaurant hat eine Stammbesatzung. Für große Feierlichkeiten wird aber zusätzliches Personal benötigt. Dieser zusätzliche Bedarf besteht nur kurzfristig z. B. bei Auftragsspitzen und saisonalen Hochphasen.

Minderbedarf:
Es kann passieren, dass z. B. aufgrund der Marktentwicklung nicht mehr so viele Mitarbeiter*innen benötigt werden wie in den Vorjahren. Dies bedeutet, dass das Unternehmen zu viele Mitarbeiter*innen hat (der Bedarf aber geringer (minder) ist). Hier können Kündigungen nötig werden.

3.2.4

> TIPP Bei „Begründen“ kommt es immer darauf an, dass Sie den Sachverhalt etwas ausführlicher und für die Leserin bzw. den Leser verständlich darlegen. Beziehen Sie hier möglichst viele Aspekte mit ein.

Eine Personalplanung ist aus verschiedenen Gründen wichtig. Um die Betriebsabläufe zu sichern, muss immer ausreichend passend ausgebildetes Personal verfügbar sein. Mithilfe der Personalbedarfsplanung werden Personalengpässe, aber auch -überhänge erkannt. So können entsprechende Maßnahmen (Neueinstellungen, Kündigungen) rechtzeitig umgesetzt werden. Dadurch können unbesetzte Stellen und teure und aufwendige Rekrutierungsmaßnahmen verhindert werden.

3.3.1 Beschreibung:

Beim Prämienlohn erhält ein*e Mitarbeiter*in neben einem Grundlohn (zeitbezogen) eine leistungsbezogene Vergütung (für qualitative oder quantitative Mehrarbeit).

TIPP Neben dem Beschreiben des Prämienlohns sollen in dieser Aufgabenstellung zusätzlich drei Vorteile dieser Entlohnung genannt werden. Diese könnten z. B. wie in der folgenden Lösung zusammengefasst werden.

Durch die Möglichkeit einer zusätzlichen Entlohnung ist für die Mitarbeiter*innen ein **finanzieller Anreiz** entstanden. Hierdurch wird auch die **Motivation** der Mitarbeiter*innen gesteigert. Damit verbunden ist auch häufig eine **höhere Qualität** der produzierten Stücke, da dies wiederum relevant für die Höhe der Prämie ist.

3.3.2

TIPP Bei dieser Aufgabenstellung sollten Sie sich im ersten Schritt überlegen, welche Voraussetzungen mit dem Akkordlohn verknüpft sind. Im zweiten Schritt geht es um die eigentliche Aufgabenstellung, nämlich zu überlegen, warum Akkordlohn in diesem Fall nicht sinnvoll ist. Hierzu sollen Ihnen zwei Gründe einfallen. Zwei mögliche Antworten wären:

- Die Mitarbeiter*innen werden nicht nur im Produktionsablauf, sondern auch im Lager eingesetzt. Hierdurch ist aber ein **ständiges Wiederholen** von Arbeitsgängen **nicht möglich**.
- Nicht nur die Menge der hergestellten Stücke, sondern auch die **Qualität** ist von Bedeutung, da die Produkte u. U. hohen Belastungen während der Nutzung ausgesetzt sind.

3.3.3

TIPP Wie bei allen Aufgaben, in denen zu rechnen ist, ist es auch hier sinnvoll, sich im ersten Schritt aufzuschreiben, welche Informationen Ihnen vorliegen. Die in den Prüfungen genannten Materialien finden Sie immer am Ende der Prüfung. Die Spalten Mitarbeiter*in und Betriebszugehörigkeit sind durch das Material 3 vorgegeben. Ziel ist es, dass der angegebene Gewinn in Höhe von 2 050 € nach Betriebszugehörigkeit verteilt wird. Hierzu wird im ersten Schritt eine Summe der Werte der Betriebszugehörigkeit gebildet. Im zweiten Schritt folgt die Verteilung, indem Sie den Gesamtgewinn mit der jeweiligen Betriebszugehörigkeit des/der jeweiligen Angestellten multiplizieren und dieses Produkt durch die Summe der Jahre der Betriebszugehörigkeit aller Angestellten teilen.

Mitarbeiter*in	Betriebs-zugehörigkeit	Rechenweg	Gewinnanteil je MA
Frau Jakobi	5	$=\frac{2\,050 \cdot 5}{25}$	410 €
Herr Yilmaz	8	$=\frac{2\,050 \cdot 8}{25}$	656 €
Frau Young	12	$=\frac{2\,050 \cdot 12}{25}$	984 €
	5 + 8 + 12 = 25		

Aufgabenstellung

1 Die GAADE KG ist eine etablierte Markenherstellerin von Gewächshäusern und Hochbeeten mit Sitz in Kelsterbach. Seit mehreren Jahren wurden keine neuen Produkte auf den Markt gebracht, stattdessen vertraute man auf die Qualität der bisherigen Produkte.

1.1 Das Unternehmen überprüft mithilfe des Analyseinstruments des Produktlebenszyklus (PLZ), ob die bisherige Vorgehensweise sinnvoll ist.

1.1.1 Wesentliches Produkt der GAADE KG ist das Gewächshaus FELD. Stellen Sie den Gewinn und den Umsatz des Produktes aus Material 1 grafisch dar. (4 BE)

1.1.2 Ordnen Sie die aktuelle Situation des Gewächshauses FELD einer Phase des PLZ zu. (3 BE)

1.1.3 Beschreiben Sie zwei Kritikpunkte am idealtypischen Verlauf des PLZ. (2 BE)

1.2 Der Produktlebenszyklus des Gewächshauses FELD veranlasst die Geschäftsleitung dazu, das bisherige Vorgehen zu überdenken. Es sollen mithilfe der Wachstumsstrategien (Marktfeldstrategien nach ANSOFF) Lösungen gefunden werden. Aus einer aktuellen Studie des Bundesverbandes Garten- und Landschaftsbau sowie internen Unternehmenszahlen ergeben sich die Marktdaten in Material 2.

1.2.1 Beschreiben Sie die vier Wachstumsstrategien (Marktfeldstrategien nach ANSOFF). (4 BE)

1.2.2 Entscheiden Sie sich aufgrund der Marktdaten in Material 2 für eine geeignete Wachstumsstrategie (Marktfeldstrategie nach ANSOFF) für das Gewächshaus FELD. (3 BE)

1.3 Die GAADE KG möchte im Rahmen der Marktforschung mit geplanter Befragung herausfinden, wie hoch das Interesse an Produktinnovationen im Bereich der Gewächshäuser ist. Hierzu entscheidet sich die Geschäftsleitung für folgendes Setting:

- Ausgabe von Fragebögen an mindestens 100 potenzielle Kundinnen und Kunden vor Baumärkten
- Es sollen nicht alle potenziellen Kundinnen und Kunden befragt werden.

- Befragungszeitraum Montag, 21.06., bis Freitag, 25.06., jeweils von 9 bis 12 Uhr
- Es werden ausschließlich geschlossene Fragen gestellt, u. a.:
  Sollte das Holz für Gewächshäuser aus kontrollierter Herkunft stammen? (ja/nein), Ist Ihnen die Qualität eines Gewächshauses wichtig? (ja/nein)
  Wie wichtig sind Ihnen der Preis und die Gestaltung eines Gartenhauses? (4er-Skala: nicht, wenig, eher, sehr)

1.3.1 Beurteilen Sie anhand von vier Aspekten die Maßnahmen der Marktforschung im Bereich der Gewächshäuser. (4 BE)

1.3.2 Erklären Sie jeweils den Unterschied zwischen den beiden folgenden Begriffen und geben Sie an, welches der beiden Konzepte im vorliegenden Fall zutrifft:
- Marktanalyse und Marktbeobachtung
- Primärforschung und Sekundärforschung (6 BE)

1.4 Um den Erfolg des Unternehmens im Bereich der Gewächshäuser zu sichern, sollen u. a. Preisdifferenzierungen umgesetzt werden.

1.4.1 Definieren Sie den Begriff Preisdifferenzierung und beschreiben Sie zwei Voraussetzungen einer erfolgreichen Preisdifferenzierung. (4 BE)

1.4.2 Entscheiden Sie sich beim Gewächshaus FELD für eine geeignete Art der Preisdifferenzierung. (2 BE)

1.5 Die GAADE KG vertreibt ihre Gewächshäuser bisher ausschließlich über eine große Baumarktkette in Hessen und einen deutschlandweit aktiven Gartenfachmarkt.

1.5.1 Beschreiben Sie den Unterschied zwischen direktem und indirektem Vertrieb und geben Sie den konkreten Vertriebsweg im vorliegenden Fall an. (2 BE)

1.5.2 Bewerten Sie das Vertriebskonzept der GAADE KG. (3 BE)

2 Die GAADE KG ist eine Kommanditgesellschaft (KG). Frau Beer (Einlage 290 000 €) ist Komplementärin. Frau Loi (Einlage 140 000 €) und Herr Kirsch (Einlage 180 000 €) sind Kommanditisten.

2.1 Begründen Sie die Bedeutung der Eintragung der GAADE KG in das Handelsregister für die Kommanditisten. (2 BE)

2.2 Um Investitionen im Unternehmen umsetzen zu können, soll Frau Vogel als neue Gesellschafterin gewonnen werden. Diese ist bereit, 350 000 € einzubringen. Sie möchte jedoch an der Geschäftsführung beteiligt sein.
Bewerten Sie diese Forderung aus der Sicht von Frau Vogel, von Frau Beer und nach Handelsgesetzbuch (HGB). (3 BE)

2.3 Frau Vogel ist mit vielen Ideen in das Unternehmen eingestiegen und konnte die anderen davon überzeugen, eine neue, hochwertige Gewächshausserie zu produzieren. Für deren Produktion sucht man nun einen geeigneten Standort, da die bisherigen Produktionskapazitäten nicht ausreichen. Die bisherigen Überlegungen sind in Material 3 dargestellt.
Erläutern Sie drei relevante Standortfaktoren für die Entscheidung der GAADE KG. (6 BE)

2.4 Nach sechs Monaten hat die GAADE KG mit der Produktion der neuen Gewächshäuser begonnen und bestellt 2 000 Rundstäbe aus Edelstahl (Rohstoffe für Rahmenteile) im Wert von 7,60 € pro Stück. Die Rundstäbe werden am 1. Mai geliefert. Es wird Zahlung innerhalb von 30 Tagen vereinbart. Bei der Zahlung innerhalb von 10 Tagen werden 4 % Skonto geboten. Das Geschäftskonto der GAADE KG weist derzeit ein Guthaben von 10 000 € auf, das verwendet werden soll. Der Kontokorrentkredit der Bank hat einen Zinssatz von 8 %.

2.4.1 Definieren Sie den Kontokorrentkredit und den Lieferantenkredit. (4 BE)

2.4.2 Ermitteln Sie die Höhe des Finanzierungsvorteils bei Inanspruchnahme von Skonto. (7 BE)

2.5 Das Unternehmen verfügt über ein Eigenkapital von 960 000 €. Das Fremdkapital beträgt 1 392 000 €, von denen 768 000 € dem Unternehmen langfristig zur Verfügung stehen. Das Anlagevermögen hat einen Wert von 1 600 000 €. Der (statische) Verschuldungsgrad liegt bei 145 %.

2.5.1 Berechnen Sie die Anlagendeckungsgrade I und II. (2 BE)

2.5.2 Interpretieren Sie die Ergebnisse aus Aufgabe 2.5.1 sowie den angegebenen Verschuldungsgrad. (3 BE)

3 Neben der Produktpolitik und Finanzierung sollen auch die Produktion und Lagerlogistik verbessert werden.

3.1 Man betrachtet zunächst die Bestellungen von Eichenholz. Der monatliche Verbrauch liegt bei 270 m^3. Der Einstandspreis liegt bei 4 080 € pro m^3. Die bestellfixen Kosten betragen 289 €. Der Lagerkostensatz (Lagerhaltungskostensatz) liegt bei 5 %.

3.1.1 Erklären Sie die Bedeutung der Bestellmenge für den Einstandspreis pro m^3, die Lagerkosten und die Bestellkosten. (6 BE)

3.1.2 Berechnen Sie die optimale Bestellmenge und die sich daraus ergebende jährliche Anzahl der Bestellungen und nennen Sie drei Gründe, von der optimalen Bestellmenge abzuweichen.
Hinweis:

$$\text{optimale Bestellmenge} = \sqrt{\frac{200 \cdot \text{bestellfixe Kosten} \cdot \text{Jahresverbrauchsmenge}}{\text{Bezugspreis/Stück} \cdot \text{Lagerkostensatz}}}$$

(6 BE)

3.2 Erklären Sie jeweils unter Angabe eines geeigneten Beispiels aus der Produktion der neuen Gewächshäuser aus Material 4 vier betriebswirtschaftliche Produktionsfaktoren. (8 BE)

3.3 Der Schreiner Tüsch ist mit drei anderen Kolleginnen und Kollegen für die Verarbeitung von Holz und Holzwerkstoffen zuständig. Er erhält einen Stundenlohn von 14,98 € und arbeitet täglich 8 Stunden. Monatlich arbeitet er durchschnittlich 21 Tage.
Berechnen Sie den Bruttomonatsverdienst und nennen Sie je einen Vorteil der Bezahlung nach Zeitlohn aus Sicht des Mitarbeiters und aus Sicht der GAADE KG.

3.4 Um höhere Anreize für die Mitarbeiterinnen und Mitarbeiter zu schaffen, wird die Einführung eines Akkordlohns oder eines Prämienlohns diskutiert.

3.4.1 Es wurde ermittelt, dass pro Stunde durchschnittlich 4 Holzelemente für die neuen Gewächshäuser hergestellt werden. Der Mindestlohn pro Stunde beträgt 12 €. Es wird ein Akkordzuschlag von 30 % veranschlagt.
Berechnen Sie den Akkordgrundlohn (Akkordrichtsatz) pro Stunde und den Zeitakkordlohn pro Stunde für Herrn Tüsch, wenn dieser 5 Holzelemente pro Stunde herstellen würde. (4 BE)

3.4.2 Herr Kirsch schlägt alternativ vor, einen Prämienlohn einzuführen.
Erläutern Sie zwei geeignete Aspekte, auf die Herr Tüsch eine Prämie erhalten könnte. (4 BE)

3.4.3 Beurteilen Sie die Eignung des Prämienlohns und des Akkordlohns für die Schreinerinnen und Schreiner in der neuen Gewächshausmanufaktur (Material 4). (4 BE)

Material 1 Umsatz und Gewinn für Gewächshaus FELD von 2017 bis 2021

	2017	2018	2019	2020	2021 (geschätzt)
Umsatz	2 100 000 €	2 300 000 €	2 400 000 €	1 800 000 €	1 500 000 €
Gewinn	570 000 €	550 000 €	300 000 €	150 000 €	100 000 €

Material 2 Marktdaten für Gewächshaus FELD

	2019	2020
absoluter Marktanteil	5,5 %	5 %
relativer Marktanteil	0,26 %	0,25 %
Marktsättigung	84 %	85 %
Bekanntheitsgrad der GAADE KG bei potenziellen Kunden	94 %	95 %
Veränderung Werbeausgaben der GAADE KG im Vergleich zum Vorjahr	+ 2 %	+ 30 %

Material 3 Standortüberlegungen Gewächshausmanufaktur

In der neuen Gewächshausmanufaktur sollen hochwertige modulare Gewächshäuser hergestellt werden, die es möglich machen, gerade in Ballungsgebieten in kleinen Gärten, auf Terrassen und Balkonen saisonal Pflanzen anzubauen. Die eleganten Gewächshäuser können dann anschließend platzsparend verstaut werden. Die Produkte sollen speziell nach den Wünschen der Kundinnen und Kunden aus edlen Materialien hergestellt werden. Es soll beispielsweise Holz aus regionaler Herkunft verwendet werden. Sie sollen exklusiv und schnell über das Internet vertrieben und auch an der Produktionsstätte in einem Ausstellungsgarten gezeigt werden. Bei der Herstellung sollen Glaser, Metallbauer und Schreiner kreativ und flexibel Hand in Hand zusammenarbeiten, sie alle sollen deshalb auch über eine künstlerische Grundausbildung verfügen.

Material 4 Herstellung eines modularen Gewächshauses

Bei der Herstellung der modularen Gewächshäuser arbeiten mehrere Glaser, Metallbauer und Schreiner zusammen. Zunächst werden für die Seitenwände Holzbalken und Holzbretter mithilfe von Bandsägen gesägt und mit Holzbohrern und Universalbohrmaschinen vorgebohrt. Für die Dachkonstruktion werden Rundstäbe gesägt und anschließend miteinander mithilfe eines Schweißgeräts und Scharnieren verbunden. Die Konstruktion wird anschließend in ein Bad aus Lackfarbe eingelassen. Die Wände und die Dachkonstruktion werden dann von Hand mit Spezialschrauben verschraubt, die jederzeit einfach wieder entfernt werden können. Die Glasscheiben werden je nach Kundenwunsch mit Glasschneidern zugeschnitten und in das Gewächshaus eingepasst. Um ein Splittern des Glases zu vermeiden, wird es an den Schnittstellen mit Klebeband abgedeckt. Das Klebeband wird nach dem Schneiden wieder entfernt. Damit Regenwasser kontrolliert ablaufen kann, wird eine zugekaufte faltbare Dachrinne installiert. Um das Gewächshaus erweitern und verstauen zu können, wird es an zahlreichen Stellen nicht fest verschraubt, sondern mit Metallstiften zusammengesetzt. Da zahlreiche Gewächshäuser nach Kundenwünschen parallel in der Manufaktur hergestellt werden, überwacht ein Kollege bzw. eine Kollegin jeweils die Umsetzung eines Gewächshausprojektes.

Lösungsvorschlag

1.1.1

TIPP Bei der Darstellung ist es wichtig, die Achsen zu beschriften. In diesem Fall ist es sinnvoll, die Y-Achse mit „Umsatz und Gewinn in €" oder zumindest mit der Angabe „€" zu beschriften. Die X-Achse hingegen ist mit der Einheit „Zeit" zu betiteln. In diesem Fall bietet es sich an, dass die Achse mit „Zeit in Jahren" beschriftet ist.

Zum Vorgehen:
Wenn die Achsen beschriftet sind, müssen lediglich die Beträge aus dem Material 1 in die Grafik übernommen und miteinander verbunden werden. Überprüfen Sie sich ggf. selbst, indem Sie die Werte miteinander vergleichen. Sind diese rückläufig, so sollte auch der Verlauf in Ihrer Grafik fallend sein. Steigen die Werte hingegen, dann sollte auch der Verlauf Ihrer Zeichnung einen steigenden Verlauf aufweisen.

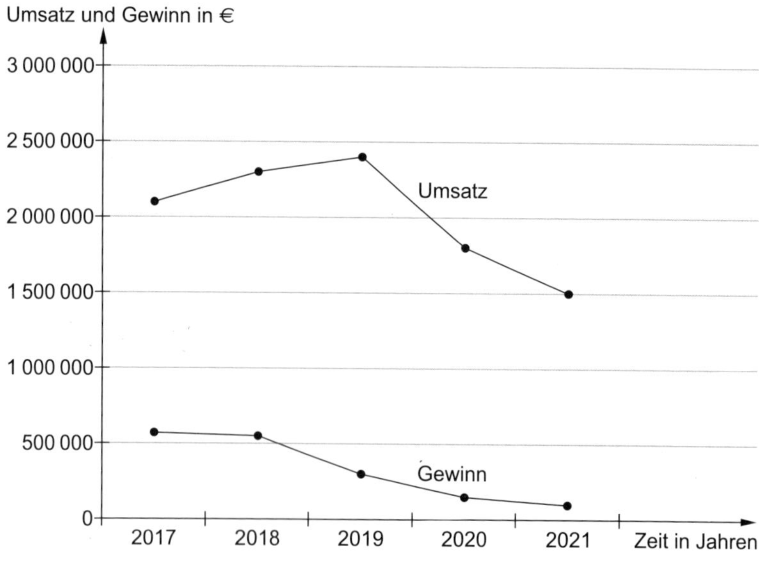

1.1.2 Das Produkt „Gewächshaus FELD" befindet sich gerade in einem Rückgang, dies wird durch die sinkenden Umsatzerlöse bzw. Gewinne deutlich. Somit kann man das Produkt in die **Degenerationsphase** einordnen. Es ist jedoch festzuhalten, dass die Verlustzone noch nicht erreicht ist.

1.1.3 Grundsätzlich bleiben **absatzpolitische Maßnahmen unberücksichtigt**. Diese können sich beispielsweise positiv auf den Verlauf auswirken. Diese Auswirkungen auf den Umsatz bzw. den Gewinn werden jedoch nicht berücksichtigt.

Die Phasen werden **nicht nach einheitlichen Kriterien** eingeteilt – eindeutige Kriterien hierzu gibt es nicht.

Ebenfalls wird das **Verhalten der Konkurrenz** nicht berücksichtigt. Dieses kann sich positiv oder negativ auf den Produktlebenszyklus auswirken.

1.2.1 Bei den Marktfeldstrategien nach Ansoff handelt es sich um die Strategie der Marktentwicklung, Marktdurchdringung, Produktentwicklung sowie um eine Diversifikationsstrategie.

Bei der **Strategie der Marktentwicklung** wird mit einem bestehenden Produkt ein neuer, zusätzlicher Markt erschlossen. Bei der **Strategie der Marktdurchdringung** wird ein bestehender Markt mit einem vorhandenen Produkt ausgeschöpft. Dies kann beispielsweise durch eine ausgedehnte Kommunikationspolitik erfolgen. Im Rahmen der **Strategie der Produktentwicklung** wird auf Basis eines vorhandenen Marktes ein neues Produkt entwickelt. Mithilfe der **Diversifikationsstrategie** werden Risiken gestreut. Im Rahmen dieser Strategie werden die Unternehmensaktivitäten hinsichtlich neuer Produkte und neuer Märkte betrachtet.

1.2.2 Eine sinnvolle Entscheidung könnte die **Strategie der Marktentwicklung** sein. Aus den Daten geht hervor, dass der betrachtete Markt zwar noch nicht gesättigt ist, das Unternehmen jedoch auch durch erhöhte Werbeausgaben keine weiteren positiven Akzente setzen könnte. Eine Marktdurchdringung bleibt daher eher fraglich. Mit der Marktentwicklung könnte das Unternehmen in einem anderen Land einen Markt erschließen. Als weitere Möglichkeit könnte die Strategie der Produktentwicklung herangezogen werden. Hier könnte das Produkt überarbeitet/abgeändert werden oder ein ganz neues Produkt entwickelt werden.

1.3.1.

TIPP Aus der Aufgabenstellung geht nicht hervor, ob eine reine positive oder negative Beurteilung erfolgen soll.

Die Umfrage umfasst lediglich die Kunden, die **vor Ort** einkaufen. Der **Onlinehandel** in dieser Branche dürfte jedoch auch in den kommenden Jahren einen immer größer werdenden Stellenwert einnehmen, weshalb die Betrachtung des Onlinehandel immer wichtiger werden wird.

Als weiteren Kritikpunkt lässt sich der **Befragungszeitraum** nennen. Die Gruppe der Erwerbstätigen wird in diesem Zeitrahmen nicht berücksichtigt.

Das Interesse an **Produktinnovationen** lässt sich schwer/kaum über geschlossene Fragen erschließen. Hier bieten sich offene Fragen an. Diese sind zwar in der Auswertung etwas aufwendiger, allerdings lassen sich hier qualitativ hochwertigere Informationen zu diesem Thema herausfinden.

Bei genauerer Betrachtung der letzten Frage wird deutlich, dass **zwei Aspekte** (Preis und Gestaltung) erfragt werden. Eine Verbindung zweier Aspekte ist als **nicht sinnvoll** zu betrachten, da diese so nicht voneinander getrennt ausgewertet werden können.

Positiv ist jedoch der **Umfang** der Umfrage zu benennen. Ein allgemeines Interesse kann hierbei deutlich werden.

Insgesamt wird deutlich, dass das **Forschungsdesign angepasst** werden muss.

1.3.2 Bei einer **Marktbeobachtung** handelt es sich um eine Betrachtung des Marktes über einen gewissen Zeitraum. Bei der **Marktanalyse** hingegen wird der Markt zu einem bestimmten Zeitpunkt betrachtet und untersucht.

Im Rahmen der **Primärforschung** werden eigene Daten erhoben oder es wird ein Marktforschungsunternehmen mit der Datenerhebung beauftragt. Die **Sekundärforschung** hingegen betrachtet bereits vorhandene Daten. Diese Daten wurden beispielsweise für andere Ziele/Zwecke erhoben.

Im vorliegenden Fall liegt eine **Marktanalyse** im Rahmen der **Primärforschung** vor.

1.4.1 Von einer **Preisdifferenzierung** spricht man, wenn die gleichen Produkte eines Anbieters zu unterschiedlichen Preisen angeboten werden. Die unterschiedlichen Preise gelten in verschiedenen Marktsegmenten. Hierzu wird der Markt anhand bestimmter Kriterien in unterschiedliche Segmente unterteilt.

Voraussetzung für eine mögliche Preisdifferenzierung anhand der Marktsegmentierung ist, dass der betrachtete **Markt unvollkommen** ist. Wäre der Markt vollkommen, würde lediglich der günstigste Preis für das betrachtete Produkt Anwendung finden.

Für eine erfolgreiche Preisdifferenzierung ist ebenfalls eine **niedrige Preiselastizität** entscheidend. Preisänderungen würden demnach kaum eine Veränderung in der Höhe der Nachfrage herbeiführen.

1.4.2 Für das Gewächshaus FELD bietet es sich an, eine **zeitliche Preisdifferenzierung** vorzunehmen. Das Produkt könnte im Frühjahr und im Sommer zu einem höheren Preis angeboten werden als im Winter und Herbst. Weiterhin ist eine räumliche Preisdifferenzierung möglich, da in Gebieten mit einer hohen Kaufkraft auch höhere Preise verlangt werden können.

1.5.1 Ein **direkter Vertrieb** der Produkte bedeutet einen Verkauf an den Endverbraucher. Beim **indirekten Vertrieb** hingegen werden die Produkte über rechtlich selbstständige Mittler, z. B. Einzelhändler, verkauft. Im betrachteten Fall liegt ein **indirekter Vertrieb** vor, da die GAADE KG über die Baumarktkette und einen Gartenfachmarkt vertreibt.

1.5.2 Durch das Vertriebskonzept der GAADE KG wird deutlich, dass das Unternehmen **deutschlandweit** Produkte vertreiben kann, ohne selbst im gesamten Bundesgebiet aktiv sein zu müssen. Zudem erhält das Unternehmen in der Regel auch direkt nach der Lieferung das Geld durch den Vertriebspartner.

Zu Problemen kann das Vertriebskonzept hingegen führen, wenn die beiden Vertriebspartner Probleme haben. Die GAADE KG ist somit **abhängig** von den beiden Partnern. Durch diese Abhängigkeit hat die GAADE KG auch keine gute Verhandlungsposition, was zukünftige Verträge etc. angeht. Als weiterer Nachteil ist zu nennen, dass die GAADE KG **kein direktes Feedback** vom Endverbraucher erhält.

2.1 Die Eintragung der GAADE KG in das Handelsregister hat zur Folge, dass die gesetzlichen Regelungen dieser Rechtsform greifen (konstituierend). Bei der KG haften die Kommanditisten (Frau Lor und Herr Kirsch) lediglich mit ihrem eingesetzten Kapital.

2.2 Frau Vogel würde mit einer Einlage in Höhe von 350 000 € das meiste Kapital einbringen und somit ist es aus ihrer Sicht sinnvoll, an der Geschäftsführung beteiligt zu werden. Aus der Sicht der anderen Komplementärin Frau Beer bedeutet der Einstieg von Frau Vogel hingegen eine Abgabe/Einschränkung ihrer Kompetenzen. Anstehende Entscheidungen müssen vermehrt mit Frau Vogel abgestimmt werden. Grundsätzlich ist eine Aufnahme weiterer Komplementäre möglich, bedarf jedoch einer Zustimmung aller Gesellschafterinnen und Gesellschafter.

2.3 Die **Absatzmöglichkeiten** stellen einen entscheidenden Standortfaktor dar. Da die Manufaktur auch über einen Ausstellungsgarten verfügen soll, sollte dieser auch von möglichst vielen potenziellen Kunden erreicht werden können. Hier bieten sich entsprechend Ballungszentren an.

Ein weiterer relevanter Standortfaktor ist die **Verfügbarkeit von Arbeitskräften**. Arbeitnehmerinnen und Arbeitnehmer müssen über die gewünschten Qualifikationen (künstlerische Arbeiten) verfügen.

Als dritten Standortfaktor lassen sich die **Verkehrsverhältnisse** anführen. In diesem Zusammenhang ist zu nennen, dass die Manufaktur bestenfalls an Verkehrsknotenpunkten platziert werden sollte. Die Kundinnen und Kunden sollten die Manufaktur gut erreichen können. Ausreichende Parkgelegenheiten sollten ebenfalls vorhanden sein.

2.4.1 Bei einem **Kontokorrentkredit** handelt es sich um ein Darlehen, das ein Unternehmen bei einem Kreditinstitut zu zuvor vereinbarten Kreditbedingungen nehmen kann, indem es sein Girokonto bis zu einer bestimmten Höhe überzieht. Der Kontokorrentkredit wird aufgrund der zumeist hohen Zinsen für kurzfristige Überbrückungen von Liquiditätsengpässen genutzt.

Der **Lieferantenkredit** hingegen entsteht, wenn Kundinnen und Kunden das vorgegebene Zahlungsziel in Anspruch nehmen. Der Lieferantenkredit kann ebenfalls als kurzfristige Überbrückung von Liquiditätsengpässen genutzt werden.

2.4.2 Zahlung des Zieleinkaufspreises ohne Ausnutzung des Skontos:

$$\text{Zieleinkaufspreis} = \text{Menge} \cdot \text{Stückpreis} = 2\,000\ \text{Stück} \cdot 7{,}60\ \frac{€}{\text{Stück}} = 15\,200\ €$$

$$\text{Skontobetrag} = 4\ \% \cdot \text{Menge} \cdot \text{Stückpreis}$$

$$= 4\ \% \cdot 2\,000\ \text{Stück} \cdot 7{,}60\ \frac{€}{\text{Stück}} = 608\ €$$

Der Skontobetrag entspricht den Kosten des Lieferantenkredits.

Zahlung des Bareinkaufspreises unter Ausnutzung des Skontos:

$$\text{Bareinkaufspreis} = \text{Zieleinkaufspreis} - \text{Skontobetrag}$$

$$= 15\,200\ € - 608\ € = 14\,592\ €$$

10 000 € können als Bankguthaben eingebracht werden. Die verbleibenden 4 592 € (= 14 592 € – 10 000 €) müssen als Kontokorrentkredit kurzfristig aufgenommen werden.

TIPP Der Kontokorrentkredit wird lediglich über 20 Tage aufgenommen, da die Ausnutzung des Skontos nach 10 Tagen endet. Somit ergibt sich folgende Rechnung:

$$\text{Zinsbetrag} = \frac{4\,592\ € \cdot 8\ \% \cdot 20}{100 \cdot 360} = 20{,}41\ €$$

TIPP Das Jahr wird nicht mit 365 Tagen, sondern lediglich mit 360 Tagen gerechnet.

Der Zinsbetrag in Höhe von 20,41 € entspricht den Kosten des Kontokorrentkredites.

TIPP Der Finanzierungsvorteil ergibt sich nun aus der Gegenüberstellung des Zinsbetrages und des Skontobetrages:

$$\text{Finanzierungsvorteil} = \text{Skontobetrag} - \text{Zinsbetrag} = 608\ € - 20{,}41\ € = 587{,}59\ €$$

Die Ausnutzung des Skontos ist um 587,59 € günstiger als die Inanspruchnahme des Lieferantenkredits.

2.5.1 $\text{Anlagendeckungsgrad I} = \frac{\text{Eigenkapital} \cdot 100}{\text{Anlagevermögen}} = \frac{960\,000\,€ \cdot 100}{1\,600\,000\,€} = 60\,\%$

$$\text{Anlagendeckungsgrad II} = \frac{(\text{Eigenkapital} + \text{langfristiges Fremdkapital}) \cdot 100}{\text{Anlagevermögen}}$$

$$= \frac{(960\,000\,€ + 768\,000\,€) \cdot 100}{1\,600\,000\,€} = 108\,\%$$

2.5.2 Der **Verschuldungsgrad** zeigt das Verhältnis von Fremd- zu Eigenkapital und damit die Verschuldung eines Unternehmens an. In der Regel sollte der Verschuldungsgrad nicht höher als 200 % sein. Mit einem geringeren Verschuldungsgrad sind wirtschaftliche Risiken minimiert. Eine Verschuldung von etwa knapp unter 150 % sollte dabei das Ziel darstellen, mit den 145 % ist das Ziel also erreicht.

Der **Deckungsgrad I** setzt das Eigenkapital mit dem Anlagevermögen in Beziehung. Nach der goldenen Bilanzregel sollte langfristiges Vermögen auch langfristig finanziert werden. Bei der Berechnung des Deckungsgrad I wird jedoch lediglich das Eigenkapital herangezogen, weshalb der Wert auch unter 100 % liegen kann. Die Zielgröße des Deckungsgrad I sollte zwischen 70 % und 100 % liegen. Die GAADE KG hat jedoch einen Deckungsgrad I in Höhe von 60 %. Dies lässt darauf schließen, dass zu wenig Eigenkapital im Unternehmen vorhanden ist.

Der **Deckungsgrad II** sollte über 100 % liegen (in etwa zwischen 100 % und 150 %). Die Zielgröße versichert ein ausreichendes finanzielles Gleichgewicht. Mit einem Wert von 108 % liegt der Deckungsgrad II der GAADE KG noch im Rahmen. Dieser sollte jedoch nicht weiter sinken.

3.1.1

TIPP In der ersten Aufgabenstellung dieses Prüfungsteils geht es darum, mehrere Begrifflichkeiten zu erklären. Hierbei ist jedoch darauf zu achten, nicht nur eine einfache Erklärung zu formulieren, sondern die Abhängigkeit zwischen der Bestellmenge und den einzelnen Begriffen darzulegen.

Einstandspreis (der Preis, zu dem man eine Ware tatsächlich erwirbt, also inkl. z. B. Rabatten und Fracht)
Je größer die Bestellmenge ist, desto größer sind i. d. R. auch die Preisnachlässe, die vom Lieferanten gewährt werden. Entsprechend verändert sich hierbei auch der Einstandspreis bezogen auf den m^3. Generell lässt sich für viele Produkte also sagen: Je größer die gekaufte Einheit, umso kleiner der Einstandspreis je Stück.

Lagerkosten
Wenn man nur einmal im Jahr eine (Groß-)Bestellung tätigen würde, müsste man ein sehr großes Lager haben, das entsprechend unterhalten werden muss. Dies kostet neben Personal u. a. auch Miete, etc.

Dagegen ist es so, dass, wenn man häufige Bestellungen tätigt, im Zeitraum zwischen den Bestellungen weniger Güter eingelagert werden müssen.

Bestellkosten
Wenn man häufige Bestellungen tätigt (verbunden mit einer geringeren Bestellmenge), steigen die Bestellkosten, da dies Kosten sind, die mit jeder neuen Bestellung anfallen. Dagegen sind diese Kosten eher gering, wenn man nur wenige Bestellungen im Jahr tätigt.

3.1.2

TIPP Aufbauend auf die Aufgabenstellung 3.1.1 soll hier nun mithilfe der Andlerschen Formel die optimale Bestellmenge berechnet werden. Zusätzlich sollen außerdem drei Gründe genannt werden, warum von dem Ergebnis abgewichen werden sollte.

Die Formel ist hier in der Prüfung genannt – rechnen Sie aber nicht damit, dass das auch in zukünftigen Prüfungen immer der Fall sein wird.

1. Schritt: Eintragen der im Text genannten Werte: Achten Sie hierbei darauf, dass der Verbrauch als monatlicher Wert angegeben ist und entsprechend $\times$ 12 gerechnet werden muss, um den Jahresverbrauch zu erhalten. Beachten Sie außerdem, dass der Lagerkostensatz zwar mit 5 % angegeben ist, das %-Zeichen in der Formel aber wegfällt.

$$95{,}81\ \text{m}^3 = \sqrt{\frac{200 \cdot 289\ € \cdot 270\ \text{m}^3 \cdot 12}{4\,080\ € \cdot 5}}$$

TIPP Falls bei Ihrem Taschenrechner als Ergebnis $6\sqrt{255}$ angezeigt wird, tippen Sie (zumindest beim Casio fx-991DE PLUS) S $\Leftrightarrow$ D. Anschließend müsste oben genanntes Ergebnis erscheinen.

Bedenken Sie, dass mit der obigen Rechnung nur die optimale Bestellmenge, aber noch nicht die Frage nach der Anzahl der Bestellungen geklärt ist. Hierfür ist es nötig, weiterzurechnen.

2. Schritt: Berechnung der Anzahl der Bestellungen.

$$\text{Anzahl der Bestellungen} = \frac{\text{Jahresverbrauchsmenge}}{\text{optimale Bestellmenge}}$$

$$33{,}82 \text{ Bestellungen} = \frac{270\text{ m}^3 \cdot 12}{95{,}81\text{ m}^3}$$

TIPP Da eine Bestellung in Höhe von 0,82 Bestellungen nicht möglich ist, wird die Anzahl der Bestellungen entsprechend aufgerundet.

Es sollten optimalerweise 34 Bestellungen in einem Jahr getätigt werden.

TIPP 3. Schritt: Nun zu den Gründen, von der berechneten Menge abzuweichen. Hier gibt es eine Vielzahl von Möglichkeiten. Drei davon sind:

a) Große Rabattaktionen, die zu deutlich besseren Einstandspreisen führen
b) Die berechnete Anzahl führt zu einem Engpass im Lager, da dieses nicht für so große Mengen ausgelegt ist
c) Jahreszeittypische Produkte bringen Produktionsschwankungen mit sich

3.2

TIPP In Aufgabenstellungen genannte Materialien finden sich immer ganz am Ende der Abschlussprüfung. Bei dieser Aufgabe gilt es, im gegebenen Text Beispiele für die betriebswirtschaftlichen Produktionsfaktoren zu finden und die dazugehörigen Faktoren zu beschreiben.

Direkt im ersten Satz steht „arbeiten mehrere Glaser, Metallbauer und Schreiner zusammen“. Es handelt sich hierbei um **die ausführende Arbeit**, die dadurch gekennzeichnet ist, dass sie eine geistige und körperliche Tätigkeit zur Leistungserstellung darstellt.

Im nächsten Satz steht „für die Seitenwände Holzbalken und Holzbretter …“. Es handelt sich dabei um Hauptbestandteile des fertigen Produkts, da die Holzbalken und Holzbretter mit den Seitenwänden des Gewächshauses in Verbindung gesetzt werden ⇒ es handelt sich hiermit um **Rohstoffe**.

Im gleichen Satz steht: „… mithilfe von Bandsägen … Holzbohrern und Universalbohrmaschinen“. Hierbei handelt es sich um **Betriebsmittel**, da hierzu sämtliche bewegliche und unbewegliche Gegenstände zählen, die der Leistungserstellung dienen, aber nicht ins Produkt einfließen.

Im letzten Satz heißt es: „… überwacht ein Kollege“. Hierbei handelt es sich um den **dispositiven Faktor**. Dieser beschreibt die Fähigkeit, die anderen Produktionsfaktoren im Sinne der Leistungserstellung zu kombinieren.

3.3

TIPP Bei der Aufgabe 3.3 findet ein thematischer Wechsel in Richtung Personal/Entlohnung statt. In der ersten Aufgabe soll der Bruttolohn eines Mitarbeiters berechnet werden sowie je ein Vorteil für den Mitarbeiter als auch das Unternehmen aufgezeigt werden.

Bruttomonatsverdienst
= Stundenlohn · tägliche Arbeitszeit · gearbeitete Tage im Monat
= 14,98 € · 8 Stunden · 21 Tage = **2 516,64 €**

Ein Vorteil des Zeitlohns für den Mitarbeiter wäre, dass er genau weiß, wie viel er am Ende des Monats auf seinem Konto gutgeschrieben bekommt, da der Lohn konstant ist.

Ein Vorteil für das Unternehmen wäre, dass aufgrund der konstanten Lohnsumme die Lohnabrechnung einfach ist.

3.4.1

TIPP In der zweiten Aufgabe dieses Bereichs geht es um die Berechnung des Akkordrichtsatzes sowie des Zeitakkordlohns.

Akkordrichtsatz = Mindestlohn + Akkordzuschlag
15,60 € = 12 € + 30 % *(entspricht 3,60 €)*

TIPP Im Gegensatz zum ersten Arbeitsauftrag müssen nun mehrere Rechenschritte unternommen werden, um den Zeitakkordlohn berechnen zu können.

Hinweis: Achten Sie darauf, dass Sie immer die Einheiten in die Formeln mit aufnehmen.

$$\text{Vorgabezeit} = \frac{\text{60 Minuten}}{\text{produzierte Stückzahl pro Stunde (Normalleistung)}}$$

$$\text{Minutenfaktor} = \frac{\text{Akkordrichtsatz}}{\text{60 Minuten}}$$

Zeitakkordlohn = Vorgabezeit · Minutenfaktor · gefertigte Stückzahl

Übertragen auf die Zahlen der Prüfung bedeutet dies:

$$\text{15 Minuten pro Stück} = \frac{\text{60 Minuten}}{\text{4 Stück}} \quad \Rightarrow \text{Vorgabezeit}$$

$$\text{0,26 € pro Minute} = \frac{\text{15,60 €}}{\text{60 Minuten}} \quad \Rightarrow \text{Minutenfaktor}$$

19,50 € = 15 Minuten pro Stück · 0,26 € pro Minute · 5 Stück
⇒ Zeitakkordlohn

Dies bedeutet, dass Herr Tüsch über den Akkordlohn pro Stunde 19,50 € bei einer produzierten Anzahl von 5 Stück verdient.

3.4.2

TIPP Beim Prämienlohn wird zusätzlich zu einem vereinbarten Grundlohn eine leistungsabhängige Vergütung gezahlt. Diese wird jedoch nur dann gezahlt, wenn eine bestimmte Normalleistung überschritten wird. Es gibt eine Vielzahl von Möglichkeiten, Prämien zu erhalten.

In dieser Aufgabe geht es darum, dass Sie die Zusammenhänge zwischen den verschiedenen Prämien darstellen und verknüpfen können. Schlüpfen Sie in die Rolle des Unternehmers und überlegen Sie, welche Arten von Prämien Ihnen für Herrn Tüsch einfallen würden. Ihr Auftrag ist es, zwei Aspekte darzulegen.

Eine Möglichkeit für eine Prämie wäre **erzeugte Menge** in der **Arbeitszeit**. Hier würde der Mitarbeiter eine Prämie für die erzeugte Menge innerhalb einer bestimmten Zeit erhalten.

Eine weitere Prämienmöglichkeit wäre z. B. die **Maschinennutzungszeit**. Wenn Herr Tüsch seine benötigte Zeit an der Maschine optimieren kann, können diese auch andere Mitarbeiter nutzen.

3.4.3

TIPP Hier geht es darum, dass Sie erkennen müssen, welche Auswirkungen die Lohnform auf die Produktion hat. Gehen Sie auf das Produkt ein. Ist es Massenware oder ein Qualitätsprodukt? Ist sehr genaues Arbeiten erforderlich oder sind kleine Schönheitsfehler irrelevant?

Bei den Gewächshäusern in dieser Aufgabenstellung handelt es sich um ein hochwertiges Produkt, das nach Kundenwünschen hergestellt wird. Entsprechend gering wird auch die Toleranz der Kunden bei Mängeln sein. Da die Mitarbeiter hier auch miteinander arbeiten müssen, erscheint der Akkordlohn nicht geeignet, da sich durch die Zusammenarbeit die Arbeitsgeschwindigkeit des Einzelnen nicht erhöhen lässt. Durch den Prämienlohn lassen sich z. B. Kostenersparnisse, die Qualität oder auch eine geringe Arbeitszeit realisieren.

Hessen Wirtschaft und Verwaltung
Abschlussprüfung Fachoberschule 2022
Vorschlag A

Aufgabenstellung

1 Svenja Meier hat sich vor zwei Jahren nach ihrer Ausbildung als Restaurantfachfrau mit einem eigenen, zunächst kleinen Dönerimbiss in der Fußgängerzone in Hanau selbstständig gemacht. Sie beschäftigt zwei Mitarbeiter. Die frischen Produkte werden vorerst im Take-Away-Verkauf (Außer-Haus-Verkauf) angeboten, außerdem bietet sie für Kantinen und Privatfeiern auch Catering an.

1.1 Da die Geschäfte zunehmend gut laufen und Umsatz und Gewinn erfreulich steigen, lässt sie sich ins Handelsregister unter dem Namen Döneria e. K. eintragen.

1.1.1 Definieren Sie den Begriff Handelsregister und beschreiben Sie den für das Handelsregister geltenden öffentlichen Glauben. (2 BE)

1.1.2 Erläutern Sie den Aufbau des Handelsregisters und ordnen Sie die Döneria e. K. einer Abteilung zu. (3 BE)

1.1.3 Nennen Sie drei Vorteile einer Einzelunternehmung gegenüber einer Personengesellschaft und beschreiben Sie drei Risiken, die mit einer Einzelunternehmung verbunden sind. (6 BE)

1.2 Da sich Frau Meier in nächster Zeit vergrößern möchte, hat sie zwei weitere Drehspieße und einen größeren Dönergrill gekauft. Dazu muss sie ein Fälligkeitsdarlehen aufnehmen, das in vier Monaten wieder zurückbezahlt werden kann.
Ihre Hausbank unterbreitet ihr folgendes Angebot: Darlehenssumme 5.800 €, Spesen in Höhe von 84 €, die einmalig zu zahlen sind und bei Auszahlung von der Kreditsumme abgezogen werden. Der Nominalzinssatz liegt bei 1,8 %.

1.2.1 Berechnen Sie für das Angebot der Hausbank den Effektivzinssatz mithilfe des Auszahlungsbetrags und der Kreditkosten.
Hinweis: Jeder Monat wird mit 30, das Jahr mit 360 Zinstagen gerechnet. (6 BE)

1.2.2 Interpretieren Sie die Abweichung des Effektivzinssatzes vom Nominalzinssatz.
Hinweis: Falls Sie Aufgabe 1.2.1 nicht gelöst haben, ist von einem Effektivzinssatz von 6 % auszugehen. (3 BE)

1.2.3 Vergleichen Sie das Fälligkeitsdarlehen mit dem Annuitätendarlehen im Hinblick auf die zu zahlenden Zinsen. (3 BE)

1.3 Svenja Meier bestellt regelmäßig alle Zutaten für ihre Produkte bei einem speziellen Großhandelsbetrieb.
Sie erhält heute eine Rechnung über 100 Kilogramm Kalbfleisch zum Preis von je 12,40 € pro Kilogramm. Das Zahlungsziel beträgt 30 Tage. Bei Zahlung innerhalb von 8 Tagen darf Frau Meier 3 % Skonto abziehen. Da sie in den nächsten 30 Tagen wegen des Kaufs der neuen Drehspieße nicht liquide ist, müsste sie bei vorzeitiger Zahlung den Kontokorrentkredit ihres Geschäftskontos in Anspruch nehmen. Der Zinssatz für den Kontokorrentkredit beträgt 12 % p. a.

1.3.1 Beschreiben Sie den Kontokorrent- und den Lieferantenkredit. (4 BE)

1.3.2 Frau Meier möchte den Skonto in Anspruch nehmen.
Ermitteln Sie den Rechnungsbetrag, den sie an den Großhandelsbetrieb überweist, sowie den Finanzierungserfolg, der sich für sie daraus ergibt, wenn sie am letzten Tag der Skontofrist zahlt.
Hinweis: Die noch anfallende Umsatzsteuer ist zu vernachlässigen. (6 BE)

2 Die Geschäfte von Frau Meier laufen zu ihrer vollen Zufriedenheit. Ihre Döner werden gerne gekauft und ihre Produktpalette wird immer umfangreicher, da sie stets versucht, den Wünschen ihrer Kundschaft gerecht zu werden. Auch das Catering wird von den Kundinnen und Kunden zunehmend in Anspruch genommen.
Besonders beliebt ist „Svenjas Döner de Luxe".

2.1 Aus der Beschreibung aus Material 1 ergibt sich, dass verschiedene Produktionsfaktoren (Elementarfaktoren) an der Herstellung eines Döners beteiligt sind.

2.1.1 Beschreiben Sie drei Elementarfaktoren und ordnen Sie jeweils ein passendes Beispiel zu. (6 BE)

2.1.2 Zu den betrieblichen Produktionsfaktoren gehört auch der dispositive Faktor.
Definieren Sie den Begriff dispositiver Faktor und erläutern Sie zwei dispositive Aufgaben bei der Dönerproduktion. (4 BE)

2.2 Um immer produktions- und lieferbereit zu sein, hat Svenja Meier ein umfangreiches Lager für ihre vielen unterschiedlichen Lebensmittel. Da es wichtig ist, hier nicht den Überblick zu verlieren, hat sie ein ausgeklügeltes System für die Materialbeschaffung entwickelt. Dazu verwendet sie in Abhängigkeit von den zu beschaffenden Materialien sowohl das Bestellrhythmus- als auch das Bestellpunktverfahren.

2.2.1 Beschreiben Sie die beiden Bestellsysteme. (4 BE)

2.2.2 „Eine Lagerhaltung sollte man sich so weit wie möglich ersparen. Man sollte sich lieber täglich beliefern lassen."
Diskutieren Sie diese Aussage anhand von je zwei Pro- und Kontra-Argumenten und entscheiden Sie, ob bei den folgenden Materialien zur Dönerherstellung Vorratshaltung sinnvoll ist:

- Materialgruppe 1: Salz, Pfeffer, Lammfleisch (tiefgekühlt)
- Materialgruppe 2: Salat, frische Kräuter und frisches Hähnchenfleisch. (7 BE)

2.2.3 Frau Meier hat 800 kg tiefgekühltes Lammfleisch bestellt, das den Bedarf für die nächsten 10 Wochen decken soll. Da es Lieferschwierigkeiten gab, konnte der Lieferant lediglich 3/4 des Fleisches liefern. Gleichzeitig steigen aufgrund einiger Catering-Aufträge die Bestellungen an, sodass 50 % mehr Lammfleisch als die ursprünglich bestellte Menge benötigt wird.
Berechnen Sie die Zeitspanne, für die die tatsächlich gelieferte Menge reicht. (4 BE)

2.3 Die Arbeit wird für Svenja Meier und ihre beiden Mitarbeiter zu viel. Sie entscheidet sich, eine weitere Teilzeitkraft für den Verkauf einzustellen. Herr Scholz arbeitet 3 Stunden täglich an 4 Tagen in der Woche und erhält einen Stundenlohn von 12,50 €.

2.3.1 Nennen und erklären Sie das vorliegende Entgeltsystem. (2 BE)

2.3.2 Berechnen Sie das Wochenentgelt des neuen Mitarbeiters und entscheiden Sie anhand je eines Vor- und eines Nachteils sowohl für das Unternehmen als auch für Herrn Scholz über die Eignung dieser Entlohnungsform. (6 BE)

3 Svenja Meier hat viele Pläne für die kommenden Monate. Sie beabsichtigt, einen kleinen Verkaufsraum im angrenzenden Gebäude zu mieten, ihn mit den eigenen Räumlichkeiten zu verbinden und einige Tische für den Verzehr vor Ort aufzustellen. Zudem ist ihr durch Beobachtung aufgefallen, dass die Nachfrage nach fleischlosen Dönern insbesondere bei ihren vielen jüngeren Kundinnen und Kunden stark gestiegen ist. Sie möchte sich diesem Trend nicht verschließen.

3.1 Bevor sie aber größere Investitionen wie die Ausweitung des Betriebs in Erwägung zieht, würde sie gerne wissen, welche Kundinnen und Kunden für ihr künftiges Angebot in Frage kommen. Dazu verwendet Frau Meier die Marktsegmentierungsstrategie.
Beschreiben Sie die Marktsegmentierung und deren Zielsetzung und stellen Sie zwei mögliche Marktsegmentierungskriterien dar. (6 BE)

3.2 Ein Teil der jüngeren Kundschaft, so ergab eine Befragung, legt großen Wert auf vegane Döner. Svenja Meier würde gerne diese Art von Dönern herstellen. In einem Artikel eines Marktforschungsinstituts hat sie kürzlich gelesen, dass die Preiselastizität für dieses Produkt bei 0,6 liegt. Sie würde den veganen Döner mit einem Einführungspreis von 3 € auf den Markt bringen und rechnet dann mit einem Absatz von 100 Stück wöchentlich. Später will sie den Preis auf 4,80 € erhöhen.

3.2.1 Erläutern Sie den Wert der Preiselastizität von 0,6 und analysieren Sie dessen Bedeutung im vorliegenden Fall. (4 BE)

3.2.2 Frau Meier möchte wissen, welche konkreten Konsequenzen die spätere Preiserhöhung auf 4,80 € hat und wie sich diese Preissteigerung auf ihren Wochenumsatz auswirkt.
Ermitteln Sie die Mengenveränderung bei der gegebenen Preiselastizität von 0,6 und berechnen Sie die Umsatzveränderung infolge des gestiegenen Preises. (6 BE)

3.2.3 Bestimmen Sie die angewendete marktorientierte Preisstrategie und diskutieren Sie je zwei Vorteile und zwei Nachteile. (6 BE)

3.3 Svenja Meier wird die veganen Döner in ihr Produktionsprogramm aufnehmen. Allerdings verlässt sie sich nicht auf Mundpropaganda, sondern sie beschließt, ihr gesamtes Sortiment mittels Printmedien zu bewerben. Dafür kommen drei Medien in die engere Auswahl (Material 2).

3.3.1 Berechnen Sie die Reichweite der drei Printmedien (Anzahl der Personen, die mit der Werbung erreicht werden können). (3 BE)

3.3.2 Definieren Sie den Begriff Tausend-Kontakte-Preis (bzw. Tausenderpreis) und ermitteln Sie unter Berechnung der jeweiligen Tausend-Kontakte-Preise das kostengünstigste Printmedium. (5 BE)

3.3.3 Frau Meier ärgert sich zwar immer, wenn sie sieht, was Werbung kostet, aber sie kennt die Aussage von Henry Ford (amerikanischer Industrieller): „Die Hälfte aller Werbeausgaben ist für die Katz. Nur – welche Hälfte?"
Beurteilen Sie dieses Zitat vor dem Hintergrund der geplanten Werbekampagne in Printmedien. (4 BE)

Material 1 Svenjas Döner de Luxe

Zwiebeln und Knoblauch abziehen und beides mit einem scharfen Messer hacken. Alles zusammen mit dem Fleisch, Öl, Oregano, Thymian, Kreuzkümmel sowie Salz und Pfeffer in eine große Stahlschüssel geben und eine Stunde ziehen lassen.
Dann die Fleischstücke mit einem Fleischhammer flachklopfen und auf dem Drehspieß anbringen, in den Grill stellen und kross grillen.
In der Zwischenzeit die Soße aus türkischem Joghurt, Ayran, Schmand sowie Mayonnaise zu einer glatten Soße mit vier gepressten Knoblauchzehen von Hand verrühren. Das Ganze mit frischen Kräutern, Salz, Pfeffer und Chiliflocken würzen. Soße vorerst kaltstellen.
Nun ist die Füllung vorzubereiten: Das Gemüse aus dem Kühlraum holen, den Kohl und den Salat in Streifen schneiden, Tomaten abwaschen und in Achtel schneiden, Salatgurke in Scheiben schneiden, Zwiebel abziehen und in halbe Ringe schneiden. Fetakäse in dünne Scheiben (ca. 40 g) portionieren. Den Ofen vorheizen und das Fladenbrot 10 Minuten bei 100 Grad erwärmen.
Schließlich das warme Fladenbrot aufklappen und die untere Seite mit Soße bestreichen. Dann die anderen Zutaten ins Fladenbrot geben – Fleisch, Salat, Rotkraut, Weißkohl, Salat, Gurke, Tomaten, Zwiebeln, Feta und das in dünne Scheiben geschnittene, gegrillte Fleisch ergänzen.

Quelle: eigene Darstellung

Material 2 Informationen zur Berechnung der Tausenderpreise

Medium	Auflage (in Stück)	durchschnittliche Leserzahl (pro Stück)	Druckkosten
Flyer	10 000	1,2	6,00 €/500 Stück
Innenstadtkurier	35 000	0,8	420,00 €/Anzeige
Hanauer Wochenblättchen	25 000	1,4	380,00 €/Anzeige

Bei den Flyern muss zusätzlich berücksichtigt werden, dass für das Verteilen von 500 Stück noch Personalkosten von 9,50 € anfallen.

Lösungsvorschlag

1.1.1 Im Handelsregister werden alle Kaufleute eines Amtsgerichtsbezirks gelistet. Es informiert die Öffentlichkeit über die rechtlichen Tatbestände innerhalb der jeweiligen Unternehmen und dient somit der Rechtssicherheit im Geschäftsverkehr.

Der Ausdruck „öffentlicher Glaube" beschreibt die Tatsache, dass sich Dritte wie z. B. Geschäftspartner eines Unternehmens grundsätzlich darauf verlassen können, dass die Informationen im Handelsregister wahrheitsgemäß sind. Dies gilt allerdings nur für eintragungspflichtige Sachverhalte, wie z. B. die Erteilung oder auch den Widerruf einer Prokura.

1.1.2 Das Handelsregister besteht aus zwei Abteilungen: Während in der Abteilung A Einzelunternehmungen und Personengesellschaften aufgeführt sind, werden Kapitalgesellschaften in Abteilung B eingetragen.

Da es sich bei „Döneria e. K." um einen eingetragenen Kaufmann/eine eingetragene Kauffrau handelt, der/die somit der Einzelunternehmung zuzuordnen ist, wird das Unternehmen in der Abteilung A des Handelsregisters erfasst.

1.1.3 Mögliche **Vorteile** sind u. a.:

- Frau Meier erhält den gesamten Gewinn, der durch die Unternehmung erwirtschaftet wird.
- Frau Meier kann alle Entscheidungen allein treffen.
- Die Gründung einer Einzelunternehmung ist sehr einfach, da hier kein Gesellschaftsvertrag nötig ist.

Mögliche **Risiken** sind u. a.:

- Bei einem negativen Erfolg des Unternehmens haftet Frau Meier nicht nur mit dem Geschäftsvermögen, sondern ebenso mit ihrem Privatvermögen.
- Genauso wie Frau Meier alle Entscheidungen trifft, muss sie auch mit negativen Auswirkungen allein klarkommen. Sie trägt das Geschäftsrisiko.
- Eine Fremdkapitalbeschaffung kann unter Umständen schwierig sein, da Frau Meier allein für die zeitgemäße Rückzahlung des Kapitals verantwortlich ist.

1.2.1

TIPP Neben dem Effektivzinssatz existiert der sogenannte Nominalzinssatz. Bei diesem werden allerdings nicht alle Kosten, die tatsächlich anfallen, berücksichtigt. Um einen umfassenden Überblick über die Kosten zu erhalten, sollte also stets der Effektivzinssatz berücksichtigt werden. Bei dieser Aufgabenstellung wird der Hinweis gegeben, dass ein Monat mit 30 und somit das ganze Jahr mit 360 Tagen angesetzt wird. Dies entspricht zwar nicht der Realität, ist jedoch bei der Berechnung des Effektivzinssatzes gang und gäbe.

$$\text{Auszahlungsbetrag} = \text{Kreditsumme} - \text{Spesen}$$
$$= 5\,800{,}00\ € - 84{,}00\ € = 5\,716{,}00\ €$$

$$\text{Zinsen} = \frac{\text{Kapital} \cdot \text{Zinssatz} \cdot \text{Tage}}{100 \cdot 360} = \frac{5\,800\ € \cdot 1{,}8 \cdot 120}{100 \cdot 360} = 34{,}80\ €$$

$$\text{Kreditkosten} = \text{Kreditzinsen} + \text{Spesen} = 34{,}80\ € + 84{,}00\ € = 118{,}80\ €$$

Berechnung des Effektivzinssatzes: $z = \frac{K \cdot p \cdot t}{100 \cdot 360}$ $\Rightarrow$ nach p umstellen

$$p = \frac{z \cdot 100 \cdot 360}{K \cdot t} = \frac{118{,}80\ € \cdot 100 \cdot 360}{5\,716{,}00\ € \cdot 120} = 6{,}24\ \%$$

1.2.2 Beim Effektivzinssatz werden alle anfallenden Kosten berücksichtig. So fließen also auch z. B. einmalige Zahlungen, wie Spesen, mit in die Berechnung ein. Dadurch liegt der Effektivzinssatz oft höher als der Nominalzinssatz. In diesem Beispiel ist der Nominalzinssatz mit 1,8 % viel niedriger als der Effektivzinssatz von 6,24 % (bzw. 6 %).

Der Unterschiedsbetrag von 4,44 % (6,24 % – 1,8 % = 4,44 %) lässt sich auf die vergleichsweise hohen Spesen für den entsprechend kurzen Zeitraum des Kredits zurückführen.

1.2.3

TIPP Als Gedankenstütze können Sie sich merken, dass Annuitätendarlehen auch für private Darlehen, z. B. eine Hausfinanzierung, abgeschlossen werden, da der Darlehensnehmer/die Darlehensnehmerin mit einer gleichbleibenden Zahlung rechnen kann.

Beim **Fälligkeitsdarlehen** werden die Zinsen vom Kreditnehmer oder der Kreditnehmerin in regelmäßigen Abständen jeweils zu einem bestimmten Termin entrichtet. Die Zinsen sind beim Fälligkeitsdarlehen immer gleich hoch, da der Kredit erst am Ende der Laufzeit in voller Höhe zurückgezahlt wird. Es wird also während der Laufzeit keine Tilgung vorgenommen.

Beim **Annuitätendarlehen** hingegen wird in regelmäßigen Abständen eine festgelegte Annuität geleistet. Diese Annuität besteht aus einer Tilgung und den Zinsen, die für den Kredit anfallen. Da die Tilgungen während der Laufzeit den Kreditbetrag verringern, die Annuität jedoch stets gleichbleibt, steigt der Tilgungsanteil in der Höhe, in der die Zinsen sinken. Die Zinsen berechnen sich stets vom noch ausstehenden Kreditbetrag. Die insgesamt zu zahlenden Zinsen sind demnach geringer als die Höhe der Zinsen beim Fälligkeitsdarlehen, sofern man vom gleichen Zinssatz bei den beiden Varianten ausgeht.

1.3.1 Beim **Kontokorrentkredit** handelt es sich um einen kurzfristigen Bankkredit, den Unternehmen für sich beanspruchen können, um kurzfristige Liquiditätsengpässe auszugleichen. Zuvor ist ein festgelegter Rahmen als Kreditlinie vereinbart worden. In der Regel fallen sehr hohe Zinsen an. Oftmals ist ein Kontokorrentkredit mit hohen Gebühren (z. B. Bereitstellungskosten) verbunden. Dies liegt daran, dass die Bank die Geldmittel jederzeit bereithalten muss, jedoch nicht weiß, wann ein entsprechender Betrag in Anspruch genommen wird.

Der **Lieferantenkredit** ist ein Kredit, den ein Lieferant seinen Kunden gewährt, indem er ein Zahlungsziel einräumt. Diese können so kurzfristige Liquiditätsengpässe ausgleichen, ohne einen Bankkredit in Anspruch nehmen zu müssen. Wenn das Zahlungsziel in Anspruch genommen wird, entfällt ein etwaiger abzuziehender Skontobetrag. Auch dieser Kredit ist für die Kunden vergleichsweise teuer.

1.3.2 Der Überweisungsbetrag ohne Skontoinanspruchnahme beträgt:

Rechnungssumme netto: 100 kg · 12,40 € = 1 240 €

Wenn Frau Meier am 8. Tag die Rechnung unter Inanspruchnahme des Skontos in Höhe von 3 % bezahlt, muss sie nur folgenden Betrag überweisen:

Rechnungssumme unter Abzug von Skonto: 1 240 € · 0,97 = 1 202,80 €

Durch die Nutzung des Skontos spart Frau Meier 37,20 €.
(1 240 € – 1 202,80 € = 37,20 €).

TIPP Bei der Berechnung der verbleibenden Tage bis zum Zahlungsziel wird häufig vergessen, dass bei Einhaltung der Frist bereits ein bestimmter Zeitraum verstrichen ist. So ist in der vorliegenden Aufgabenbeschreibung angegeben, dass die Rechnung am letzten Tag der Skontofrist bezahlt wird. Somit sind bereits 8 Tage vergangen. Diese 8 Tage muss das Konto also nicht überzogen werden und somit kein Kontokorrentkredit in Anspruch genommen werden – für die restlichen Tage des Monats jedoch schon (30 Tage – 8 Tage = 22). Diese Zinsen mindern den Finanzierungserfolg.

$$\text{Zinsen} = \frac{\text{Kapital} \cdot \text{Tage} \cdot \text{Zinssatz}}{100 \cdot 360} = \frac{1\,202{,}80\text{ €} \cdot 22\text{ Tage} \cdot 12}{100 \cdot 360\text{ Tage}} = 8{,}82\text{ €}$$

TIPP Das Jahr wird nicht mit 365 Tagen, sondern lediglich mit 360 Tagen angesetzt.

Die Zinsen für den Kontokorrentkredit für eine Laufzeit von 22 Tagen betragen 8,82 €. Somit ergibt sich ein Finanzierungserfolg durch die Skontoinanspruchnahme in Höhe von 37,20 € – 8,82 € = 28,38 €.

2.1.1

TIPP Elementarfaktoren sind die betrieblichen Produktionsfaktoren, die unverzichtbar im Herstellungsprozess sind. Hierunter fallen die Werkstoffe, die Betriebsmittel sowie die ausführende Arbeit.

Werkstoff ist der Begriff, unter dem die Rohstoffe, die Hilfsstoffe sowie die Betriebsstoffe zusammengefasst sind – also letztlich die Materialien, die im Produktionsprozess verbraucht werden. Rohstoffe stellen den Hauptbestandteil des Produkts dar.

Unter die **Betriebsmittel** fallen alle Maschinen oder eigenen Transportmittel sowie Produktionsstätten, die zur Produktion oder zum Transport der Produkte benötigt werden.

Die **ausführende Arbeit** ist eine nicht (an)leitende Tätigkeit, z. B. das Bedienen der Maschinen.

Bezogen auf das Beispiel kommen folgende **Zuordnungen** in Betracht:
- Rohstoffe: Zwiebeln, Knoblauch, Fleisch …
- Hilfsstoffe: Thymian, Kreuzkümmel …
- Betriebsmittel: Messer, Fleischhammer, Drehspieß, Kühlraum …
- Ausführende Arbeit: Mitarbeiter*innen, die Speisen zubereiten

TIPP Sie sollten bei solchen Aufgabenstellungen immer erst eine Erklärung der Begrifflichkeiten durchführen und anschließend die entsprechenden Beispiele darlegen. Wenn Sie so vorgehen, vermeiden Sie, etwas zu vergessen.

2.1.2 Der **dispositive Faktor** ist der leitende Teil in einem Betrieb, meist der/die Geschäftsführer*in. Er kontrolliert, überprüft und entscheidet über die Belange des Unternehmens. Er muss die Elementarfaktoren so miteinander verknüpfen, dass die Produktion zielgerichtet erfolgen kann.

TIPP Auch in dieser Aufgabenstellung müssen Sie Beispiele aus dem Fall heranziehen. Versetzen Sie sich in die Rolle der Inhaberin und überlegen Sie, was alles zu tun ist, damit die Produktion funktionieren kann.

Dispositive Aufgaben bei der Dönerproduktion:
- Planung der Speisekarte
- Planung und Beschaffung der Materialien (Gemüse, Fleisch, Messer …)
- Planung des Mitarbeitereinsatzes, sodass die „Produktionsstelle" immer besetzt ist
- Überwachung der Herstellung und der Qualität
- Prüfen der Finanzierung – Kalkulation der Preise zur Kostendeckung + Rücklagen

2.2.1

TIPP Zum besseren Verständnis sind der Lösung Grafiken beigefügt. In Ihrer Lösung sind keine Grafiken verlangt.

Bestellrhythmusverfahren:
Ein Unternehmen bestellt seinen Bedarf zu festgelegten Terminen. Die Bestellmenge variiert mit dem tatsächlichen Verbrauch. Es wird so viel bestellt, dass der Lagerhöchstbestand nach Bestelleingang wieder erreicht ist. Der Sicherheitsbestand (kritische Menge) muss beim Bestellrhythmusverfahren größer sein als beim Bestellpunktverfahren, um evtl. besonders starken Verbrauch kompensieren zu können, bis die nächste Bestellung lauf zeitlicher Planung erfolgt.

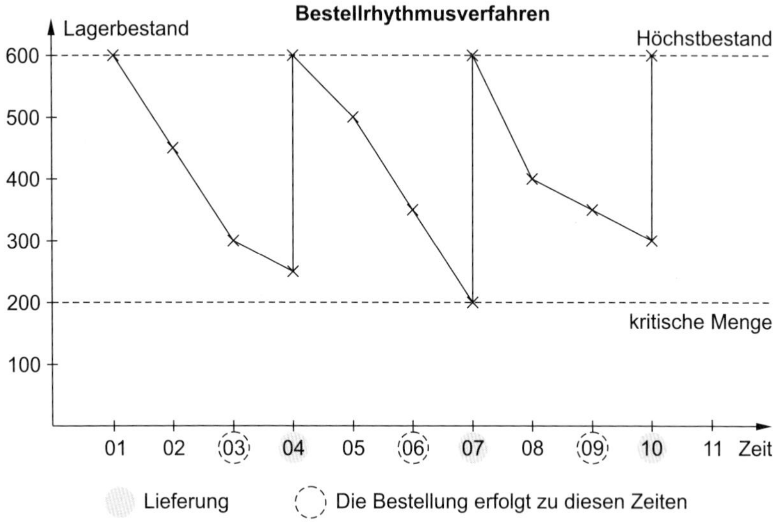

Bestellpunktverfahren:
Die Bestellung des neuen Vorrats erfolgt immer dann, wenn der Meldebestand erreicht ist. Die kritische Menge ist ein Puffer, der die Produktion auch bei Lieferengpässen sichern soll. Oftmals (vgl. auch Grafik unten) wird unterstellt, dass der Verbrauch immer gleich hoch ist. Man kann das Verfahren aber auch bei unregelmäßigem Verbrauch nutzen.

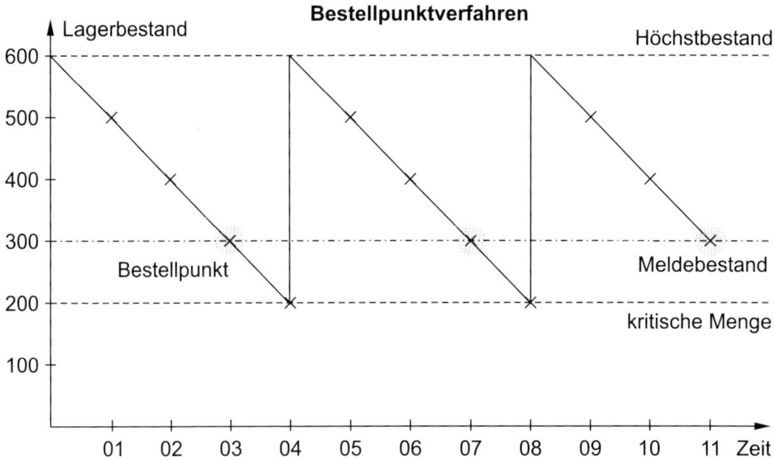

2.2.2

> **TIPP** In den Prüfungen sind immer wieder Fragen enthalten, die Sie aus Ihrem angesammelten Wissen und „Sich hineinversetzen" in die Situation gut lösen können, auch wenn Sie die Fragen zuvor nicht so gut beantworten konnten. Diese Aufgabe gehört dazu.

Für die Vorratshaltung spricht z. B.:

- auch in stark frequentierten Zeiten immer genügend Vorrat, um produzieren zu können
- Ausnutzung günstigerer Preise (z. B. durch Mengenrabatte)

Gegen die Vorratshaltung spricht z. B.:

- anfallende Lagerkosten
- Lagerrisiko (z. B. Verderb, Diebstahl …)

Das spricht für/gegen die Vorratshaltung bei den Materialgruppen:

Materialgruppe 1: Weder Salz noch Pfeffer sind schnell verderblich, und solange die Kühlkette für das Lammfleisch eingehalten wird, kann es auch länger lagern.

Materialgruppe 2: Salat, frische Kräuter oder auch frisches Hähnchenfleisch müssen schnell verbraucht werden, damit sie nicht verderben.

Bei Materialgruppe 1 ist eine Vorratshaltung sinnvoll. Es handelt sich um Produkte, die längerfristig haltbar sind. Durch den Einkauf von mehreren Produkten erhält man u. U. einen Mengenrabatt.
Die Produkte der Materialgruppe 2 sind Frischeprodukte. Eine Lagerhaltung ist nicht sinnvoll, da die Produkte zu schnell verderben.

2.2.3 Bestellung:
800 kg Lammfleisch $\triangleq$ 10 Wochen

Lieferung: $\frac{3}{4}$ des Fleisches

Bedarf:
Bestellmenge + 50 % $\Rightarrow$ 800 kg + 400 kg = 1 200 kg

Rechnung:
Geliefert wurden:

$$800\text{ kg} \cdot \frac{3}{4} = 600\text{ kg}$$

Diese 600 kg reichen, wenn der Bedarf auf 1 200 kg gestiegen ist (Stichwort Dreisatzrechnung):

$$\frac{10\text{ Wochen} \cdot 600\text{ kg}}{1\,200\text{ kg}} = 5\text{ Wochen}$$

2.3.1 Herr Scholz arbeitet in einem festen Zeitraum mit einem festen Stundenlohn. Es sind keine zusätzlichen Informationen vorhanden. Entsprechend ist vom **Zeitlohn** auszugehen.

2.3.2 Zur Berechnung des Lohns:
Arbeitsstunden je Tag · Arbeitstage je Woche · Stundenlohn = Wochenlohn

3 Stunden · 4 Tage · 12,50 € = 150 € in der Woche

TIPP Bitte beachten Sie bei dieser Aufgabenstellung, dass es nicht nur um die Berechnung des Lohns geht, sondern dass auch über die Eignung des Zeitlohns „diskutiert" werden soll. Hierbei müssen Sie Argumente einander gegenüberstellen, um letztlich eine Entscheidung treffen zu können. Sie finden im Folgenden jeweils ein Beispiel für Vor-/Nachteile. Natürlich gibt es noch weitere:

	Für den/die Arbeitgeber*in	**Für den/die Arbeitnehmer*in**
Vorteil	leichte Berechnung	Leistungsdruck wird vermieden
Nachteil	trägt Risiko von Minderleistung allein	kein Leistungsanreiz

Da nicht im Vorfeld abzuschätzen ist, wie viele Kunden/Kundinnen an einem Tag den Laden aufsuchen werden, kann die zu bearbeitende Menge stark variieren. Entsprechend ist der Zeitlohn hier sinnvoll.

TIPP Achtung: Bei einem anderen Produkt in einem anderen Beispiel kann ein komplett anderes Ergebnis herauskommen!

3.1 Bei der **Marktsegmentierung** wird der Gesamtmarkt in kleinere Segmente, also Teilmärkte, aufgegliedert. Innerhalb dieser Teilmärkte befinden sich homogene Käuferschichten, die sich von den anderen Teilmärkten z. B. im Alter, dem Einkommen oder der sozialen Schicht unterscheiden. Auch Kauf- und Verbrauchs- oder Lifestylegewohnheiten der Konsumenten können solche Unterscheidungen herbeiführen.
Das Ziel der Segmentierung ist, dass die Marketingstrategie zielgenau auf die jeweilige Käufergruppe und somit den Teilmarkt angepasst werden kann. Die Zielgruppe kann somit in der Werbung besser angesprochen werden.

Zur Darstellung möglicher **Marktsegmentierungsstrategien** können beispielsweise folgende zwei Kriterien herangezogen werden:

1. Da Frau Meier bereits in Erfahrung bringen konnte, dass viele junge Menschen ihr Angebot in Anspruch nehmen, kann sie eine Einteilung nach demografischen Merkmalen vornehmen. So kann sie eine Segmentierung anhand von Altersgruppen und/oder nach Einkommen (z. B. Schüler*innen mit wenig Einkommen) durchführen.
2. Der Lifestyle von den Kundinnen und Kunden könnte in den Fokus rücken (z. B. Ernährungsgewohnheiten). So könnte eine Aufteilung in Fleischkonsumenten und Vegetarier vorgenommen werden.

3.2.1

TIPP Eine unelastische Reaktion (< 1) auf Preisveränderungen in der Nachfrage liegt häufig bei Produkten vor, die im täglichen Bedarf vorkommen und nicht durch günstige Alternativprodukte ersetzt werden oder ganz wegfallen können. Bei Produkten, auf deren Verwendung jedoch verzichtet werden kann oder die durch günstigere Alternativen ersetzt werden können, handelt es sich oftmals um eine elastische Reaktion auf Preisveränderungen in der Nachfrage (> 1).

Da die **Preiselastizität der Nachfrage unter 1** liegt, reagiert die Nachfrage unelastisch auf Preisveränderungen. Das bedeutet, dass die nachgefragte Menge prozentual weniger abnimmt als der Preis bei einer Preiserhöhung zunimmt. Auch bei einer Preissenkung wäre die Veränderung der nachgefragten Menge unterdurchschnittlich. Im Beispiel: Die geplante Preiserhöhung verändert bei der Elastizität von 0,6 kaum den Absatz/Umsatz.
Eine **Erklärung** für die unelastische Reaktion auf Preisveränderungen könnte in der Ansicht der Konsumenten liegen. Diese sind z. B. überzeugte Veganerinnen und Veganer und achten wenig auf den Preis des Produktes, sondern legen Wert auf das vegane Produkt an sich. Der Preis ist zwar wichtig, muss aber nicht immer entscheidend für den Kauf eines Produktes sein.

3.2.2 $PE = \frac{\text{relative Mengenveränderung in \%}}{\text{relative Preisveränderung in \%}}$

relative Preisveränderung: $\frac{3\ €}{100\ \%} = \frac{4{,}80\ €}{x\ \%} \quad \Rightarrow \quad x = 160\ \%$

Daraus ergibt sich eine relative Preisveränderung in Höhe von 60 %.

Für die Berechnung einer relativen Mengenveränderung in % ist in die Formel einzusetzen:

$\frac{x\ \%}{60\ \%} = 0{,}6 \quad \Rightarrow \quad x = 36\ \%$ beträgt die relative Mengenveränderung.

100 Stück · 36 % = 36 Stück werden jetzt weniger verkauft. Daraus ergibt sich eine veränderte Absatzmenge in Höhe von 64 Stück (100 – 36 = 64).

Der bisherige Umsatz lag bei: 100 Stück · 3,00 € = 300,00 €

Der neue Umsatz liegt bei: 64 Stück · 4,80 € = 307,20 €

Durch die Anhebung des Preises auf 4,80 € werden zwar weniger Produkte verkauft, diese generieren jedoch einen um 7,20 € (307,20 € – 300,00 €) höheren Umsatz.

3.2.3 Im vorliegenden Fall möchte Frau Meier eine **Penetrationsstrategie** anwenden, bei der sie zunächst mit einem niedrigeren Preis in den Markt einsteigt, um ihn anschließend zu erhöhen.

Mögliche Vorteile:

1. Durch einen geringeren Preis werden Kunden dazu angeregt, den veganen Döner zu testen. Der Markt wird somit relativ schnell durchdrungen.
2. Sind Kundinnen und Kunden von dem Produkt überzeugt, könnten sie schnell zu Stammkunden werden.

Mögliche Nachteile:

1. Günstige Preise können den Eindruck einer schlechteren Produktqualität erwecken. Kunden könnten somit abgeschreckt werden.
2. Geringere Preise haben oftmals keinen Spielraum für Preisveränderungen bei den Rohstoffen. Steigen die Rohstoffpreise an, könnte der Verkaufspreis nicht mehr kostendeckend sein.

Die Penetrationsstrategie ist eine sehr gute Wahl, um ein Produkt auf den Markt zu bringen. Niedrigere Preise führen in der Regel zu mehr Kundinnen und Kunden, die das Produkt testen. Überzeugt das Produkt in seiner Qualität, bleiben die neuen Kunden oftmals und werden zu Stammkunden.

3.3.1 Reichweite = Auflage in Stück · durchschnittliche Leserzahl

Flyer:	10 000 Stück · 1,2 = 12 000
Innenstadtkurier:	35 000 Stück · 0,8 = 28 000
Hanauer WoBl:	25 000 Stück · 1,4 = 35 000

3.3.2 Mit dem **Tausenderpreis** wird der Betrag angegeben, der benötigt wird, um mit einem Medium 1 000 Personen zu erreichen.
Tausenderpreis (TP)

$$= \frac{\text{Kosten pro Anzeige bzw. Kosten für 10 000 Flyer}}{\text{Anzahl der Leserinnen und Leser}} \cdot 1\,000$$

Flyer:

$$\text{TP} = \frac{\left(\frac{10\,000\text{ Stück}}{500\text{ Stück}}\right) \cdot (6{,}00\,€ + 9{,}50\,€)}{12\,000\text{ Leserinnen und Leser}} \cdot 1\,000 = 25{,}83\,€$$

Innenstadtkurier:

$$\text{TP} = \frac{420{,}00\,€}{28\,000\text{ Leserinnen und Leser}} \cdot 1\,000 = 15{,}00\,€$$

Hanauer WoBl:

$$\text{TP} = \frac{380{,}00\,€}{35\,000\text{ Leserinnen und Leser}} \cdot 1\,000 = 10{,}86\,€$$

Aus Kostensicht ist das Hanauer Wochenblättchen mit 10,86 € am günstigsten. 10,86 € müssen aufgebracht werden, um 1 000 Personen mit diesem Medium zu erreichen.

3.3.3

TIPP Der hier aufgeführte Lösungsansatz ist lediglich beispielhaft. Grundsätzlich muss Ihre Lösung nachvollziehbar und verständlich sein.

Werbung ist entscheidend dafür, in den Köpfen der Kundinnen und Kunden anzukommen. Sie macht Produkte bekannt. Da es fast unmöglich ist, vorauszusagen, zu welcher Umsatzsteigerung eine Maßnahme führen wird, ist es schwierig, zu entscheiden, wie viel Geld sinnvollerweise für eine Werbekampagne ausgegeben werden sollte. Als Unternehmerin oder Unternehmer fragt man sich immer, ob auch ein geringerer Aufwand zu einem größeren Umsatz führen kann. Man muss stets überprüfen, ob die Wirtschaftlichkeit einer Maßnahme gegeben ist. Die Ergebnisse solcher Kontrollen sind erst dann aussagekräftig, wenn sonst nichts weiter im Unternehmen verändert wurde. Aber selbst dann können Einflüsse wirken, die die Aussagekraft infrage stellen. Es ist demnach kaum eindeutig zu beweisen, dass eine bestimmte Umsatzsteigerung auf eine genaue Marketingmaßnahme zurückzuführen ist. Gerade bei der Entscheidung, bestimmte Maßnahmen zu kürzen, birgt dies ein großen Risiko. Unter Umständen kürzt man genau die Maßnahmen, die die Kunden und Kundinnen erreicht haben.

Hessen Wirtschaft und Verwaltung
Abschlussprüfung Fachoberschule 2022
Vorschlag B

Aufgabenstellung

1 Die Hauser Papierfabrik KG stellt an ihrem südhessischen Produktionsort Hygienepapiere (Papiertaschentücher, Toilettenpapier und Küchenrollen) her. Das Unternehmen hat noch zwei weitere Niederlassungen in Deutschland, die aber ausschließlich als Distributionslager genutzt werden. Abnehmer der Produkte sind Großhandelsbetriebe und Einzelhandelsketten.

1.1 Seit einigen Jahren verfolgt die Hauser Papierfabrik KG in der Produktsparte Papiertaschentücher erfolgreich die Strategie der Kostenführerschaft.

1.1.1 Definieren Sie die Strategie der Kostenführerschaft und beschreiben Sie drei Voraussetzungen im Unternehmen, damit diese Strategie dort umgesetzt werden kann. (5 BE)

1.1.2 Die Unternehmensführung der Hauser Papierfabrik KG weiß, dass die ausschließliche Verfolgung der Strategie der Kostenführerschaft auch mit Problemen verbunden ist.
Erläutern Sie zwei mögliche Risiken. (4 BE)

1.2 Auf dem Markt für Hygienepapiere herrscht großer Wettbewerb. Die Preisbildung ist daher sehr wichtig.

1.2.1 Stellen Sie drei Faktoren der Preisbildung dar und begründen sie deren Bedeutung für die Hauser Papierfabrik KG in Bezug auf die von ihr gewählte Strategie. (6 BE)

1.2.2 Über Preisdifferenzierungen gewährt die Hauser Papierfabrik KG ihren Großkundinnen und Großkunden besondere Vorteile.
Beschreiben Sie den Begriff Preisdifferenzierung und bestimmen Sie zwei Arten von Preisdifferenzierungen, die das Unternehmen beim Verkauf an seine Großkundinnen und Großkunden vornehmen könnte. (5 BE)

1.3 Die Forschungs- und Entwicklungsabteilung der Hauser Papierfabrik KG hat Hundehandtücher aus Papier entwickelt, die besonders saugstark und reißfest sind. Bevor diese Handtücher in die Produktion geben können, wird ermittelt, wie hoch die Absatzmengen sein müssen, um einen Gewinn zu erzielen.
Vorab wurden folgende Daten festgestellt: Die variablen Stückkosten pro Rolle mit 30 Tüchern betragen 2,00 € und die gesamten Fixkosten belaufen sich auf 55 000 €. Die Marketingabteilung sieht einen Verkaufspreis von 4,50 €/Rolle als realistisch an.
Ermitteln Sie die Break-Even-Menge rechnerisch und grafisch sowie die Gesamtkosten bei dieser Menge und interpretieren Sie Ihr Ergebnis. (8 BE)

1.4 Um die Hundehandtücher bekannter zu machen, plant die Marketingabteilung, Radiowerbung zu schalten. Vorab soll geregelt werden, wie ein potenzieller Werbeerfolg nachvollzogen werden kann.
Stellen Sie drei Kennzahlen dar, mit denen der Erfolg von Werbemaßnahmen gemessen werden kann, und ermitteln Sie zwei mögliche Schwierigkeiten, die die Hauser Papierfabrik KG bei der Auswertung dieser Kennzahlen in Zusammenhang mit der Radiowerbung haben könnte. (5 BE)

1.5 Die Produkte des Unternehmens werden vornehmlich über den Großhandel vertrieben. Nennen Sie den Absatzweg und leiten Sie drei Aufgaben her, die der Großhandel der Hauser Papierfabrik KG abnimmt. (4 BE)

2 Die Hauser Papierfabrik KG wird immer noch von Nachfahren der Unternehmensgründer geführt. Diese sind die Komplementäre Kai Achter und Hanna Berg.

2.1 Beschreiben Sie die bei der Hauser Papierfabrik KG vorliegende Firmenart. (2 BE)

2.2 Die Unternehmensrechtsform KG (Kommanditgesellschaft) wurde nie geändert, obwohl das Unternehmen seit der Gründung gewachsen ist.
Geben Sie drei Besonderheiten dieser Rechtform wieder und begründen Sie anhand von zwei Aspekten die Beibehaltung der Rechtsform. (5 BE)

2.3 Die Kapitaleinlage des Komplementärs Kai Achter beträgt 1 600 000 € und Frau Hanna Berg als weitere Komplementärin ist mit 1 400 000 € am Unternehmen beteiligt. Zusätzlich gibt es noch die Kommanditistin Frau Zorck (Einlage: 1 200 000 €) und den Kommanditisten Herrn Nabil (Einlage: 1 050 000 €).

2.3.1 Bei der Verteilung des Gewinns erhält jeder Gesellschafter und jede Gesellschafterin gemäß Gesellschaftervertrag zunächst 5 % der Kapitaleinlage: Sofern ein Restgewinn übrigbleibt, erhalten die Komplementärin und der Komplementär doppelt so viel wie die Kommanditistin und der Kommanditist. Im vergangenen Geschäftsjahr wurde ein Gewinn von 3 450 000 € erzielt.
Berechnen Sie für jede Gesellschafterin und jeden Gesellschafter den Gewinnanteil. (8 BE)

2.3.2 Die Gewinnverteilung der Hauser Papierfabrik KG wurde individuell im Gesellschaftsvertrag festgelegt.
Stellen Sie die gesetzliche Gewinnverteilung (Handelsgesetzbuch) dar und begründen Sie anhand von zwei Aspekten die vertraglichen Regelungen der Hauser Papierfabrik KG. (6 BE)

2.4 Der Verband deutscher Papierfabriken (VDP) hat für das vergangene Jahr einige durchschnittliche Bilanzkennzahlen der Branche veröffentlicht. In Material 1 werden mehrere der letztjährigen Bilanzkennzahlen der Hauser Papierfabrik KG den veröffentlichten Branchenkennzahlen gegenübergestellt.

2.4.1 Erläutern Sie die angegebenen Bilanzkennzahlen in Material 1 und vergleichen Sie die Unternehmenskennzahlen der Papierfabrik mit den Branchendurchschnittszahlen. (6 BE)

2.4.2 Erklären Sie einen Grund für die Berechnung von Bilanzkennzahlen und nennen Sie drei Personen bzw. Personengruppen, die ein besonderes Interesse an den Ergebnissen der Bilanzkennzahlen haben. (5 BE)

3 Die Hauser Papierfabrik KG plant ihr altes Fabrikgebäude zu modernisieren. In dieser Zeit können nicht alle Papiermaschinen wie gewohnt eingesetzt werden.

3.1 Während des Umbauprozesses reichen die Produktionskapazitäten nicht aus, um alle Toilettenpapierarten herzustellen. Die Produktionsleiterin hat als Entscheidungshilfe eine Übersicht (Material 2) zusammengestellt.

3.1.1 Berechnen Sie das optimale Produktionsprogramm und interpretieren Sie Ihr Ergebnis. (10 BE)

3.1.2 Der Umbau des alten Fabrikgebäudes ist bereits seit Längerem geplant. Entwickeln Sie zwei mögliche Lösungsalternativen, die umgesetzt werden könnten, um die Auswirkungen auf die Toilettenpapierproduktion zu verringern bzw. zu vermeiden. (4 BE)

3.2 Die Hygienepapierprodukte des Unternehmens bestehen zu 99 % aus Wasser und Zellstofffasern (Altpapier- oder Holzfasern) sowie einer geringen Menge an Bleichmitteln und/oder Farbe.

3.2.1 Die Zellstofffasern werden in Säcken im Lager auf Vorrat gehalten. Der Wert des durchschnittlichen Lagerbestands beträgt 54 500 €. Der wertmäßige jährliche Verbrauch umfasst 196 200 €. Berechnen Sie die Umschlagshäufigkeit sowie die durchschnittliche Lagerdauer in Tagen und interpretieren Sie diese beiden Lagerkennzahlen. (6 BE)

3.2.2 Der Lagerleiter möchte die durchschnittliche Lagerdauer von Zellstofffasern senken.
Geben Sie einen Zielkonflikt an, den der Lagerleiter dabei beachten muss, und beschreiben Sie zwei Maßnahmen, um die durchschnittliche Lagerdauer zu verkürzen. (5 BE)

3.2.3 Die Komplementäre des Unternehmens möchten über die Höhe der Lagerzinsen informiert werden.
Berechnen Sie die Lagerzinsen bei einem Lagerzinssatz von 1,3 % und begründen Sie die Notwendigkeit der Berechnung. (4 BE)

3.3 Die Hauser Papierfabrik KG stellt unterschiedliche Arten von Hygienepapieren in Sortenfertigung her.
Beschreiben Sie die Sortenfertigung anhand von zwei Merkmalen. (2 BE)

Material 1 Bilanzkennzahlen

Kennzahl	Branchendurchschnitt	Hauser Papierfabrik KG
Verschuldungsgrad	115 %	193 %
Deckungsgrad I	**93 %**	**81 %**
Deckungsgrad II	98 %	159 %

Material 2 Informationen zur Berechnung des optimalen Produktionsprogramms

Toilettenpapier je Packung	absetzbare Menge in Packungen	Verkaufspreis in € je Packung	variable Kosten in € je Packung	Fertigungszeit in Minuten je Packung
mit Kamillenduft	70 000	1,62	1,20	6,0
mit Blumenprägung	84 000	1,25	1,10	7,5
mit Farbdruck	80 000	1,75	1,30	7,5
aus Recyclingpapier	90 000	1,55	1,15	5,0

Die gesamte Papiermaschinenauslastung ist während der Modernisierung auf 12 150 Maschinenstunden beschränkt.

Lösungsvorschlag

1.1.1 Definition:

Bei der Strategie der Kostenführerschaft erlangt das Unternehmen durch geringere Kosten einen Wettbewerbsvorteil gegenüber Mitbewerbern. Die niedrigen Kosten werden in Form von günstigen Preisen an die Kunden weitergegeben und locken diese an. Ziel ist es, dass sie das Produkt testen und anschließend zu wiederkehrenden Käufern werden. Niedrige Preise des eigenen Produktes schrecken zudem potenzielle Konkurrenten ab, da es für diese schwieriger wird, in den Markt einzutreten.

Beispiele für Voraussetzungen, die gegeben sein müssen:

- Die Strategie der Kostenführerschaft erfordert eine möglichst gleichartige Produktpalette. Bei der Papierfabrik lassen sich beispielsweise Papiertaschentücher nennen.
- Wichtig ist zudem eine genau berechnete und vor allem günstige Kostenstruktur im Unternehmen. Im Normalfall sind moderne und somit effiziente bzw. sparsame Produktionsanlagen nötig, um trotz niedriger Verkaufspreise noch Gewinne zu erzielen.
- Weiterhin sollten die Produktionsabläufe sowie die Abläufe in anderen Abteilungen möglichst standardisiert sein, damit diese kostengünstig funktionieren.
- Ebenfalls entscheidend ist die Lohnstruktur der Arbeitnehmer im Unternehmen. Diese muss möglichst kostengünstig sein.
- Um Kosten zu sparen, sind große Mengen beim Einkauf und der Produktion zu bevorzugen. Durch höhere Einkaufsmengen bei Zulieferern lassen sich Skaleneffekte (Größeneffekte) erreichen. In der Produktion kann durch eine große Produktionsmenge eine Fixkostendegression herbeigeführt werden: Die fixen Kosten werden durch eine große Produktionsmenge auf mehrere Einheiten verteilt.
- Die Kapazitätsauslastung sollte möglichst hoch sein. Leerstand in der Produktion muss vermieden werden.

1.1.2

TIPP

Sie müssen zwei Risiken angeben und diese im weiteren Verlauf mit zusätzlichen Informationen stützen. Ggf. können auch Beispiele genannt werden. Es reicht nicht, wenn Sie die Risiken lediglich nennen.

Mögliche Risiken:

- Auch bei Anwendung der Strategie der Kostenführerschaft sollten alle weiteren Aspekte rund um das Unternehmen sowie das Markgeschehen im Auge behalten werden. Verfolgt z. B. ein (neuer) Marktteilnehmer die gleiche Strategie, kann schnell ein ruinöser Preiskampf zwischen den Marktteilnehmern entstehen.
- Ein weiteres Risiko liegt in den gleichbleibend niedrigen Lohnkosten. Diese können die Mitarbeiter demotivieren, was sich wiederum negativ auf das Produkt auswirken kann (z. B. Risiko von Fehlern).
- Ein hoher Preisdruck auf die Lieferanten kann sich ebenfalls negativ auf die Qualität des Produktes auswirken, wenn beispielsweise bei Roh-, Hilfs- und Betriebsstoffen gespart wird. Auch das Vertrauensverhältnis der Lieferanten könnte beschädigt werden. Eine Auslagerung der Produktion in Niedriglohnländer kann zwar die Kosten senken, jedoch ist dies oft mit Qualitätsabstrichen verbunden. Zudem könnte das Image des Unternehmens darunter leiden, wenn beispielweise in einem Land produziert wird, in dem Menschenrechte nicht ausreichend respektiert werden.

1.2.1

TIPP Es gibt interne und externe Faktoren, die Einfluss auf die Preisbildung nehmen können. Bei der Aufgabenstellung ist eine Unterscheidung nicht entscheidend. Somit kann beides angeführt werden.

Mögliche Faktoren:

- Bei der kostenorientierten Preisbildung möchte ein Unternehmen die eigenen Preisvorstellungen am Markt durchsetzen. Der Listenpreis eines Produktes ergibt sich durch die Selbstkosten sowie einen selbst bestimmten Gewinnaufschlag auf die Selbstkosten.
- Die nachfrageorientierte Preisbildung orientiert sich, wie es der Name bereits zum Ausdruck bringt, an der Nachfrage und benötigt somit Marktforschungsergebnisse. Hierbei ist die Ermittlung der Preisbereitschaft der Kundinnen und Kunden wichtig. Zusätzlich muss eine Kosten- und Gewinnberechnung durchgeführt werden.
- Die konkurrenzorientierte Preisbildung ruft den Branchenpreis, auch „durchschnittlicher Marktpreis" genannt, auf. Es ist zudem möglich, dass man sich an einem bestimmten Unternehmen, dem Preisführer, orientiert. Auch hier kann nicht auf die eigene Kosten- und Gewinnberechnung verzichtet werden. Es nützt nichts, wenn man mit dem Preis der Konkurrenz seine eigenen Kosten gar nicht mehr decken könnte.

Bedeutung:

Für die Hauser Papierfabrik KG ist die kostenorientierte Preisbildung besonders entscheidend, da sie in der Produktsparte der Taschentücher die Kostenführerschaft als Strategie gewählt hat. Natürlich werden dabei auch die

Preise der Konkurrenz im Auge behalten. Der festzulegende Preis sollte auf Basis einer minimalen Kostenstruktur so gestaltet werden, dass er stets günstiger als der Preis der Konkurrenz ist. Da es sich bei dem betrachteten Produkt um Hygienepapier handelt, werden sich die Kundinnen und Kunden vermutlich an einem niedrigen Preis ausrichten und einen höheren Preis lediglich dann akzeptieren, wenn sie einen Zusatznutzen, z. B. Taschentücher mit Duft, erhalten.

1.2.2

TIPP Die Preisdifferenzierung ist ein Instrument der Preispolitik. Ein Unternehmen kann mithilfe der Preisdifferenzierung die maximale Zahlungsbereitschaft eines Kunden abschöpfen. Es gibt verschiedene Arten der Preisdifferenzierung:

1. Räumliche Preisdifferenzierung
2. Zeitliche Preisdifferenzierung
3. Sachliche Preisdifferenzierung
4. Personelle Preisdifferenzierung
5. Preisdifferenzierung nach der Menge
6. Sonstige Preisdifferenzierung (verdeckt und leistungsbezogen)

Beschreibung:
Bei der Preisdifferenzierung wird ein Produkt auf dem Markt zu unterschiedlichen Preisen angeboten.

Drei Möglichkeiten (nur zwei gefordert):

- Wenn die Papierfabrik KG bestimmten Personengruppen, wie z. B. ihren Großkundinnen und Großkunden, einen Preisvorteil gewährt, dann handelt es sich i. d. R. um eine personelle Preisdifferenzierung. Es ist von einer Preisdifferenzierung aufgrund der nachgefragten Menge auszugehen. Großkundinnen und Großkunden bestellen zumeist eine größere Menge, wodurch die Papierfabrik KG einen besseren Preis anbieten kann.
- Eine weitere Möglichkeit der Preisdifferenzierung stellt die zeitliche Preisdifferenzierung dar. Die Papierfabrik KG könnte ihre Papiertaschentücher beispielsweise in der kalten Jahreszeit günstiger für die Großkundinnen und -kunden anbieten, da sie von einer größeren Absatzmenge aufgrund des höheren Erkältungsaufkommens ausgeht.
- Weiterhin kann auch eine räumliche Preisdifferenzierung in Betracht gezogen werden. Die Papierfabrik KG kann Kundinnen und Kunden im In- und Ausland unterschiedliche Preise anbieten. Diese entsprächen der jeweiligen Marktsituation.

1.3 **Rechnerische Lösung:**

$$\text{Break-Even-Point: } \frac{\text{Fixkosten}}{\text{Preis} - \text{variable Stückkosten}} = \frac{55\,000\ €}{4{,}50\ € - 2\ €}$$

$$= \frac{55\,000\ €}{2{,}50\ €} = 22\,000 \text{ Rollen}$$

Zeichnerische Lösung:

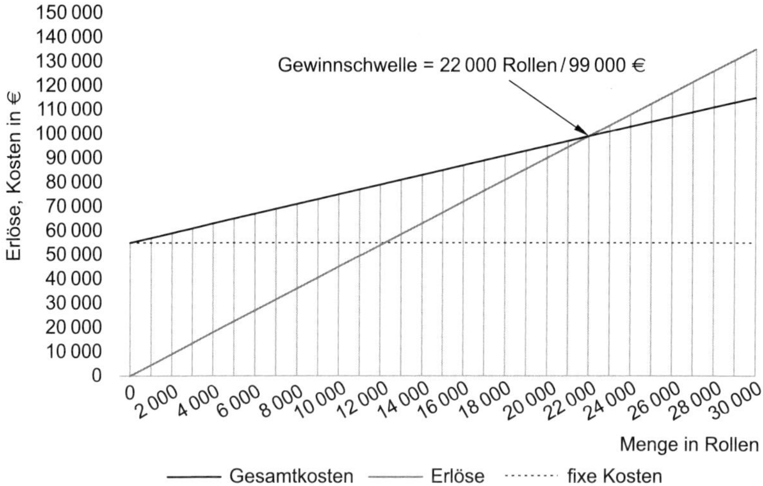

Im Break-Even-Point sind die Kosten und die Erlöse identisch. An diesem Punkt werden weder Gewinn noch Verlust erzielt. Bei einer Stückzahl von 22 001 Rollen würde das Unternehmen Gewinn erzielen.

> **TIPP** Bei dem betrachteten Produkt handelt es sich um ein nichtteilbares. Demnach ergibt sich der Gewinn erst ab der ganzen Einheit. Handelt es sich um teilbare Produkte, wie z. B. Liter oder kg, so kann der genaue Wert herangezogen werden. Wird also bei einem nichtteilbaren Produkt in der Rechnung eine Kommazahl berechnet, so muss bei der Interpretation aufgerundet werden.

1.4

> **TIPP** Ob eine Werbemaßnahme wirksam ist, lässt sich anhand der Umsatz- und/ oder Absatzsteigerungen erkennen (Umsatz nach Werbung – Umsatz vor Werbung). Um auf den Erfolg schließen zu können, müssen die Kosten für die Werbemaßnahme miteinbezogen werden.

$$\textbf{Werberendite} = \frac{\text{Werbeerfolg} \cdot 100}{\text{Werbekosten}}$$

Werbegewinn = Umsatzsteigerung (durch Werbung) – Kosten der Werbung

Eine weitere Größe, die berechnet werden könnte, ist der Erinnerungserfolg.

$$\textbf{Erinnerungserfolg} = \frac{\text{Zahl der sich an die Werbung Erinnernden}}{\text{Zahl der Umworbenen}} \cdot 100$$

Folgende **Schwierigkeiten** könnten sich bei der Auswertung der Kennzahlen ergeben:

- Grundsätzlich lässt sich nicht nachvollziehen, wie viele Menschen die Werbung im Radio gehört haben und wie viele Menschen die Hundehandtücher nur im stationären Handel gesehen haben. Man weiß also nicht genau, wie die potenziellen Kunden auf das Produkt aufmerksam gemacht wurden.
- Unabhängig von den Werbemaßnahmen könnten sich die Absatzzahlen aufgrund von externen Faktoren positiv für das Unternehmen entwickeln. So könnten Hundehandtücher vermehrt benötigt werden, wenn es über einen längeren Zeitraum regnet und Hundebesitzer*innen Handtücher nach dem täglichen Spazierengehen mit dem Hund benötigen.

1.5 Es handelt sich um den **indirekten Absatzweg**.

Aufgaben:
Im Großhandel werden Waren verschiedener Hersteller aufgekauft, um über eine Zusammenfassung unterschiedlicher Produkte ein Sortiment zusammenzustellen. Die Waren werden anschließend an die Kundinnen und Kunden weiterverkauft. Somit ist der Großhandel für die Aufgabe der **Sortimentsgestaltung** verantwortlich.
Bei einer wechselnden Nachfrage übernimmt der Großhandel die Lagerung und überbrückt damit den Zeitraum zwischen der Fertigung und dem Absatz der Waren (Aufgabe der **Lagerhaltung**).
Außerdem ermöglicht der Großhandel der Hauser Papier KG, weitere Kundenkreise und Verkaufsgebiete zu erschließen. Diese könnten ohne den Großhandel unerreichbar sein (Aufgabe der **Markterschließung**).

2.1 Da der Name des Unternehmens aus einer Kombination aus Personenname und Gegenstand (Papierfabrik) besteht, handelt es sich um eine **Mischfirma**.

2.2 **Drei mögliche Besonderheiten:**

1. Für die Gründung einer Kommanditgesellschaft sind mindestens zwei Personen notwendig. Eine der beiden Personen muss ein Vollhafter (Komplementärin oder Komplementär) sein und die andere Person entspricht dem Teilhafter (Kommanditistin oder Kommanditist).
2. Kommanditistinnen und Kommanditisten haben keine Geschäftsführungs- oder Vertretungsbefugnis. Als Angestellte des Unternehmens können sie aber Prokura erhalten.

3. Der Jahresabschluss des Unternehmens kann von den Kommanditistinnen und Kommanditisten kontrolliert werden. Dieses Recht steht ihnen im Rahmen ihres Status zu. Sie können somit Einblick in die Bücher und Unterlagen des Unternehmens verlangen.

Zwei mögliche Begründungen für die Beibehaltung der Rechtsform:

1. Für eine Beibehaltung der Rechtsform spricht die Möglichkeit, individuelle Vereinbarungen im Gesellschaftsvertrag treffen zu können. Zwar gibt es gesetzliche Regelungen, aber die Vertragsbestandteile an sich sind individuell.
2. Eine Kommanditgesellschaft ist relativ einfach erweiterbar. So können neue Investorinnen und Investoren je nach ihren individuellen Bedürfnissen mit in das Unternehmen einsteigen. Durch die Rollenverteilungen als Komplementär*in oder Kommanditist*in sind die Aufgaben der neuen Gesellschafter bzw. Gesellschafterinnen übersichtlich gestaltet.

2.3.1

TIPP Gewinn = Kapiteleinlage · Verzinsung

Summiert man die Gewinne der Gesellschafterinnen und Gesellschafter und erhält einen Restgewinn, so verteilt sich dieser auf die einzelnen Gesellschafterinnen und Gesellschafter je nach Vereinbarung im Gesellschaftsvertrag. Im Beispiel erhalten die Komplementärinnen bzw. Komplementäre doppelt so viel wie die Kommanditistinnen bzw. Kommanditisten. Eine solche Vereinbarung ist i. d. R. mit dem erhöhten Haftungsrisiko verbunden. Grundsätzlich ist eine solche Verteilung in der Praxis sehr verbreitet.

Gewinnberechnung für den/die Gesellschafter*in anhand der Verzinsung der Kapitaleinlage:

Gewinn des Komplementärs Kai Achter: 1 600 000 € · 5 % = 80 000 €

Gewinn der Komplementärin Hanna Berg: 1 400 000 € · 5 % = 70 000 €

Gewinn der Kommanditistin Frau Zorck: 1 200 000 € · 5 % = 60 000 €

Gewinn des Kommanditisten Herr Nabil: 1 050 000 € · 5 % = 52 500 €

Somit wird ein Gewinn in Höhe von 262 500 € (80 000 € + 70 000 € + 60 000 € + 52 500 €) verteilt. Da der tatsächliche Gewinn jedoch bei 3 450 000 € liegt, muss der restliche Gewinn (3 450 000 € – 262 500 € = 3 187 500 €) gemäß den individuellen Vereinbarungen auf die Gesellschafter*innen verteilt werden. Da die Komplementärin und der Komplementär doppelt so viel vom Restgewinn erhalten wie die Kommanditistin und der Kommanditist, muss der Restgewinn in sechs Teile aufgeteilt werden. Daraus ergibt sich folgende Rechnung:

Verteilung des Restgewinns in sechs Teile = 3 187 500 € : 6 = 531 250 €

Die Komplementäre Kai Achter und Hanna Berg erhalten demnach zusätzlich zu ihren verzinsten Einlagen 1 062 500 € (= 531 250 € · 2). Die Kommanditisten Frau Zorck und Herr Nabil erhalten zusätzlich zu ihren verzinsten Einlagen 531 250 €.

Demnach ergibt sich folgende **Endverteilung des Gewinns:**
Kai Achter: 80 000 € + 1 062 500 € = 1 142 500 €
Hanna Berg: 70 000 € + 1 062 500 € = 1 132 500 €
Frau Zorck: 60 000 € + 531 250 € = 591 250 €
Herr Nabil: 52 500 € + 531 250 € = 583 750 €

2.3.2 Gesetzliche Gewinnverteilung:
Nach dem Handelsgesetzbuch (HGB) ist eine Einlagenverzinsung von 4 % festgeschrieben. Jeder Gesellschafter bzw. jede Gesellschafterin erhält demnach 4 % von seinem bzw. ihrem eingesetzten Kapital vom Gewinn des Unternehmens. Ist über diesen Gewinn hinaus noch ein Restgewinn übrig, so wird dieser angemessen verteilt.
Sofern der Jahresgewinn niedriger ausfällt, als die Regelung der 4 %-Verzinsung vorgibt, muss ein niedrigerer Prozentsatz gewählt werden.

Mögliche Begründungen der vertraglichen Regelungen:
Komplementäre erhalten i. d. R. einen höheren Anteil am Gewinn, weil sie auch mit ihrem Privatvermögen haften. So lässt sich erklären, dass die beiden Komplementäre jeweils doppelt so viel vom Restgewinn erhalten als die beiden Kommanditisten.
Dass im Gesellschaftsvertrag eine Verzinsung von 5 % des eingesetzten Kapitals festgehalten ist, und somit 1 % mehr als gesetzlich vorgeschrieben, lässt sich damit begründen, dass die Papierfabrik KG schon langjährig besteht und der Gesellschaftsvertrag vermutlich in einer Zeit mit höheren Marktzinsen vereinbart wurde.

2.4.1 Der **Verschuldungsgrad** gibt an, wie das Verhältnis von Fremdkapital zu Eigenkapital ist. Je höher der Verschuldungsgrad ist, desto mehr Kredite hat ein Unternehmen aufgenommen und desto höher ist die Abhängigkeit von externen Kapitalgebern. Grundsätzlich sollte der Verschuldungsgrad eines Unternehmens das Doppelte des Eigenkapitals nicht überschreiten. Der Wert sollte dementsprechend unter 200 % liegen. Die Papierfabrik liegt mit 193 % knapp unter dem Schwellenwert, was als positiv zu bewerten ist. Allerding ist der Branchendurchschnitt deutlich niedriger und es sollte darauf geachtet werden, dass die Verschuldung nicht noch weiter zunimmt.

Der **Deckungsgrad I** gibt an, inwiefern das Anlagevermögen durch Eigenkapital finanziert wurde. Daher nennt man ihn auch Anlagendeckungsgrad I. Der betrachtete Wert sollte zwischen 80 und 100 % liegen. Mit 81 % liegt der Deckungsgrad I der Hauser Papierfabrik KG gerade noch im Wertebereich. Der Branchendurchschnitt ist mit 93 % etwas höher. Das bedeutet, dass diese

Unternehmen im Durchschnitt einen höheren Anteil des Anlagevermögens durch Eigenkapital gedeckt haben.

Der **Deckungsgrad II**, auch Anlagendeckungsgrad II genannt, setzt das Eigenkapital und das langfristige Fremdkapital ins Verhältnis zum Anlagevermögen. Mithilfe dieses Wertes kann berechnet werden, ob die Finanzierung des Anlagevermögens langfristig gesichert ist. Der betrachtete Wert sollte mindestens zwischen 110 % und 120 % liegen. Liegt er nicht in diesem Bereich, so kann es zu kurzfristigen Liquiditätsengpässen kommen. Im Branchendurchschnitt beträgt der Deckungsgrad II 98 %, was bedeutet, dass viele Unternehmen ihr Anlagevermögen nicht ausreichend durch langfristige Finanzierungen und Eigenkapital abgesichert haben. Der Wert der Hauser Papierfabrik dagegen liegt mit 159 % deutlich über dem Durchschnitt.

2.4.2 Grund für die Berechnung von Bilanzkennzahlen:

Durch die Berechnung von Bilanzkennzahlen können Jahresabschlüsse aus vorherigen Jahren bzw. Jahresabschlüsse von Unternehmen innerhalb der gleichen Branche miteinander verglichen werden. So lässt sich die wirtschaftliche Lage eines Unternehmens beurteilen und etwaige Probleme lassen sich frühzeitig erkennen. Insgesamt zeigen sich die Stärken und Schwächen des Unternehmens.

Interessenten (nur drei gefordert):

An den Ergebnissen der Bilanzkennzahlen können z. B. die Geschäftsführung, die Gesellschafterinnen und Gesellschafter, die Kundinnen und Kunden, die Lieferantinnen und Lieferanten sowie die Arbeitnehmerinnen und Arbeitnehmer interessiert sein. Auch Banken können sich notwendige Informationen über Kennzahlen besorgen, wenn z. B. neue Kredit benötigt werden.

3.1.1

TIPP Die angegebenen Materialien sind im Anhang der Prüfung zu finden. Beim optimalen Produktionsprogramm geht es immer darum, die Produktionsreihenfolge festzulegen. Dies kommt daher, dass Sie als Unternehmen immer nur eine bestimmte Maschinenstundenkapazität zur Verfügung haben. Wenn nun aber mehr Anfragen kommen, als Kapazitäten zur Verfügung stehen, muss eine Rangfolge festgelegt werden.

Hierbei spielt nicht nur **db** eine Rolle, sondern auch der sogenannte **relative db**. Die hergestellten Produkte benötigen in der Fertigung unterschiedlich viel Zeit. Dieser zeitliche Faktor ist allerdings beim db nicht mitberücksichtigt – anders beim relativen db.

Berechnungsschritte:

1. Berechnung des db:
   db = Verkaufspreis pro Stück – variable Kosten pro Stück
2. Berechnung des relativen db:
   $$\text{relativer db} = \frac{\text{db}}{\text{Fertigungszeit je Stück}}$$
3. Festlegen der Rangfolge:
   Der größte rel. db erhält den Rang 1, der zweitgrößte den Rang 2 usw.
4. Neusortierung der 1. Spalte nach Rangfolge
5. Eintragen der absetzbaren Menge in Spalte 2
6. Berechnung der Engpasszeit, wenn alle Produkte produziert werden können:
   Engpasszeit = absetzbare Menge · Fertigungszeit
7. In dieser Aufgabenstellung ist die max. Maschinenlaufzeit in Stunden angegeben. Die Engpasszeit ist in Minuten gerechnet. Entsprechend ist eine Umrechnung erforderlich:
   $$\text{Engpasszeit in Stunden} = \frac{\text{Engpasszeit in Minuten}}{60}$$
8. Herausfinden, welche Produkte in welcher Menge produziert werden können:
   Regel: Je nach Rang die Engpasszeiten in Stunden zusammenrechnen (kumulieren). Bei dem Rang, der nicht mehr vollständig produziert werden kann, wie folgt vorgehen:
   $$\text{(reell) absetzbare Menge} = \frac{\text{verbleibende Restzeit bis Kapazitätsende} \cdot 60}{\text{Fertigungszeit}}$$

Bezogen auf die Aufgabenstellung:

Toiletten-papier	Verkaufs-preis	variable Kosten	**db (1.)**	Ferti-gungs-zeit	**rel. db (2.)**	**Rang (3.)**
Kamillenduft	1,62	1,20	**0,42**	6,0	**0,07**	**2**
Blumen-prägung	1,25	1,10	**0,15**	7,5	**0,02**	**4**
Farbdruck	1,75	1,30	**0,45**	7,5	**0,06**	**3**
Recycling-papier	1,55	1,15	**0,40**	5,0	**0,08**	**1**

Toiletten-papier (4.)	absetzbare Menge (5.)	**Engpasszeit in Minuten (6.)**	**Engpasszeit in Stunden (7.)**	**kumulierte Engpasszeit (8.)**
Recycling-papier	90 000	**450 000**	**7 500**	**7 500**
Kamillen-duft	~~70 000~~ **46 500**	~~**420 000**~~ **279 000**	~~**7 000**~~ **4 650**	**7 500 + 4 650 = 12 150**
Farbdruck	80 000	**600 000**	**10 000**	–
Blumen-prägung	84 000	**630 000**	**10 500**	–

Maschinenstunden insg.: 12 150

Berechnung für das Toilettenpapier Kamillenduft (8.):

$12\,150 - 7\,500 = 4\,650$ ⇒ mögliche Engpasszeit in Stunden
$4\,650 \cdot 60 = 279\,000$ ⇒ mögliche Engpasszeit in Minuten
$279\,000 : 6 = 46\,500$ ⇒ mögliche absetzbare Menge

Interpretation:

Aufgrund des Kapazitätsengpasses können nicht alle absetzbaren Produkte produziert werden. Es wurden zuerst die Produkte produziert, deren relativer Deckungsbeitrag am höchsten war, um einen möglichst großen Gewinn zu erwirtschaften.

Das Recyclingpapier wird komplett produziert. Für Kamillenduft reichen die zeitlichen Kapazitäten aber schon nicht mehr vollständig aus. Entsprechend beläuft sich hier die Produktionsmenge auf 46 500.

Für das Toilettenpapier Farbaufdruck sowie Blumenprägung muss aufgrund der nicht mehr vorhandenen Kapazität vollständig verzichtet werden.

3.1.2 Je länger die Vorlaufzeit für den Umbau einer Anlage ist, umso mehr Möglichkeiten bleiben einem Unternehmen, den Produktionsausfall möglichst kostengünstig und bedarfsdeckend zu kompensieren.

Die einfachste Möglichkeit, wenn es die Produktionslage sowie die Lagerkapazitäten zulassen, wäre, im Vorfeld so viele Produkte zu produzieren und auf Lager zu legen, dass auch ein Produktionsengpass keine Absatzfolgen nach sich zieht. Dies wäre z. B. über Zusatzschichten möglich (in Abstimmung mit dem Betriebsrat).

Eine weitere Möglichkeit wäre, die Produkte von einem anderen Unternehmen produzieren zu lassen (Fremdbezug). Hierbei müsste allerdings gewährleistet sein, dass das andere Unternehmen in der gleichen Qualität produziert.

3.2.1

TIPP Die Berechnung von Lagerkennzahlen finden Sie immer wieder in Abschlussprüfungen. Hierbei geht es meist nicht nur darum, die Kennzahlen berechnen zu können – sondern auch darum, dass Sie um deren Bedeutung im betrieblichen Ablauf wissen und die Zahlen entsprechend interpretieren können. Die in dieser Aufgabenstellung benötigten Kennzahlen sind die Umschlagshäufigkeit sowie die durchschnittliche Lagerdauer in Tagen.

Formeln:

$$\text{Umschlagshäufigkeit} = \frac{\text{Jahresverbrauch}}{\text{durchschnittlicher Lagerbestand}}$$

$$\text{durchschnittliche Lagerdauer} = \frac{360}{\text{Umschlagshäufigkeit}}$$

Umschlagshäufigkeit:

$$\text{Umschlagshäufigkeit} = \frac{196\,200}{54\,500} = 3,6$$

Diese Kennzahl gibt an, wie häufig der Lagerbestand an die Produktion weitergeleitet und im Lager ersetzt wurde. Je höher die Umschlagshäufigkeit ist, desto geringer ist die Lagerdauer, was wiederum zur Senkung der Lagerkosten beiträgt. Der Lagerbestand an Zellstofffasern wird 3,6-mal im Jahr erneuert.

Durchschnittliche Lagerdauer:

$$\text{durchschnittliche Lagerdauer:} \frac{360}{3,6} = 100 \text{ Tage}$$

Diese Kennzahl gibt, wie der Name schon sagt, die durchschnittliche Lagerdauer der Produkte an. Je kleiner der Wert ist, umso höher ist die Wirtschaftlichkeit des Lagers und umso geringer die Kapitalbindung. Die Zellstofffasern liegen durchschnittlich 100 Tage im Lager.

TIPP Bitte erklären Sie in einer solchen Aufgabe („interpretieren") auch die Begriffe.

3.2.2

> **TIPP**
> Unternehmen verfolgen i. d. R. mehrere Ziele, z. B. die Gewinnmaximierung, die Zufriedenheit der Mitarbeiter*innen oder auch das Senken von Lagerkosten, wie es aufgrund der Aufgabe 3.2.1 naheliegt. Das Problem ist, dass häufig Zielkonflikte auftreten – d. h., durch die Bemühungen, ein Ziel zu erreichen, wird ein anderes Ziel negativ beeinflusst. In dieser Aufgabe sollen Sie einen Zielkonflikt angeben und zwei Maßnahmen beschreiben. Im Folgenden wird bei beiden gewählten Maßnahmen ein möglicher Konflikt angegeben.

Die Lagerdauer könnte z. B. dadurch gesenkt werden, dass der durchschnittliche Lagerbestand verkleinert wird (pro Bestellung weniger bestellt wird). Dies bedeutet jedoch, dass das Unternehmen häufiger bestellen muss, was die Bestellkosten erhöht. Hier muss entsprechend abgewogen werden, um die Kosten insgesamt gering zu halten. Ansonsten kann es zu einem Konflikt zwischen Kostensenkung und Verkürzung der Lagerdauer kommen.

Eine zweite Maßnahme wäre die Steigerung der verkauften Menge (des Absatzes). In diesem Fall würde mehr Material in der Produktion benötigt, das Lager würde sich schneller leeren. Hierzu sind jedoch meist Marketingmaßnahmen nötig, deren Kosten bei den Überlegungen mitberücksichtigt werden müssen, um das Ziel der Umsatzmaximierung nicht aus den Augen zu verlieren.

3.2.3

> **TIPP**
> Wenn das Unternehmen Kapital bei der Bank anlegt, erhält es dafür bestenfalls Zinszahlungen.
> Im Beispiel ist das Geld jedoch in Produkte investiert, die im Lager liegen. Es muss also folgende Frage beantwortet werden: „Wenn wir dieses Geld bei der Bank angelegt hätten, wie viele Zinsen hätten wir dann erhalten?"
>
> Formel:
>
> $$\text{Lagerzinsen} = \frac{\text{Wert des durchschnittl. Lagerbestandes} \cdot \text{Lagerzinssatz}}{100}$$

Berechnung:

$$\text{Lagerzinsen} = \frac{54\,500 \cdot 1{,}3}{100} = 708{,}50 \text{ €}$$

Begründung:

Lagerzinsen geben an, wie viel das in Lagerbeständen gebundene Kapital kostet. Die Berechnung dieser Kennzahl ist für die Komplementäre wichtig, da von diesem Geld auch andere Investitionen hätten getätigt werden können, die unter Umständen zu einem höheren Gewinn hätten führen können.

3.3

TIPP

Generell gibt es verschiedene Fertigungstypen:

- Massenfertigung
- Sortenfertigung
- Serienfertigung
- Einzelfertigung

Jeder Typ hat dabei unterschiedliche Merkmale. In der Aufgabenstellung geht es darum, die Sortenfertigung näher, anhand von zwei Merkmalen, zu beschreiben. Hier könnten z. B. folgende Aspekte genannt werden:

- Bei der Sortenfertigung werden verschiedene Produktarten innerhalb einer Erzeugnisgattung hergestellt: Z. B. stellt ein Unternehmen generell Papier (Erzeugnisgattung) her, darunter 80-g-Papier und 100-g-Papier (Produktart).
- Es werden gemeinsame Rohstoffe für die Produkte genutzt.
- Die Produktion findet nur über einen bestimmten Zeitraum/Menge statt – anschließend folgt die nächste Produktart.

Hessen Wirtschaft und Verwaltung
Abschlussprüfung Fachoberschule 2022
Vorschlag C

Aufgabenstellung

1 Die Mezurilo GmbH in Mainz-Kastel ist eine Herstellerin technischer Messgeräte. Sie stellt unter anderem das CO_2-Warngerät AeroSafe her. Derartige Geräte alarmieren die Nutzerinnen und Nutzer, wenn die CO_2-Konzentration im Raum einen bestimmten kritischen Wert überschreitet, der schädlich sein kann. Sobald das Gerät ein Alarmsignal von sich gibt, sollten die Fenster zum Lüften geöffnet werden. Das Gerät verfügt neben einem Farbdisplay und einer Warnsirene über ein Bluetoothmodul zur Verbindung mit dem Handy.
Im Zuge der Coronapandemie stieg die Nachfrage nach einigen Produkten des Unternehmens deutlich, sodass eine Reihe von Entscheidungen im Bereich des Marketings anfallen.

1.1.1 Zeichnen Sie mithilfe der Daten aus Material 1 eine Grafik zur Umsatz- und Gewinnentwicklung des CO_2-Warngeräts AeroSafe und ordnen Sie die Situation im Zeitraum von 2020 bis 2021 einer Phase des Produktlebenszyklus (PLZ) zu. (5 BE)

1.1.2 Beurteilen Sie die Aussagefähigkeit des PLZ für weitere Marketingentscheidungen in Bezug auf das Produkt AeroSafe und die weitere Nachfrage nach diesem. (3 BE)

1.2 Um von der hohen Nachfrage nach dem CO_2-Warngerät zu profitieren, möchte die Geschäftsleitung die Strategie der Marktdurchdringung durchführen, eine der Wachstumsstrategien nach Ansoff.

1.2.1 Erklären Sie die Strategie der Marktdurchdringung am Beispiel des CO_2-Warngeräts AeroSafe und entscheiden Sie sich für eine weitere in diesem Fall geeignete Wachstumsstrategie nach Ansoff. (4 BE)

1.2.2 Die Mezurilo GmbH möchte die Marktdurchdringung als erste Strategie anwenden.
Begründen Sie diese Entscheidung. (2 BE)

1.3 Die CO_2-Geräte sollen sowohl an Privatkundinnen und Privatkunden als auch an Unternehmen und Organisationen verkauft werden. Gerade in Schulen sieht die Geschäftsleitung ein großes Potenzial. Für die verschiedenen Bereiche sollen unterschiedliche Distributionswege genutzt werden.

1.3.1 Entscheiden Sie sich im Bereich der Privatkundinnen und Privatkunden für einen geeigneten Absatzkanal. (3 BE)

1.3.2 Im Bereich der Geschäftskundinnen und Geschäftskunden, zu denen auch Verwaltungen und Schulen gehören, sollen Handelsreisende und Handelsvertretende eingesetzt werden.
Begründen Sie diese Entscheidung. (3 BE)

1.4 Die Mezurilo GmbH produziert das Luftreinigungsgerät AeroClear 1, das schädliche Partikel aus der Luft filtern kann. Die Forschungsabteilung hat eine neue Version, den AeroClear 2, entwickelt. Dieses Gerät verwendet eine von Mezurilo erfundene Dampftechnologie, die Viren um bis zu 50 % besser aus der Luft filtern kann als vergleichbare Geräte der Konkurrenz. Um bessere Entscheidungen zur Einführung treffen zu können, möchte das Unternehmen zunächst Marktforschung betreiben.

1.4.1 Definieren Sie den Begriff Marktforschung. (2 BE)

1.4.2 Das Marktvolumen auf dem Markt für Luftreinigungsgeräte lag im Jahr 2021 bei 145 Millionen €. Das Absatzvolumen der Mezurilo GmbH betrug 12 Millionen €. Die größte Konkurrentin, die CleanAir AG, hatte ein Absatzvolumen von 15 Millionen €. Das Marktpotenzial liegt neuesten Schätzungen zufolge bei 250 Millionen € im Jahr.
Berechnen Sie den absoluten Marktanteil sowie den relativen Marktanteil der Mezurilo GmbH auf dem Markt für Luftreinigungsgeräte im Jahr 2021. (2 BE)

1.4.3 Beurteilen Sie anhand der errechneten Daten aus Aufgabe 1.4.2 die bisherige Position des Unternehmens auf diesem Markt. (3 BE)

1.5 Das Unternehmen möchte für die Einführung des AeroClear 2 die Skimming-Strategie als Preiseinführungsstrategie nutzen.
Definieren Sie diese Strategie und bewerten Sie die Entscheidung des Unternehmens. (4 BE)

1.6 Das Unternehmen stellt auch das CO-Gerät AeroLife her, das vor austretendem Kohlenstoffmonoxid warnt. Dieses geruchlose, hochgiftige Gas kann z. B. bei Ölheizungen, Gasthermen und Kaminen entweichen. Die Zielgruppe für das CO-Gerät wird vom Unternehmen wie folgt definiert:

- höheres Einkommen
- besitzen ein Haus oder eine Wohnung
- wohnen mit mehreren Personen in einem Haushalt
- zwischen 40 und 65 Jahren alt
- wohnen eher im ländlichen Raum
- kaufen eher im Fachgeschäft

1.6.1 Ordnen Sie die angegebenen Merkmale den wesentlichen Kriterien der Marktsegmentierung zu. (3 BE)

1.6.2 Beurteilen Sie die vorgenommene Zielgruppendefinition. (3 BE)

2 Mezurilo wurde als Gesellschaft mit beschränkter Haftung (GmbH) von Georg König gegründet. Er war lange Zeit alleiniger Eigentümer und Geschäftsführer des Unternehmens.

2.1 Geben Sie zwei weitere Rechtsformen an, die ein Unternehmer oder eine Unternehmerin allein gründen kann. (2 BE)

2.2 Beschreiben Sie je zwei Merkmale der Gründung sowie der Organe einer GmbH. (4 BE)

2.3 Im Jahr 2015 wurde die Ingenieurin Inga Kaiser ebenfalls Gesellschafterin des Unternehmens. Zusammen kommen beide auf ein Gesamtstammkapital von 4,5 Millionen €. Im Jahr 2021 wurde der gesamte Gewinn an die Gesellschafterin und den Gesellschafter ausgeschüttet. Herr König erhielt dabei eine Gewinnausschüttung in Höhe von 282 000 €. Frau Kaiser erhielt 188 000 €. Das Unternehmen hat Schulden in Höhe von 3,3 Millionen €. Es wurden dafür Zinsen in Höhe von 115 000 € gezahlt.

2.3.1 Vergleichen Sie die aufgenommenen Schulden und das eingebrachte Kapital von Frau Kaiser hinsichtlich der Kapitalherkunft und der Rechtsstellung der Kapitalgeberinnen und Kapitalgeber. (3 BE)

2.3.2 Ermitteln Sie den Gesamtgewinn, die Stammkapitalanteile sowie die Stammkapitaleinlagen der Gesellschafterin und des Gesellschafters für den Fall, dass im Gesellschaftsvertrag keine besonderen Regelungen vereinbart wurden. (3 BE)

2.3.3 Berechnen Sie die Eigenkapitalrentabilität, die Gesamtkapitalrentabilität und den durchschnittlichen Fremdkapitalzinssatz. (3 BE)

2.3.4 Aufgrund des allgemeinen niedrigen Zinsniveaus hat die Bank den Fremdkapitalzinssatz für die bestehenden Verbindlichkeiten der GmbH gesenkt.
Beurteilen Sie die Auswirkung dieser Zinssenkung auf die Eigenkapitalrentabilität und die Gesamtkapitalrentabilität im Jahr 2022. (3 BE)

2.4 Zur Finanzierung weiterer Maschinenkäufe soll ein Abzahlungsdarlehen oder ein Annuitätendarlehen aufgenommen werden. Die Darlehenssumme soll 1 230 000 € betragen, bei einer Laufzeit von 3 Jahren und einem Zinssatz von 1,7 %. Die Annuität beim Annuitätendarlehen hat eine Höhe von 424 018,33 €. Das Unternehmen möchte vor allem in den ersten Jahren möglichst liquide bleiben.
Erstellen Sie jeweils einen Tilgungsplan für das Abzahlungs- und das Annuitätendarlehen und ermitteln Sie jeweils die Gesamtzinsbelastung.
Entscheiden Sie sich basierend auf den Ergebnissen und den Wünschen des Unternehmens für eine der beiden Finanzierungsalternativen. (10 BE)

3 Die Produktion einiger Messgeräte muss deutlich erhöht werden, sodass Herr König einige Entscheidungen im Bereich der Produktion und des Personals zu treffen hat.

3.1 Zunächst soll eine quantitative Personalbedarfsplanung durchgeführt werden.

3.1.1 Beschreiben Sie den Zweck einer quantitativen Personalbedarfsplanung und erklären Sie die eingeschränkte Aussagekraft dieser Planungsmethode. (4 BE)

3.1.2 Berechnen Sie mithilfe der Angaben in Material 2 den Bruttopersonalbedarf, die Personalüber- bzw. Personalunterdeckung sowie den Nettopersonalbedarf für das Jahr 2023. (3 BE)

3.2 Viele Mezurilo-Geräte enthalten Feuchtigkeitssensoren, die bisher zu einem Einkaufspreis von 7,95 € pro Stück zugekauft werden. Man könnte die Bauteile für den Sensor auch für 2,84 € pro Stück erwerben und von eigenen Angestellten zusammensetzen lassen. Diese benötigen dafür pro Stück 10 Minuten bei einem Stundenlohn von 14,70 €. Es fallen fixe Kosten in Höhe von 12 500 € an. Im vergangenen Jahr wurden 2 300 Stück verbaut. Aufgrund der hohen Nachfrage könnten im aktuellen Jahr 4 300 Stück verbaut werden.

3.2.1 Bestimmen Sie rechnerisch die kritische Menge und interpretieren Sie das Ergebnis. (5 BE)

3.2.2 Zeichnen Sie in einem Koordinatensystem die Entwicklung der Kosten des Fremdbezugs und der Eigenfertigung in Bezug zur Produktionsmenge und kennzeichnen Sie die kritische Menge.

Hinweis: Falls Sie die kritische Menge nicht berechnet haben, ist mit einer kritischen Menge von 5 200 Stück zu zeichnen. (4 BE)

3.2.3 Beschreiben Sie zwei qualitative Aspekte, die neben den Kosten in die Entscheidung zwischen Eigenfertigung und Fremdbezug einfließen sollten. (4 BE)

3.3 Neben Feuchtigkeitssensoren werden oft Funkmodule verbaut, um die Messgeräte über Handys ansteuern zu können. Es werden monatlich 3 500 Funkmodule zu je 15 € verbaut. Die bestellfixen Kosten betragen 28 €. Der Lagerhaltungskostensatz liegt bei 7 %.

3.3.1 Erläutern Sie die Zusammenhänge zwischen der Bestellhäufigkeit, den Gesamtbestellkosten und den Gesamtlagerkosten. (4 BE)

3.3.2 Ermitteln Sie die jährliche optimale Bestellmenge mithilfe einer Tabelle (Material 3). (4 BE)

3.3.3 Berechnen Sie die optimale Bestellmenge und die sich ergebende Jahresanzahl an Bestellungen.
Hinweis:

$$\text{optimale Bestellmenge} = \sqrt{\frac{200 \cdot \text{bestellfixe Kosten} \cdot \text{Jahresverbrauchsmenge}}{\text{Bezugspreis/Stück} \cdot \text{Lagerkostensatz}}}$$

(3 BE)

3.3.4 Beurteilen Sie die Verwendung der in 3.3.3 angegebenen Formel zur Ermittlung der optimalen Bestellmenge. (4 BE)

Material 1 Umsatz und Gewinn für das CO_2-Warngerät AeroSafe von 2018 bis 2021

	2018	2019	2020	2021
Umsatz in €	0	300 000	400 000	2 500 000
Gewinn / Verlust in €	–150 000	–150 000	0	1 000 000

Material 2 Personelle Veränderungen in der Mezurilo GmbH

- Bisher wurde für das Jahr 2023 mit 424 Stellen im Unternehmen geplant.
- Aufgrund der guten Auftragslage muss die Anzahl der Angestellten um 25 % erhöht werden.
- Ende 2022 werden 440 Angestellte im Unternehmen arbeiten.
- Acht Arbeitskräfte werden in den Ruhestand treten.
- Zehn Mitarbeiterinnen und Mitarbeiter werden in Elternzeit gehen.
- Sechs Auszubildende werden übernommen.
- Im nächsten Jahr werden sechs Mitarbeiterinnen und Mitarbeiter aus der Pflegezeit wiederkommen.
- Es ist voraussichtlich mit sechs Kündigungen zu rechnen.

Material 3 Lösungstabelle zur Berechnung der optimalen Bestellmenge

jährliche Anzahl der Bestellungen	Menge pro Bestellung in Stück	Bestellkosten in €	Durchschnittlicher Lagerbestand in Stück	Durchschnittlicher Lagerbestand in €	Lagerkosten in €	Gesamtkosten in €
10						
20						
30						
40						

Lösungsvorschlag

1.1.1

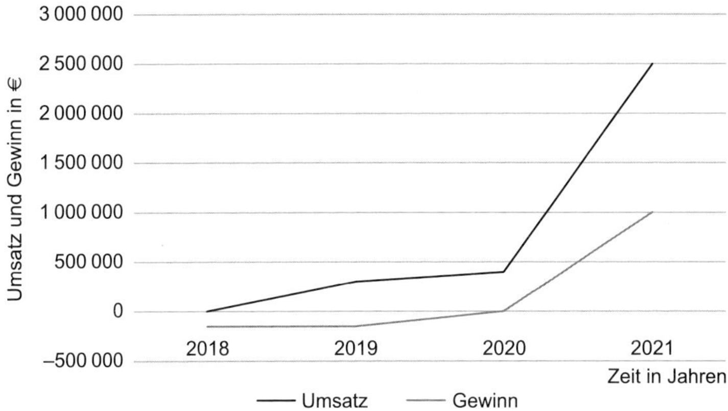

Phase des Produktlebenszyklus:
Im Zeitraum 2020 bis 2021 befindet sich das Produkt in der Wachstumsphase. Dies erkennt man an der Tatsache, dass zum ersten Mal Gewinn mit dem Produkt erwirtschaftet wird.

1.1.2 Aufgrund der Pandemie war ein erhöhter Bedarf an Luftmessgeräten zu verzeichnen. Dies führte zu einem Anstieg des Umsatzes und des Gewinns. Der Bedarf muss jedoch nicht weiterhin so hoch bleiben. Wird die Pandemie eingedämmt, kann es dazu kommen, dass die Nachfrage nach Luftmessgeräten sinkt. Demnach würden auch der Umsatz und der Gewinn sinken. Kurzfristig begehrte Produkte durchlaufen nicht immer den gesamten Produktlebenszyklus, u. U. können die Phasen auch sehr verkürzt sein.

1.2.1

> **TIPP** Im zweiten Teil dieser Aufgabe sind mehrere mögliche Wachstumsstrategien denkbar. Im Folgenden werden mit der Marktentwicklung und der Produktentwicklung zwei aufgeführt.

Bei der **Marktdurchdringung** wird der Markt mithilfe von bestehenden Produkten und einer verstärkten Kommunikationspolitik ausgeschöpft. Beim CO_2-Warngerät kann auf dessen positiven Merkmale, wie z. B. sensitive Warnung oder unterschiedliche Warnsignale, aufmerksam gemacht werden, um potenzielle Kunden zu überzeugen.

Neben der Marktdurchdringung bietet sich im vorliegenden Fall auch die Strategie der **Marktentwicklung** an. Dabei werden mit bestehenden Produkten neue Märkte erschlossen. Diese können z. B. in anderen Marktsegmenten oder anderen Absatzgebieten gefunden werden.

Auch die Strategie der **Produktentwicklung** bietet sich an. Ein vereinfachtes Modell des Messgerätes könnte entwickelt werden und an preissensiblere Kundinnen und Kunden verkauft werden.

1.2.2 Die Strategie der Marktdurchdringung ist am einfachsten umzusetzen. Bei dieser Strategie müssten lediglich die Preise kurzfristig gesenkt und die Werbemaßnahmen erhöht werden. Bei der Strategie der Produktentwicklung müsste beispielsweise erst ein neues Produkt entwickelt werden, was mehr Zeit in Anspruch nähme. Für das Unternehmen sind der zeitliche Aufwand und im Normalfall auch die Kosten bei der Strategie der Marktdurchdringung am geringsten.

1.3.1.

TIPP Grundsätzlich kann hier zwischen dem direkten Absatz und dem indirekten Absatz unterschieden werden. Ihre gewählte Argumentation sollte gut nachvollziehbar sein. Beim direkten Absatz werden die Produkte direkt vom Unternehmen an die Endkundinnen und Endkunden verkauft. Beim indirekten Absatz ist ein Marktplatz dazwischengeschaltet. Im Folgenden werde beide Varianten beispielhaft aufgeführt.

Entscheidung für den direkten Weg:
Der direkte Weg, bei dem das Unternehmen seine Produkte z. B. über einen Webshop verkauft, erscheint geeignet, da er schnell umzusetzen ist. Über vorgefertigte Webseiten kann ein eigener Shop meist schnell und kostengünstig eingerichtet und verwaltet werden. Allerdings müssen Mitarbeiterinnen und Mitarbeiter zur Verfügung stehen, die die Bestellungen auch in kleineren Absatzmengen abwickeln.

Entscheidung für den indirekten Weg:
Erfolgt der Verkauf über den indirekten Absatz mit dazwischengeschaltetem Marktplatz, so könnte die Bestellabwicklung von diesem übernommen werden, was wiederum die Kapazitäten des eigenen Unternehmens schont. In diesem Fall verringert sich allerdings im Normalfall die Gewinnmarge etwas. Ein weiterer möglicher Absatzweg ist der Verkauf über den Elektrofachhandel. Hier könnten Kundinnen und Kunden angesprochen werden, die weniger internetaffin sind.

1.3.2 Handelsreisende und Handelsvertreter können besser auf die individuellen Bedürfnisse der Großkundinnen und Großkunden eingehen. Sie können sie vor Ort beraten und die Verträge besser an die Kundenwünsche anpassen. Auch nach Vertragsabschluss können die Handelsreisenden und Handelsvertreter die Kundinnen und Kunden betreuen.

1.4.1 Im Rahmen der Marktforschung werden systematisch Daten von Marktteilnehmern gesammelt und anschließend ausgewertet. Ohne Marktforschung kann kein kundenorientiertes Handeln stattfinden.

1.4.2

TIPP Beim absoluten Marktanteil handelt es sich um die Berechnung des Marktanteils in Bezug auf den gesamten (absoluten) Markt. Beim relativen Marktanteil wird der Anteil in Relation zu einem bestimmten Marktteilnehmer berechnet (oftmals bezogen auf den Marktführer).

$$\text{absoluter Marktanteil} = \frac{\text{Absatzvolumen des eig. Unternehmens in €}}{\text{Marktvolumen in €}} \cdot 100\,\%$$

$$= \frac{12 \text{ Millionen €}}{145 \text{ Millionen €}} \cdot 100\,\% = 8{,}28\,\%$$

$$\text{relativer Marktanteil} = \frac{\text{Absatzvolumen des eigenen Unternehmens in €}}{\text{Absatzvolumen des größten Konkurrenten in €}} \cdot 100\,\%$$

$$= \frac{12 \text{ Millionen €}}{15 \text{ Millionen €}} \cdot 100\,\% = 80\,\%$$

1.4.3 Die Position des Unternehmens ist **positiv** einzuschätzen. Es verfügt zwar auf den ersten Blick bezogen auf den Gesamtmarkt mit 8,28 % über einen kleinen Marktanteil, hat aber im Vergleich zum Marktführer eine gute Ausgangsposition. Das Marktpotenzial liegt mit 250 Millionen € deutlich über den bisherigen 145 Millionen €, was wiederum große Wachstumspotenziale für alle am Markt befindlichen Unternehmen aufzeigt.

1.5 **Definition:**
Die Skimming-Strategie zeichnet sich dadurch aus, dass die Preise eines Produktes zur Markteinführung sehr hoch angesetzt und nach und nach gesenkt werden. Durch die Preissenkungen werden immer neue Käufergruppen angesprochen, wodurch sich der Absatz erhöhen kann.

Bewertung:
Die Skimming-Strategie ist i. d. R. dann sinnvoll, wenn sich ein Produkt durch Neuartigkeit oder eine hohe Qualität auszeichnet, was beim Aero-Clear 2 durchaus der Fall ist. Das Unternehmen sollte also die Neuartigkeit bzw. die hohe Qualität des Produktes in seiner Kommunikationspolitik hervorheben.

1.6.1 Zu den **soziodemografischen Merkmalen** gehören:
- höheres Einkommen
- besitzen ein Haus oder eine Wohnung

- wohnen mit mehreren Personen in einem Haushalt
- zwischen 40 und 65 Jahren alt

Zu den **geografischen Merkmalen** gehören:
- wohnen eher im ländlichen Raum

Zu den **Merkmalen des Kaufverhaltens** gehören:
- kaufen eher im Fachgeschäft

1.6.2 Die gewählte Segmentierung umfasst die finanziellen Möglichkeiten der Kundinnen und Kunden, da das Einkommen berücksichtigt wird. Auch das Merkmal „Wohnungs- oder Hauseigentümer" kann Rückschlüsse auf die Zahlungsbereitschaft liefern. Die Berücksichtigung der geografischen Merkmale zeigt zudem auf, wo die Produkte vertrieben werden können. Die betrachtete Segmentierung beinhaltet jedoch keine psychografischen Merkmale. Eine umfassende Einschätzung der Kundinnen und Kunden kann somit bezogen auf die Bedürfnisse nicht erfolgen.

2.1 Ein Unternehmer bzw. eine Unternehmerin kann beispielsweise die Einzelunternehmung oder eine Unternehmergesellschaft (haftungsbeschränkt) allein gründen.

2.2 Die **Merkmale der Gründung** sind z. B.:
- Der Gesellschaftsvertrag muss durch einen Notar beurkundet werden.
- Das Unternehmen muss in das Handelsregister eingetragen werden.
- Es muss ein Stammkapital in Höhe von 25 000 € vorliegen.
- 12 500 € (= 50 %) müssen als Mindesteinzahlung bei der Gründung erfolgen.

Die **Merkmale der Organe** sind z. B.:
- Die Geschäftsführung kann, muss jedoch nicht, aus den Anteilseignerinnen und Anteilseignern bestehen.
- In der Gesellschafterversammlung wird die Geschäftsführerin bzw. der Geschäftsführer bestimmt, sofern die GmbH aus mehreren Gesellschafterinnen und Gesellschaftern besteht.
- Ab einer Größe von 500 Arbeitnehmerinnen und Arbeitnehmern muss ein Aufsichtsrat als Kontrollgremium eingeführt werden.

2.3.1 Bei den Schulden handelt es sich um Fremdkapital, welches der Kapitalgeber dem Kapitalnehmer für einen bestimmten Zeitraum gegen die Zahlung von Zinsen überlässt (Fremdfinanzierung/Außenfinanzierung).

Da Frau Kaiser das Geld unbefristet und mit der Aussicht auf eine Gewinnbeteiligung überlässt, handelt es sich um eine Form der Eigenfinanzierung. Auch die Beteiligung stammt aus einer externen Quelle und stellt somit eine Außenfinanzierung für das Unternehmen dar.

2.3.2

TIPP Wenn keine gesonderten Regelungen im Gesellschaftsvertrag vereinbart wurden, erhält jeder Gesellschafter den Gewinn anteilig seiner eingebrachten Einlagen.

In das betrachtete Unternehmen ist ein Gesamtstammkapital in Höhe von 4 500 000 € eingebracht worden.
Der Gesamtgewinn beläuft sich auf 470 000 € (= 282 000 € + 188 000 €).

Anteil am Gesamtgewinn Herr König: $470\,000\text{ €} \cdot x\,\% = 282\,000\text{ €}$
$\Rightarrow$ nach x umstellen = 60 %

Stammkapitaleinlage Herr König: $4\,500\,000\text{ €} \cdot 60\,\% = 2\,700\,000\text{ €}$

Anteil am Gesamtgewinn Frau Kaiser: $470\,000\text{ €} \cdot x\,\% = 188\,000\text{ €}$
$\Rightarrow$ nach x umstellen = 40 % (oder 100 % − 60 % von Herrn König)

Stammkapitaleinlage Frau Kaiser: $4\,500\,000\text{ €} \cdot 40\,\% = 1\,800\,000\text{ €}$

2.3.3
$$\text{Eigenkapitalrentabilität} = \frac{\text{Gewinn} \cdot 100}{\text{Eigenkapital}} = \frac{470\,000\text{ €} \cdot 100}{4\,500\,000\text{ €}} = 10{,}44\,\%$$

$$\text{Gesamtkapitalrentabilität} = \frac{(\text{Gewinn} + \text{Zinsen}) \cdot 100}{\text{Eigenkapital} + \text{Fremdkapital}} = \frac{(470\,000\text{ €} + 115\,000\text{ €}) \cdot 100}{4\,500\,000\text{ €} + 3\,300\,000\text{ €}} = 7{,}5\,\%$$

$$\text{durchschnittlicher Fremdkapitalzinssatz} = \frac{\text{Zinsen} \cdot 100}{\text{Fremdkapital}} = \frac{115\,000\text{ €} \cdot 100}{3\,300\,000\text{ €}} = 3{,}48\,\%$$

2.3.4 Bei niedrigem Fremdkapitalzinssatz ist die Aufnahme von mehr Fremdkapital sinnvoll: Wenn der Zinssatz des Fremdkapitals kleiner als die Gesamtkapitalrentabilität ist, dann kann die Eigenkapitalrentabilität durch einen höheren Verschuldungsgrad gesteigert werden. Dies ist im Beispiel auch schon vor einer weiteren Zinssenkung der Fall. Man spricht von einem positiven Leverage-Effekt.

Unter der erwünschten Annahme, dass die Kosten des aufgenommenen Fremdkapitals niedriger sind als die erzielte Rendite, ist auch der Effekt auf die Gesamtkapitalrentabilität positiv.

2.4 Für das **Abzahlungsdarlehen** lassen sich folgende Werte ermitteln:

Jahr	Darlehenshöhe zum Jahresbeginn in €	Tilgung in €	Zinsen in €	Gesamtbelastung in €
1	1 230 000,00	410 000,00	20 910,00	430 910,00
2	820 000,00	410 000,00	13 940,00	423 940,00
3	410 000,00	410 000,00	6 970,00	416 970,00

Gesamtzinsbelastung beim Abzahlungsdarlehen:
20 910 € + 13 940 € + 6 970 € = 41 820 €

TIPP Beim Abzahlungsdarlehen sind die Tilgungsraten gleichbleibend. Die Darlehenshöhe wird auf die drei Jahre gleichmäßig verteilt, sodass sich eine Tilgung von jeweils 410 000 € ergibt. Die anfallenden Zinsen werden immer auf den Restbetrag des Darlehens zum Jahresbeginn gezahlt.

Für das **Annuitätendarlehen** lassen sich folgende Werte ermitteln:

Jahr	Darlehenshöhe zum Jahresbeginn in €	Tilgung in €	Zinsen in €	Gesamtbelastung in €
1	1 230 000,00	403 108,33	20 910,00	424 018,33
2	826 891,67	409 961,17	14 057,16	424 018,33
3	416 930,50	416 930,50	7 087,82	424 018,33

Hinweis: Im dritten Jahr ergibt sich bei der Summe der Tilgung und der Zinsen eine Abweichung von 0,01 € im Vergleich zur Annuität in Höhe von 424 018,33 €. Diese Abweichung entsteht durch eine Rundung bei der Zinsberechnung.

Gesamtzinsbelastung beim Annuitätendarlehen:
20 910 € + 14 057,16 € + 7 087,82 € = 42 054,98 €

TIPP Beim Annuitätendarlehen bleibt die Gesamtbelastung während der Laufzeit gleich hoch. Da die Darlehenshöhe mit der Zeit kontinuierlich abnimmt, sinken die enthaltenen Zinsen und der Tilgungsanteil steigt.

Entscheidung:
Beim Annuitätendarlehen fallen im Vergleich zum Abzahlungsdarlehen 234,98 € (= 42 054,98 € − 41 820 €) mehr Zinsen an. Die Belastung innerhalb eines Jahres ist gleichbleibend und beim Annuitätendarlehen im ersten Jahr um 6 891,67 € (430 910 € − 424 018,33 €) geringer als beim Abzahlungsdarlehen. Das Unternehmen sollte sich aufgrund der in den ersten beiden Jahren niedrigeren Belastung für das Annuitätendarlehen entscheiden.

3.1.1 Generell lässt sich zwischen der quantitativen und der qualitativen Personalbedarfsplanung unterscheiden. Während es bei der qualitativen Personalbedarfsplanung darum geht, welche Qualifikationen ein/eine Mitarbeiter*in mitbringen muss (Stichwort: Stellenbeschreibung), geht es bei der quantitativen Personalbedarfsplanung um die gegenwärtig und zukünftig benötigte Anzahl an Mitarbeitern/Mitarbeiterinnen, die benötigt wird, um die im Betrieb anfallenden Tätigkeiten auszuführen. Eine typische Berechnungsart ist die Kennzahlenmethode.

Bei der quantitativen Personalbedarfsplanung wird zwar die generelle Anzahl, nicht jedoch die Qualifikation der Mitarbeiter berücksichtigt. Außerdem bleiben unerwartete Produktionsspitzen, kurzfristige Krankheitsausfälle oder Ähnliches in der eigentlichen Planung unberücksichtigt.

3.1.2

TIPP Die in Aufgabenstellungen genannten Materialien finden Sie immer gesammelt am Ende der Prüfung.

In dieser Aufgabenstellung soll schlussendlich der Nettopersonalbedarf berechnet werden. Innerhalb des Rechenweges kommen verschiedene Begrifflichkeiten zum Einsatz, die zu klären sind:

Bruttopersonalbedarf: Anzahl der Mitarbeiter*innen, die das Unternehmen insgesamt benötigt (bestehend aus den bisherigen Planstellen + Mehrbedarf – Minderbedarf)

Nettopersonalbedarf: Anzahl der Mitarbeiter*innen, die benötigt oder abgegeben werden muss, damit der Bruttopersonalbedarf gedeckt ist

Personalüberdeckung: aktueller Personalbestand > Bruttopersonalbedarf; (zu viele Mitarbeiter*innen)

Personalunterdeckung: aktueller Personalbestand < Bruttopersonalbedarf; (zu wenige Mitarbeiter*innen)

Für das Ende des Jahres 2022 stehen folgende Informationen zur Verfügung:

- 424 Angestellte ⇒ Anzahl der geplanten Mitarbeiter für 2023
- + 106 Angestellte ⇒ Erhöhung der Anzahl $\left(\frac{424 \cdot 25}{100}\right)$

  = Bruttopersonalbedarf ⇒ 530 (Gesamtbedarf für 2023)
- 440 Angestellte ⇒ arbeiten bereits tatsächlich Ende 2022 für das Unternehmen
  $= 530 - 440 = \mathbf{90}$ ⇒ Ende 2022 haben wir im Vergleich zum Bedarf 2023 eine **Personalunterdeckung** (wir haben weniger Mitarbeiter, als wir benötigen).

TIPP Bei der Berechnung des Nettopersonalbedarfs geht es nun darum, herauszufinden, wie viele Mitarbeiter*innen dem Unternehmen im kommenden Jahr tatsächlich zur Verfügung stehen bzw. zusätzlich benötigt werden oder ggf. zu viel sind. Es treten nämlich einige personelle Veränderungen auf, die die Personallücke vergrößern (+) oder verkleinern (–):

- + 8 Angestellte ⇒ gehen in Ruhestand
- + 10 Angestellte ⇒ gehen in Elternzeit
- – 6 Auszubildende ⇒ werden übernommen
- – 6 Mitarbeiter ⇒ kommen aus Pflegezeit zurück
- + 6 Personen ⇒ voraussichtliche Kündigungen

= Nettopersonalbedarf ⇒ 102 Planstellen (90 + 8 + 10 – 6 – 6 + 6)

3.2.1

TIPP Die Fragestellung „Make or buy" kommt in der betrieblichen Praxis immer wieder vor. Soll das Unternehmen selbst produzieren oder die benötigten Teile zukaufen? Es gibt hier einige Aspekte, die dafür bzw. dagegen sprechen. Im ersten Schritt geht es aber darum herauszufinden, ab welcher hergestellten Menge es sich überhaupt lohnt, selbst zu produzieren. Hierfür müssen die Kosten der beiden Varianten miteinander verglichen werden:

Einkaufspreis pro Stück · x = fixe Kosten + variable Kosten · x

Übertragen auf die gegebene Aufgabe ergibt sich Folgendes:

- Einkaufspreis: 7,95 €
- variable Stückkosten: $2{,}84\ € + \frac{14{,}70\ €}{6} = 5{,}29\ €$

TIPP Bei den 14,70 € handelt es sich um den Stundenlohn. Die Herstellung eines Produkts dauert 10 Minuten. Entsprechend können sechs Stück pro Stunde produziert werden.

- fixe Kosten: 12 500 €

$$\begin{aligned} 7{,}95x &= 12\,500 + 5{,}29x && \mid -5{,}29x \\ 2{,}66x &= 12\,500 && \mid :2{,}66 \\ x &= 4\,699{,}25 \end{aligned}$$

Interpretation:

Die Kosten für den Fremdbezug und der Eigenfertigung sind bei einer Menge von 4 699,25 gleich. Da wir nur ganze Stück herstellen können, lässt sich sagen, dass sich eine eigene Produktion ab einer Menge von 4 700 Stück lohnt. Die gegebenen Werte in der Aufgabe zeigen auf, dass dies derzeit nicht der Fall ist. Nur wenn wir davon ausgehen können, dass die Absatzzahlen weiter steigen, ergibt eine Eigenfertigung Sinn.

3.2.2

> **TIPP** Beachten Sie beim Erstellen eines Diagramms, dass Sie mindestens den vorher berechneten Punkt darstellen können. Entsprechend hilfreich kann es sein, mit einer Wertetabelle zu arbeiten.

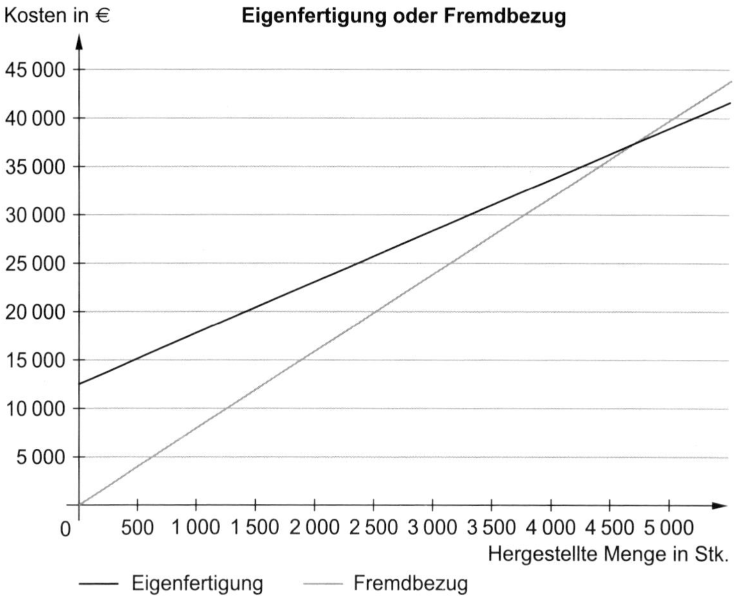

3.2.3 Wie bereits in Teilaufgabe 3.2.1 erwähnt, gibt es verschiedene Aspekte, die bei der Entscheidung, ob man selbst produziert oder fremdbezieht, eine Rolle spielen: Unter Umständen müssen beispielsweise aufgrund der benötigten Spezifikation des Bauteils interne Betriebsinformationen nach außen gegeben werden. Je nachdem, um welches Produkt es sich handelt, kann dies trotz Kostenvorteils ein ausschlaggebender Grund sein, die Produktion im eigenen Hause zu halten.

Ein weiterer Entscheidungsgrund könnte sein, dass man, wenn man selbst produziert, auch Geld z. B. in Maschinen stecken muss. Dieses „gebundene Kapital" kann dann nicht mehr für andere Dinge verwendet werden.

3.3.1 Sowohl die Gesamtbestellkosten als auch die Gesamtlagerkosten werden von der Bestellhäufigkeit beeinflusst. Bei vielen Bestellungen innerhalb kürzerer Abstände hat man in der Regel weniger im Lager liegen, dafür sind die Gesamtbestellkosten höher. Wird weniger häufig bestellt, sind dagegen die Gesamtlagerkosten hoch, die Gesamtbestellkosten dagegen geringer.

Entsprechend muss versucht werden, einen möglichst kostenoptimalen Weg der Bestellungen zu finden.

3.3.2 3 500 Stück · 12 Monate = 42 000 Stück

jährliche Anzahl der Bestellungen	**Menge pro Bestellung in Stück**	**Bestellkosten in €**	**durchschnittlicher Lagerbestand in Stück**	**durchschnittlicher Lagerbestand in €**	**Lagerkosten in €**	**Gesamtkosten in €**
10	42 000 : 10 = 4 200	28 · 10 = 280	4 200 : 2 = 2 100	2 100 · 15 = 31 500	31 500 · 7 % = 2 205	2 205 + 280 = 2 485
20	2 100	560	1 050	15 750	1 102,50	1 662,50
30	**1 400**	**840**	**700**	**10 500**	**735**	**1 575**
40	1 050	1 120	525	7 875	551,25	1 671,25

Die optimale Bestellhäufigkeit beträgt in diesem Fall 30 – die optimale Bestellmenge 1 400 Stück.

3.3.3 Durch die in Aufgabenstellung 3.3.3 angegebene Andler-Formel lässt sich die optimale Bestellmenge noch genauer berechnen. Hierzu müssen Sie die bekannten Werte einfach in die vorgegebene Formel einsetzen.

$$\text{optimale Bestellmenge} = \sqrt{\frac{200 \cdot 28 \cdot 42\,000}{15 \cdot 7}} = 1\,496{,}66 \text{ Stück}$$

$$\text{benötigte Anzahl der Bestellungen} \Rightarrow \frac{42\,000}{1\,496{,}66} = 28{,}06$$

3.3.4 Die Formel bietet die Möglichkeit, schnell und einfach die optimale Bestellmenge zu berechnen. Allerdings werden einige Annahmen getroffen, die in Wirklichkeit selten vorzufinden sind. Hierzu zählt, dass der Verbrauch über das komplette Jahr konstant bleibt und sich die Bestellkosten oder auch der Lagerkostensatz nicht ändern werden. Außerdem ist es unwahrscheinlich, dass der Verbrauch der Produkte über das komplette Jahr konstant bleibt.

Hessen Wirtschaft und Verwaltung 2023
Abschlussprüfung

Um Ihnen die Prüfung 2023 schnellstmöglich zur Verfügung stellen zu können, bringen wir sie in digitaler Form heraus.

Sobald die Original-Prüfungsaufgaben 2023 freigegeben sind, können sie als PDF auf der Plattform **MyStark** heruntergeladen werden (Zugangscode vgl. Umschlaginnenseite).

Aktuelle Prüfung

www.stark-verlag.de/mystark